Vollkommene Aufrichtigkeit ist der Weg zur Originalität

(Charles Baudelaire)

Gisela Wielert lernte noch vor Antritt eines geplanten Studiums Fachrichtung Physik mit dem Ziel Gesundheits-Ingenieur ihren Mann kennen und heiratete 1971. Das Paar hat einen Sohn und lebt auf dem Lande in der Nähe Lübecks.

Beruflich war sie als Arztsekretärin, zwischenzeitlich Chefarztsekretärin an der Uni Lübeck tätig. Nebenberuflich arbeitete sie 10 Jahre als Buchhalterin für bis zu 4 Restaurants gleichzeitig. Von 1998 bis 2016 war sie Managerin einer Klinik für Ästhetisch-Plastische-Chirurgie.

Ihre Schreibbegeisterung begann früh. Seit ihrem 17. Lebensjahr sind circa 100 Gedichte entstanden, viele Kurzgeschichten, Tagebuchaufzeichnungen mit Schreibmaschine ohne Seitenzahl, 2,3 kg und Essays. Ein Kinderbuch für ihr Enkelkind.

Bisher erschienen im Buchhandel:

Durch die Zeiten (Band I Die erste Generation) 2017 im Februar
Samba für Charles B. Lyrik im August 2017
Durch die Zeiten (Band II Die Junge Generation) 2018 im Mai

Kontakt. gisela.wielert@gmail.com
Facebook, Instagram, Twitter

Bibliografische Information der Deutschen Nationalbibliothek:
Die Deutsche Nationalbibliothek verzeichnet diese Publikation
in der Deutschen Nationalbibliografie; detaillierte bibliografische
Daten sind im Internet über dnb.dnb.de abrufbar.

© 2018 Gisela Wielert

Herstellung und Verlag: BoD – Books on Demand, Norderstedt

ISBN 978-3-7481-4938-5

Inhaltsverzeichnis

Amygdala

Geschichten und einige aus der Erinnerung

Gisela Wielert

Magdas Hahn

Jeder der sie kannte, sagte ihr nach, sie sei ein wenig dumm. Und vielleicht stimmte das sogar. Mit achtzehn Jahren bekam sie die erste Tochter und mit neunundzwanzig die fünfte und blieb danach kugelrund. Kugelrund waren auch ihre ständig roten Wangen und ihre strahlend blauen Augen. Dabei gab es nicht viel, worüber sie sich hätte freuen können; es schien vielmehr so, als sei sie die Freude selbst.

Jeden Sonntag, und nicht nur am Sonntag, betrank sich ihr Mann in der Gastwirtschaft. Kam er nach Hause, begann er zu stänkern und zu schimpfen und wenn er sich ausgepöbelt hatte, schlief er seinen Rausch aus. Dann weinte Magda und betete zu Gott: „Lass ihn sich tot saufen, lieber Gott, damit mir auch noch ein wenig Zeit zum Leben bleibt." Aber Gott hörte sie nicht und es gab überhaupt niemanden, der sie wahrnehmen wollte. Die Jahre vergingen und sie tat still und fügsam, was getan werden musste: im Haus, im Stall, im Hühnerhof und im Garten. Die Töchter wuchsen heran, heirateten, zogen aus und bekamen selber Kinder. Und schließlich, als Magda einundfünfzig Jahre alt war, verliebte sie sich in einen Hahn. Er war jung, stark, sehr schön und aggressiv. Einzig Magda zähmte ihn. Wenn sie ihn rief, gehorchte er ihrer Stimme, kam zu ihr, pickte ihr artig Körner aus der Hand. Ging sie im Hühnerhof auf und ab um Futter auszustreuen, folgte er ihr wie ein manierliches Hündchen. Und immer häufiger nahm sie ihn mit ins Haus. Dann saß er in ihrer Küche und sah ihr bei der Arbeit zu. Das fand sie schön. Ihr Mann duldete ihn, weil nicht selten ein Tier vorübergehend in der warmen Küche untergebracht werden musste. Mal war

es ein Ferkel, frisch und rosig von der Muttersau versto-
ßen, mal waren es Küken, in zu wetterrauen Tagen ge-
schlüpft.

Magdas Küche war Lebenszentrum. Auf ihrem riesigen
Herd, unter dem das Feuer nie ganz ausging, kochte in einem Topf der Kohl und in einem anderen weiße Wäsche.
Über ihrem Arbeitstisch hing ein gusseisernes Gestell, auf
dem ein Radioapparat stand. Eines Tages nahm sie das
Gerät herunter und setzte den Hahn an seiner statt. So
hoch über ihrem Kopf entfaltete sich seine Schönheit zu
ganzer Vollendung. Sein prächtiges blütenweißes Gefie-
der, sein leuchtend brandroter Kamm und sein Blick, stolz
und gepaart mit herablassender Würde, ähnelte dem eines
Adlers. Dort nun, in der Höhe, verbrachte er viele Tages-
stunden. Kam Magdas Mann zum Essen in die Küche mit
Beschimpfungen und Flüchen, gebärdete sich der Hahn
wie toll, krähte und blähte sich auf.

„Das Tier steht mir bei", sagte Magda dann, holte ihn vom
Gestell, setzte ihn auf einen freien Stuhl und fütterte ihn
mit Essensresten. Das war eine schöne Zeit für Magda,
weil ihr Mann sich allmählich dreinschickte, bei Tisch leise
zu sein. Kam er abends in die Stube, schlief er vor lauter
Trunkenheit fast schon im Stehen. Und war er erst einmal
so betrunken, gab es auch keine bösen Worte mehr und
keine hässlichen Vorwürfe wegen ihres armen kugelrun-
den Bauches, der es nicht geschafft hatte, daraus einen
Hoferben zu entlassen.

Es sollte Ostern werden und regelmäßig zu Ostern kam Ida
angereist, eine entferntere Verwandte, die weit im Osten
lebte. War sie da, ging sie, einer eigen aufgestellten Tradition gehorchend, erst einmal in den Stall um zu staunen,
in die Hände zu klatschen und mit durchdringend heller

Stimme ihrer Begeisterung Ausdruck zu verleihen: „Allmächtiger Vater, mein Josefchen, was hast für feine fette Schweinchen und so ganz sinnlos stahn hier rum, was bleedsinnig, kennt man die scheen essen." „Ne, ne, Ida, missen noch wachsen, aus dem Kopp schlach se dich, nich een davon geht über die Bank." Sagte darauf Magdas Mann und ließ nicht mit sich verhandeln. Dann inspizierte Ida die Küche, sah den Hahn und fiel in Ekstase. Den wollte sie haben, wenn der Josef schon zu geizig war ein Ferkelchen für sie, die Ida zu opfern, dann sollte es wenigstens ein Brathähnchen geben „und recht scheen gefillt mit Äpfeln und Rosinen, dass man meinen kennt, es wäre eine Gans." Und Rotkohl sollte es dazu geben, Rotkohl sei wichtig für die Illusion, darauf müsse sie bestehen. Und sie redete und redete. Und dann packte Josef den Hahn und schlug ihm draußen auf dem Holzbock den Kopf ab. „Hier Ida, den schenk ich dich, war nur ein ganz mistiges Viech", sagte er und schmiss ihn blutend und zappelnd auf den Küchentisch.

Magda war immer eine stille bescheidene Frau gewesen, hatte getan, was es Notwendiges zu tun gab. Nun schickte sie Ida und Josef aus der Küche. Sie würde schon eine gute Mahlzeit richten, versprach sie, Ida und Josef würden schon zufrieden sein. Dann war sie allein.

Beim Mittagessen sprach Magda wie gewöhnlich nicht viel und legte sich nur 2 Kartoffeln auf den Teller, ganz satt sei sie vom vielen Abschmecken, sagte sie und Ida und Josef war es nur recht. Sie teilten sich den Hahn und aßen Unmengen Füllung und Rotkohl dazu. Sie aßen so viel, dass sie sich hinterher kaum rühren konnten. „Die Magda", lobte Ida, „is ne feine Kechin, schad nur, dad se keenen

Jungen hat kriegen kennen." Und dann wurde ihr schrecklich schlecht. Josef ging hinaus, einen Schnaps zu holen, er schenkte ein, sie tranken und dann wurde ihm auch sehr übel. Magda schenkte die Gläser noch einmal voll. „Trinkt", sagte sie „ihr habt euch überfressen." Ida und Josef tranken und rutschten von den Stühlen, sagen konnten sie nichts mehr, nur stöhnen und sie rissen weit ihre Münder auf. Magda stellte das Radio an. Sie wartete noch ein bisschen, dann holte sie die gewaschenen und über dem Herd getrockneten Hahnenfedern herbei um Ida und Josef damit zu schmücken. „Jetzt sehen sie viel netter aus", sagte sie.

Magda sah auf die Uhr. Jetzt wollte sie sich aber sputen. Das Geschirr musste abgewaschen und der Tisch frisch zum Nachmittagskaffee eingedeckt werden. Schließlich wollten die Kinder kommen. „Die werden staunen, wenn sie Vater und Ida so schön still und friedlich antreffen", sagte Magda und war zufrieden, wie lange nicht mehr.

Die beinahe biographiefreie Elfriede Maruschke

Elfriede Maruschke verstarb eher fraktioniert. Nicht im Sinne des sich über eine quälende Wegstrecke vollziehenden Krankenlagers. Nein, sie hätte rein theoretisch vor Jahren schon einem Herzinfarkt erlegen sein können, später einer heftigen Virusinfektion und dann gab es noch diesen unvermittelten Schlaganfall. Jene drei an sich bösartigen Lebensirritationen schadeten ihr nicht in der Intensität, indem sie ihrem Dasein ein Ende bereitet hätten. Trotz der bedrohlichen Phasen erholte sie sich vollständig und feierte Jahr für Jahr ihren Geburtstag. Der 84. war dann doch der letzte und sie starb völlig unspektakulär. Sie legte sich abends in ihr Bett und stand am Folgetag nicht wieder auf. Damit hatte niemand zu diesem Zeitpunkt gerechnet, weswegen die Bestürzung über ihr Ableben eher sehr hoch ausfiel.

Zehn ihrer letzten Lebensjahre hatte Elfriede in einem Pflegeheim zugebracht. Nicht etwa, weil sie Hilfe beim An- und Auskleiden brauchte oder schlecht zu Fuß war, nein, es war ihr Kopf, der einerseits eigenwillige Lebensvorstellungen entwickelte, ihren Schlaf-Wach-Rhythmus beeinflusste und andererseits sie vergessen ließ, wie Nachbarn und Enkelkinder hießen. Elfriede wurde zu einer begeisterten Heimbewohnerin, weil sie hier Unterhaltungsmöglichkeiten entdeckte, die sie trotz vieler Besucher zu Hause nicht hatte. Gleichzeitig war sie dort unter eine unauffällige, aber Gefahren abwendende Kuratel gestellt, die ihr eine laienhaft familiäre Pflegschaft nicht hätte bieten können.

Ohne je eine eifrige Vertreterin ihres evangelischen Glaubens gewesen zu sein, gehörte sie der Kirchengemeinde an

und der Pastor ihres Heimatortes stattete der Familie einen Trauerbesuch ab, der letztlich auch dazu dienen sollte, die Biographie der Verstorbenen zu verinnerlichen.
Der Geistliche unterscheidet sich dabei in seiner Vorgehensweise nicht wesentlich von einem Medienvertreter, dessen vornehmstes Ziel darin besteht, die Persönlichkeit eines Menschen durch eindrucksvolle Wortwahl wirkungsvoll zu unterstreichen.
Er wurde traurig und zugewandt von Elfriedes Sohn und Schwiegertochter empfangen, mit Kaffee und Gebäck bewirtet und die Rede zwischen ihnen floss hin und her. Der behagliche Platz in dem Wintergarten des Paares ließ den geistlichen Herrn beinahe seine Jugendgruppe vergessen, die er flugs zu betreuen hatte.
Am späteren Abend saß er fassungslos sinnend über seinen Aufzeichnungen, die aus Elfriedes Geburts- und Sterbedatum bestanden, eine Schneiderlehre aufwiesen, frühen Eheschluss ohne Berufstätigkeit, Erziehung eines Sohnes. Hobbys gab es keine, vielleicht ein gewisses Interesse für klassische Musik, das eher dem bereits früher verstorbenen Gatten zugewiesen werden musste. Die Enkelkinder waren in einer anderen Stadt großgeworden. Himmel und lieber Herrgott, was sollte er eine gefühlte halbe Stunde über diese Frau erzählen, deren Biographie so leer war, wie sein Punktestand in Flensburg? Er hatte Fotos von ihr gesehen. Elfriede mit dem Kinderwagen als junge Frau, Elfriede auf einer Geburtstagsfeier, Elfriede mit dreißig Jahren vom Fotografen abgelichtet. Sie war eine bildhübsche Frau. Und auch das Foto am letzten Weihnachten aufgenommen wies sie augenscheinlich als eine in Würde gealterte, aber durchweg schöne alte Dame aus.

Sie liebte das Pflegeheim, weil sie dort gute Unterhaltung gefunden hatte. Worüber mochte sie gesprochen haben? Was bevorzugte sie von ihren Mitbewohnern gehört zu haben? Der jetzt angesichts des großen Nichts verzweifelte Herr Pastor rekapitulierte im Geiste noch einmal das Gespräch mit Sohn und Schwiegertochter der Verstorbenen. Gab es eine nette Anekdote? War sie eine besonders gute Köchin? Hatte sie die eigenen Eltern oder Schwiegereltern in deren Alter versorgt? Nein, nein, nein. Halt! Der Sohn sagte über sie, dass sie immer eine gute Stimmung verbreitete, heiter, nicht lustig wohlgemerkt, heiter war. Besucher und Enkelkinder hätten sich bis zuletzt in ihrer Gesellschaft wohlgefühlt. Ließe sich daraus eine Predigt formulieren?

Im Namen des Vaters, des Sohnes und des Heiligen Geistes, Amen.
Liebe Familie Maruschke, liebe Trauergemeinde, wir sind heute hier zusammengekommen um Abschied von Elfriede Maruschke, geborene Müller zu nehmen. So, jetzt kommen die paar Fakten und Daten die ich habe und dann Elfriede Maruschke verbrachte die letzten zehn Jahre ihres Lebens in einem Pflegeheim. Hier schloss sie Freundschaften und fühlte sich aufgehoben. In diesem Zeitraum überstand sie Krankheiten, die ihr einen sehr viel früheren Tod hätten bescheren können. Nun verstarb sie im Alter von 84 Jahren und niemand hatte damit gerechnet. Sie ging abends ins Bett und wachte am Morgen nicht auf. Einen schöneren Tod können wir uns nicht vorstellen, als im Schlaf überzugehen in das Reich Gottes.
Elfriede Maruschke war eine heitere Frau, die Wohlgefühl auslöste

. Sie, Herr Maruschke sagten mir, jeder wäre gern mit ihr zusammen gewesen. Diese Worte haben mich nachdenklich gemacht. Ich habe mich gefragt, ob man überhaupt etwas Angenehmeres über einen Menschen sagen kann, als, man habe sich in seiner Gesellschaft wohlgefühlt? Was bedeutet das? Für den Besucher das Gefühl der Freude ihm zu begegnen. Dann die köstlichen Momente seiner Gegenwart zu spüren und beim Verlassen das eigene Lächeln im Gesicht auszukosten, weil es ein guter, ein angenehmer Besuch war.

Es gibt diese unglaublichen Menschen, die allein durch ihre Gegenwart in uns das Gefühl von Behagen auslösen.

Was nützt eine Biographie, angefüllt mit Lebensereignissen, die aufgezählt werden? Sie werden ausgebreitet wie Waren aus einem Präsentkorb: Schaut her, das alles hat X gemacht, dafür hat Y ein Bundesverdienstkreuz bekommen. Das sind in Wahrheit Vergänglichkeiten, die in Vergessenheit geraten werden. Aber einen Satz wie: Jeder hat sich in ihrer Gegenwart wohlgefühlt, den wird niemand vergessen, weil er eine schöne Empfindung in uns auslöst. Nicht sein ständiges etwas tun ist das Wesentliche, das einen Menschen ausmacht, sondern seine bloße Existenz. Der Mensch reduziert auf sich selbst, ohne Orden, Auszeichnungen, ohne Lack und Schnörkel kann Glück bedeuten, Freude bringen und letztendlich Frieden schenken.

Ein solcher Mensch ist Elfriede Maruschke gewesen.

Gut, dann kommt: Lasst uns beten und dann der Rest.

Der geistliche Herr atmete tief ein und dann aus.

Damals

Damals
als der Nachtwind sich sträubte
meine rechte Wange zu küssen
lebte ich zwischen Fis-Dur und H-Moll das ist lange her und
meine Tongabel liegt auf einer Schutthalde begraben oder
sonst irgendwo
jedenfalls ist sie weg und mit ihr das A unzählige Male
brauchte ich es
meine Gitarre auf die Lieder von Joan Baez und Leonhard Co-
hen einzustimmen
Heute
als der Nachtwind auch vor meiner linken Wange zurück-
schreckte
besah ich mir gerade den Weltatlas der aus jenen Tagen
stammt
von spitzen Mäusezähnen sind die Ecken weggefressen ein
Stück Nordpol fehlt es
waren 7 Mäuse
und Fallen reizen
hätten sie sich mit meinen Pralinen und eben diesem
Weltatlas zufriedengegeben wäre es ihnen gut ergangen so
fanden sie ihren Tod
nachts hörte ich wie die Fallen ihnen das Genick brachen
schnapp machte es schnapp und das sieben Mal
Und dann hörte der Nachtwind auf meine rechte Wange zu
küssen meine Pralinen blieben ganz Sibirien blieb auch ganz
bis dahin sind sie nicht mehr gekommen ich habe die Fallen
nicht aufgestellt nein
aber ich glaube ich war die einzige die sich etwas dabei dachte

Die Geschichte zum Gedicht „Damals"

Das Zusammenleben mit Mäusen ist prinzipiell problemlos. Es bedarf einer gewissen gegenseitigen Ignoranz und gleichzeitig der bewussten Duldung. Rein praktisch stellt eine solche Wohngemeinschaft den Wirt vor gewisse Schwierigkeiten. Warum? Weil die Hausgemeinschaft Mensch und Maus aus verschiedenen Gründen, zuvorderst hygienischen, von der überwältigenden Mehrheit der Gesellschaft für unvereinbar erklärt worden ist. Aber mir waren im Alter von fünfzehn Jahren keine ernsthaften Bedenken bekannt. Ekel und Abneigung, gar Angst vor Mäusen, die kannte ich selbstverständlich von den einschlägigen Reaktionen der Erwachsenen. Ich selbst dagegen hatte Mäusen gegenüber eher zärtlich beschützenden Gefühlen, die soweit gingen, dass ich einmal eine bereits leicht benommene Maus aus den Fängen einer Katze rettete und sie zu ihrem eigenen Schutz in den Keller meiner Großmutter setzte. Kurz um, ich lebte mit einer unbekannten Anzahl von Mäusen konfliktfrei und in Harmonie. Wie das möglich war?

Mein Elternhaus, ein großer Geschäftsbetrieb, war weitläufig. Zu meinen Zimmern, die aus Wohn- und Schlafraum bestanden, gelangten Besucher über eine Treppe. Wer kam zu mir? Morgens unser Schäferhund mit dem Auftrag mich zu wecken, später die Haushälterin, Frau Altmann, um das Bett zu machen und zu putzen, später am Nachmittag eine meiner Freundinnen, wenn nicht ich zu ihnen ging. Meine Eltern kamen freiwillig nie, außer ich war krank oder hatte mein kleines Wohn-Arbeitszimmer umgeräumt und sie gebeten, das Ergebnis für gefällig zu erklären. Sonst wurde ich nicht besonders beaufsichtigt, da meine soziale Eingliederung im zarten Alter von fünf Jahren nahezu abgeschlossen war. Meine Eltern aßen gerne außer Haus, und ich durfte sie begleiten, weil ich Messer und Gabel zu diesem Zeitpunkt bereits beinahe geräuschfrei auf dem Teller bewegen konnte. Den sekundären Knigge-Unterricht besorgte dann eine Großtante, die es für wesentlich hielt, mir den Umgang mit unserem Personal anzutrainieren. Im Übrigen lebte ich in großer Freizügigkeit und ging ungestört meinen vielschichtigen außerschulischen Vorlieben nach, wozu auch Besuche in der damals noch geschlossenen Zentrale der kommunistischen Partei gehörten, die ich gerne der Ballettstunde oder dem Gitarrenunterricht anschloss.

Die Mäuse wohnten hauptsächlich in meinem Sofa. Deshalb war auch ihrerseits ein hohes Maß von Toleranz gefragt, wenn ich mich mit Schwung dort niederließ. Saß oder lag ich längere Zeit ruhig, benahmen sie sich recht ungeniert, piepsten, tobten, kopulierten gar, was wusste ich? Da Putzen keineswegs zu meinen Aufgaben zählte, war es für mich eine respektable Aufgabe, jeden Morgen ihre Köttl aufzufinden und einzusammeln, sonst wäre unsere Wohngemeinschaft zu Ende gewesen. Es waren auch nicht die Köttl, die für ein Ende des friedlichen Zusammenlebens sorgten. Es war eine Schachtel Pralinen und mein Schulatlas. Beide Gegenstände lagen unter dem Tisch auf einem Metallrost, das nicht so oft gereinigt werden musste. Irgendwann fiel es Frau Altmann auf, dass die Pralinenschachtel angeknabbert aussah und ebenso der Atlas.

Mein Vater: „Gisela, hast du Mäuse im Zimmer?" „Wieso?" „Frau Altmann sagt, es liegen angenagte Sachen unter dem

Tisch." „Ist mir nicht aufgefallen." „Na gut, Herr Wenz besorgt Fallen und stellt sie auf." Herr Wenz, ein Verkaufsfahrer, tat es.

Es wurden 7 Fallen aufgestellt und ich hörte, wie sie nachts zuschnappten. Alle Mäuse starben.

Ich vermisste sie. Einmal, als ich an einem Wochenendtag noch im Bett lag, habe ich eine Maus gesehen. Sie huschte an meine Schlafzimmertür, verharrte, schaute mich dabei unverwandt an und schließlich begann sie sich ausgiebig zu putzen. Das hatte etwas Vertrauensvolles an sich. Ein:
Ich weiß, Du tust mir nichts.

Ich musste zulassen, dass sie getötet wurden, wie hätte ich es verhindern können? Zurück blieb die Gewissheit, einen Teil meiner Unversehrtheit unwiederbringlich verloren zu haben.

Frau Lindners Erwachen

Novelle

Das Ehepaar Ott einen Tag vor seiner Weltreise

„Vertrau mir, Henriette!" Sagte Herr Ott und war ganz ernst. „Buchhaltung und Geschäftsführung sind zweierlei. Buchhaltung und Procura gehören zusammen. Geschäftsführung und Procura beißen sich. Frau Lindner versteht nichts von Buchhaltung und Herr Albrecht nichts von Personalführung und Organisation. Das wird sich parallel gut vertragen." Seine Worte blieben ohne Überzeugungskraft auf die Gattin. „Herr Albrecht hat etwas Verschleiertes an sich." „Henriette, du spinnst. Herr Albrecht ist zuverlässig, peinlichst genau, korrekt bis in die Haarspitzen. Er wird das Geschäft wie sein eigenes führen." „Du sagst es, genau das sind meine Bedenken."

Herr Ott beschloss seine Frau zu ignorieren und stopfte Socken in alle Ecken seines Koffers. Henriette, des Insistierens müde, schwieg ebenfalls.

Zum Zeitpunkt des Gespräches waren Herr und Frau Ott noch in ihrer Wohnung über der Buchhandlung, die der Vater von Herrn Ott gegründet hatte, als der kleine Anton gerade auf die Welt kam. Stolz nannte er daher sein Geschäft Ott & Sohn. Nun war der Gründervater schon ein paar Jahre tot und der nicht mehr kleine Anton wollte Silberhochzeit mit seiner Gattin Henriette im Mai auf Hawaii feiern.

Drei Wochen zuvor hatte er zusammen mit seinem Buchhalter, Herrn Albrecht, einen Notar aufgesucht, der Voll-

machten besiegelte. Buchhalter Albrecht war jetzt Prokurist für die Laufzeit eines Jahres. Frau Ott hätte Frau Lindner, die Geschäftsführerin, für diese Aktion. bevorzugt. Da sie jedoch nichts Sachdienliches gegen Herrn Albrecht vorzubringen hatte, setzte sich der eloquente
Gatte bei seiner Ehefrau durch, jedenfalls prinzipiell. Henriette konnte es nicht lassen, einmal pro Tag ihr Misstrauen auszusprechen. Mit anderen Worten, sie quengelte konsequent noch einen Tag vor der Abreise.
Dann kam der Abschiedstag. Von nun an verlieren wir das Ehepaar aus den Augen.

Frau Lindner dachte

sich was dabei, als der Chef ihr eröffnete, dass die Vollmacht für alle rechnerischen Belange bei Herrn Albrecht liegen sollten. Das konnte in etwa so geklungen haben: ‚Eine Chefpersönlichkeit ist der Albrecht nicht. Diese Herausforderung wird über seinen Horizont gehen. Wahrscheinlich hängt er ständig an meinem Rockzipfel und fordert mir Entscheidungen ab, die er allein nicht treffen will. Ich sehe mich schon allabendlich nach Geschäftsschluss in seinem Büro sitzen und mit ihm Endlosdiskussionen über Einkäufe und Rechnungen führen. Dann ist seine Hilfskraft, Frau Schröder, schon im Feierabend. Frau Schröder, die viele Jahre an der Kasse saß, bis sie vor zwei Jahren mitten im besten Weihnachtsgeschäft einen Nervenzusammenbruch erlitt. Nach ihrer Genesung wurde sie ins Büro versetzt, Herr Ott ist ein sozialer Arbeitgeber. Dort sortiert sie Tag für Tag Belege, füllt Überweisungsträger aus und die Formulare für die Sammelscheckaufstellungen. Mit der Buchführung hat sie nichts zu tun, davon versteht sie nichts. Schade, sonst könnte sie Herrn Albrecht über die Schultern gucken. Ach egal, die Monate werden wir überstehen. '

Lullte sich Frau Lindner in Optimismus ein.

Sechs Wochen später

Der Himmel über Lübeck war uni grau, wie meistens Mitte März. In der Buchhandlung Ott & Sohn brannte die volle Beleuchtung. Frau Berg, die Putzfrau, bewegte den Staubsauger im rhythmischen Tempo über den Teppichboden und weinte. Nein, sie schluchzte nicht, vielmehr liefen ihr stetig dicke Tränen über die Wangen. Sie war nicht wirklich traurig, sondern auf eine ihr eigene zurückhaltende Art sehr wütend. Ihre Kollegin, mit der sie sich seit vielen Jahren die Arbeit in der Buchhandlung geteilt hatte, war wegen einer Krankheit ausgefallen.

Von der Geschäftsführerin wurde ihr sofort Ersatz zugesagt. Daraus war nichts geworden. Der Herr Prokurist hatte es abgelehnt. Eine Mehrstunde pro Tag durfte sie sich aufschreiben. Das war sein letztes Wort. Frau Lindner konnte ihr sein Urteil nicht begründen, oder wollte es nicht, darüber war sie sich unsicher. Am liebsten hätte Frau Berg auf der Stelle gekündigt, wenn ihr das möglich gewesen wäre.

Das ging jedoch wegen ihrer schlechten Arbeitsmarktperspektive nicht. Sie war 55 Jahre alt und konnte nicht wagen, bei einer der großen Reinemachbetriebe um Arbeit anzufragen. Entweder wäre sie wegen ihres Alters gar nicht erst genommen worden oder sie hätte eine zwanzig Jahre jüngere Vorarbeiterin bekommen, die ihr jeden Tag sagen würde, wie was zu machen wäre. Hier wusste sie zumindest, was sie erwartete und sie hatte gute Augen. Eine wirklich gute Putzfrau, hatte ihr vor Jahren eine erfahrene Kollegin verraten, putzt mit dem Kopf und nicht hirnlos jeden Tag alles. Erst wird genau hingesehen, dann ausgeführt. Nur der Teppichboden brauchte täglich Pflege. Der kam immer ganz am Schluss dran, wenn Frau Lindner bereits die Buchhandlung betrat. Punkt 8 Uhr 20 stellte Frau Berg jeden Tag die Kaffeemaschine an, damit die Geschäftsführerin gleich zu Dienstbeginn eine kräftige Stärkung genießen konnte. Nie trank Frau Lindner ihren Kaffee allein, sie wurde mit herzlicher Selbstverständlichkeit dazu geladen. Ihre kleinen Gespräche, die sie dabei führten, drehten sich um das Wetter, das in aller Regel zu nass und zu kalt war, oder um Lebensmittelpreise. Oft erzählte ihr Frau Lindner auch von einem neuen Buch und wenn sie es ausgelesen hatte, gab sie es an Frau Berg weiter, die sich im Laufe der vielen Jahre zu einer geübten Leserin und Kritikerin entwickelt hatte. Kurz und bündig bescheinigte sie Roman X einen großen Erfolg oder sagte zu Roman Y „Dat wart nix, to dörchenanner." Frau Berg hatte häufig völlig recht.

Um kurz nach halb neun war Feierabend für Frau Berg und Frau Lindner startete ihren morgendlichen Rundgang durch die Abteilungen der Buchhandlung. Die ersten Angestellten trafen ein, bekamen kurze oder längere Anweisungen und Punkt halb zehn wurde die Ladentür für Kunden geöffnet.

Zehn Monate später

Frau Lindner kleidete, frisierte und schminkte sich sehr sorgfältig an diesem Morgen, an dem sie mit Herrn Albrecht eine Aussprache herbeiführen wollte. Unter keinen Umständen durfte sie ihm die Möglichkeit geben, ihr mangelnde Kompetenz vorzuwerfen und sich mit unklaren Ausreden über Kostenanstieg und Rentabilitätseinbuße aus der Unterhaltung winden. Abrechnungen wollte sie sehen, Zahlen, Daten und den Kontostand. Das war ihr gutes Recht als Geschäftsführerin der Buchhandlung Ott & Sohn.

Sie machte sich früh auf den Weg. Im Geschäft hatte sie Frau Berg erwartet. Sie war nicht da. Stattdessen fand sie auf ihrem Schreibtisch einen Zettel: *Mir ist schlecht geworden, Frau Lindner, ich musste gehen, das Herz. Morgen kommt meine Schwiegertochter zur Aushilfe.* Auch das noch. Frau Lindner machte sich an die Arbeit. Wenigstens der Teppichboden sollte gesaugt werden. Das war ungewohnte Arbeit für sie und schnell begann die Geschäftsführerin zu schwitzen.

Sie hörte ihn nicht kommen. Plötzlich stand er vor ihr und ihre schlechten Nerven ließen sie kurz erschrocken aufschreien. Dann schaltete sie den Staubsauger ab. „Frau Lindner, sie sehen aus wie eine Furie, so wollen sie doch nicht unsere Kunden empfangen?"

Sie sah ihn für Sekundenbruchteile fassungslos an und spürte trotz ihres Schwitzens durch die ungewohnte körperliche Anstrengung, wie ihr jeder Tropfen Blut aus dem Kopf wich. Eine solche Unverschämtheit musste sie sich nicht gefallen lassen.

„Sie", sagte Frau Lindner, „ich bin für ihren unhöflichen Gesprächseinstieg überhaupt nicht undankbar, weil ich mich dadurch ebenfalls von überflüssigen Freundlichkeiten entbunden sehe, die zwischen Ihnen und mir kaum angebracht sind. Ich kam so früh um vorzuarbeiten, weil ich dann, sobald Sie hier sein würden, mit Ihnen sprechen wollte. Frau Berg konnte heute wegen einer Herzsache nicht arbeiten, so dass ich diese Tätigkeit übernahm, weswegen Sie froh sein sollten, dass ich davor keine Scheu hatte."

Während dieses langen Satzes hatte er sie kalt und mit wachsendem Erstaunen angesehen. Dann schüttelte er den Kopf und entgegnete:

„Aber Frau Lindner, Sie sind doch hier die Geschäftsführerin, damit hätten Sie nachher einen Lehrling beauftragen können. Bis zur Geschäftseröffnung wäre dies noch angemessen zeitig gewesen."

‚Ich dummes Huhn', dachte sie ‚weswegen kann ich ihm nicht sachlich die Funktionen und wichtigen Morgenaufgaben der Auszubildenden aufzählen, ohne deren Erledigung das Tagesgeschäft im Chaos versinken würde? ' Er jedenfalls hatte keine Ahnung und sie ließ sich verwirren.

„Die haben keine Zeit dafür", sagte Frau Lindner, „dann geht nachher alles drunter und drüber."

„Oh", bemerkte er daraufhin, „ich wusste nicht, dass unsere Geschäftsfähigkeit von Lehrlingen abhängt." Sie kochte vor Wut. Ihr war klar, dass er überhaupt keinen Durchblick hatte. Die Kassiererin fiel bereits die 3. Woche wegen Krankheit aus. Diese Aufgabe musste eine Verkäuferin aus der „Unterhaltungs-Literaturabteilung" übernehmen und an ihre Stelle hatte sie eine tüchtige Auszubildende des dritten Lehrjahres gesetzt. Der andere

AZUBI kam den ganzen Tag nicht aus der Telefonzentrale heraus und ein weiterer Verkäufer sitzt den gesamten Tag in der Sachbuchabteilung fest. Und sie selbst, nun, sie war in der „Kunst- und Antiquariatsabteilung" und hatte darüber hinaus das Zentralregister zu bedienen. Aber das sagte Frau Lindner ihm nicht. Mittlerweile wieder zu Atem gekommen, sah sie ihm fest in die Augen: „Herr Albrecht, es wäre gut, wenn wir hochdeutsch miteinander redeten", hob sie ihren einstudierten Text an. Sinnlos, er unterbrach sofort:

„Frau Lindner, wir wollen hier gemeinsam gut arbeiten. Bitte keine Diskussionen wegen personeller Engpässe, etcetera. Dieses Thema denke ich, haben wir ausgiebig besprochen. Die Firma kann sich zurzeit keine unnötigen Ausgaben leisten. Bedenken Sie, dass ich mit meinem Namen für die rechnerischen Belange des Hauses einstehe. Ich alleine trage die volle Verantwortung. Sie, als Geschäftsführerin, haben lediglich die Aufgabe das Personal vernünftig und dem Bedarf entsprechend einzusetzen. Sie bekommen ein sehr gutes Gehalt. Beweisen Sie, dass Sie es verdienen."

Seit Monaten zerriss sie sich, opferte ihre Freizeit für die Firma, organisierte und stopfte Löcher, wo sie nur konnte und musste sich so etwas von ihm nicht sagen lassen. In ihr wurde es ganz kalt. Und kalten Blickes musterte sie ihn. Ja, sie traute ihm zu, dass er nach der Rückkehr des Chefs, kein gutes Haar an ihr lassen würde. Er würde vielmehr sagen:

„Frau Lindner ist ja schrecklich lieb und bemüht sich nach Kräften. Nur, ihr Denken ist unrationell und sie ist auf Gemütlichkeit und Gewohnheit bedacht – eben keine Flexibilität, nicht einmal im Ansatz. Stellen Sie sich vor, Herr

Ott, einmal war die Putzfrau ausgefallen und anstatt eine Reinigungsfirma zu beauftragen oder die Lehrlinge dafür einzusetzen, hat sie selber die Räume gereinigt. Sie war völlig fertig, verschwitzt und total überspannt. Ich musste sie motivieren, nach Hause zu gehen und sich frisch zu machen. In diesem Zustand konnte sie unmöglich Kunden empfangen."

Es ging ganz schnell: Sie hob den Staubsauger an, als wollte sie ihn forttragen und warf ihn mit aller Kraft zu der sie fähig war gegen seinen Kopf. Er stolperte nach rückwärts und schlug mit dem hinteren Schädel gegen die Holzkante eines Bücherschrankes, fiel und blieb liegen.

In der Psychiatrie

Diktat: Frau Lindner, Aktenvermerke zum Gutachten XXI aus 1985

Zur Sozialanamnese: Kindheit und Jugend o. B. Mit 24 erste Heirat. Die kinderlose Ehe wurde nach 3 Jahren geschieden. Die zweite Eheschließung erfolgte im 29. Lebensjahr, blieb kinderlos und wurde nach 5 Jahren geschieden. Eine dritte Ehe ging Frau L. mit 41 Jahren ein, die wiederum kinderlos geschieden wurde. Die heute 45jährige lebt allein. Bemerkenswert ist, dass die Ehescheidungen zu ihrer Schuldlast ausgesprochen wurden. Die Begründungen der Urteile lauteten insbesondere auf Verletzung der ehelichen Pflichten und kompromisslose Haltung in der Haushalts- und Lebensführung. Zwischenbemerkung: Frau L. war 14 Tagen nach Einlieferung gut erholt, hatte zugenommen und war in den Explorationen zugewandt und deutlich interessiert. Wir stellten gemeinsame Lesevergnügen fest und ich erzählte ihr, dass ich, wie unser Favorit Marcel Proust, ebenfalls Asthmatiker sei. Ich berichtete ihr von einem sehr bedrückenden nächtlichen Anfall, den sie mit: ‚Leiden sind etwas, an denen die Persönlichkeit eines Menschen entweder versagt oder wächst' kommentierte.

Diese Formulierung ist sachlich richtig und gibt noch keine Hinweise auf eine reduzierte Empathie. Was sagt es über ihr Persönlichkeitsbild aus? An dieser Stelle des Gutachtens zitiere ich aus meinem Lehrbuch Seite 234 mit Beginn hier: Eine Persönlichkeitsstruktur mit deutlich masochistischer Tendenz und so weiter.

Als Frau Lindner den Staubsauger hob und damit auf den Kopf des Prokuristen zielte, war sie zweifelsfrei in einer menschlichen Ausnahmesituation, aber weder paranoid noch zwangsorientiert aufgrund eines Prodroms oder einer etablierten Schizophrenie. Ich werde ihr volle Zurechnungsfähigkeit attestieren müssen.

Als Frau L. an jenem Tag die Räume der Buchhandlung betrat, hatte sie keinen Mord geplant. Auf Vorsätzlichkeit wird nicht plädiert werden können. Totschlag trifft zu. Ich möchte nicht darüber urteilen, ob sich Frau L. eines schweren oder minder schweren Totschlags strafbar gemacht hat. Sie hasste den Mann und während des Gesprächs mit ihm hat sie sich in eine Hypothese bezüglich seiner künftigen Aussagen gegenüber dem Chef hineingesteigert, die dazu führte, einen Staubsauger gegen seinen Kopf zu schleudern. Daran ist er nicht verstorben. Das hatte aber den Aufprall seines Hinterkopfes auf den hölzernen Buchregal ausgelöst. Konnte sie damit rechnen, dass das passieren könnte? Nicht unbedingt. Er hätte den Gegenstand abwehren oder beiseite springen können.

Das Diktat des Gutachtens wird morgen erfolgen.

Danke, Ende.

Frau Lindner denkt in einem anderen Raum derselben Einrichtung nach

Frau Lindner hatte den Eindruck, dass Uneinigkeit über ihre Person und ihren Charakter herrschte. Schon 6 Wochen lang wurde sie befragt und psychiatrisch untersucht. Dennoch war es eine angenehme Zeit. Die Klinik erwies sich als sehr modern ausgestattet und verfügte über die neusten therapeutischen Möglichkeiten, wie ihr die stolze Nachtschwester erklärte. Außerdem gab es ein Hallenbad und Sporteinrichtungen. Und die Küche war ausgezeichnet. Schon innerhalb der ersten 14 Tage nahm sie 3 Kilo zu, ihr Gesicht glättete sich und schaute ihr entspannt aus dem Spiegel entgegen. Sie schlief fabelhaft und von Nervosität konnte keine Rede mehr sein. Ihr gelang es auch wieder zu lesen und koordiniertes Denken stellte sich ein. Mit Schaudern dachte Frau Lindner an ihr Gestammel vor Herrn Albrecht an jenem Morgen: Wie weit doch ein Mensch einen anderen in die Tiefe ziehen konnte. Ihr Psychiater und Gutachter im bevorstehenden Prozess war ein liebenswürdiger Mensch mit offenen dunkelbraunen Augen voller Wärme. Sie verstanden sich sehr gut. Nach und nach erfuhr sie einen Teil seiner Lebensgeschichte. Seine Jugend verlief einsam. Sein Vater, ein Landarzt, war Tag und Nacht für die Patienten zu sprechen. Die Mutter, eine stille bescheidene Frau, ging ganz für die Familie auf. Zeit für Gespräche fehlten beiden Elternteilen. Und er, der heranwachsende Jugendliche, ein Allergiker, entdeckte seine Liebe zur Literatur und zu seinem Leidensgenossen Marcel Proust. Proust und E. A. Poe. Irgendwann stieß er auf Freud und die Psychoanalyse fesselte ihn. Er beschloss Psychiater zu werden. Frau Lindner fand, dass er ein richtig guter war.

Sie wollte und konnte nicht zulassen, dass er an ihr medizinisch fehlurteilte. Er war ihr nach 4, 5 Wochen lieb und vertraut geworden. Klipp und klar hatte sie ihm erklärt, dass sie nicht schizophren war, sich auch nicht im Zustand eines Prodroms befunden hätte. Sie gab unumwunden zu, ungewöhnlich nervös infolge monatelanger Arbeitsüberlastung gewesen zu sein, aber durchaus im Vollbesitz ihrer geistigen und wenn auch geschwächten körperlichen Energien. „Diesen Mann", sagte sie ihm,
„habe ich gehasst."

Er erwies sich als echter Arzt-Patienten-Partner und erklärte ihr gewissenhaft, dass sie ein schwieriger Fall sei, gerade weil sie keine Schwäche zeigte. Wäre sie voller Reue und Demut, könnte er ihr Wiederholungsunfähigkeit attestieren. Hörte sie Stimmen oder hätte sie jemals Halluzinationen gehabt, träfe ein bestimmter Paragraph auf sie zu, aber so? Er tat Frau Lindner in seinem Gewissensentscheid leid. Er musste ihr intakte Intelligenz, volle Gesundheit und einen ausgezeichneten körperlichen Allgemeinzustand bescheinigen. Schlimm für ihn. Sie mochte nicht in seiner Haut stecken.

Die Begutachtung war abgeschlossen und sie wechselte in die Untersuchungshaft um auf ihren Prozess zu warten.

Der Prozess begann

Nachdem die Anklageschrift verlesen war, wurde Frau Lindner zu ihrer Person befragt. Danach sollte sie, wie bei einer Bewerbung, kurz aber inhaltlich vollständig ihren

Lebenslauf schildern: Kindheit, Schulzeit, Einstieg ins Berufsleben verliefen bei ihr glatt, es gab weder Schwierigkeiten noch Sensationen. Ihren Vater verlor sie im Alter von 15 Jahren; ihre Mutter starb als sie 20 wurde. Im selben Jahr bestand sie ihre Prüfung und wechselte zu Herrn Ott. Sie sprach nicht gerne über Angelegenheiten mit denen sie abgeschlossen hatte und die Schilderung der anschließenden Lebensjahre bereiteten ihr Hemmungen und Peinlichkeiten. Und gerade zu diesen Jahren, in denen sie dreimal heiratete und sich wieder scheiden ließ, wurden ihr Fragen gestellt. Woran krankten die ehelichen Beziehungen, weswegen scheiterten die Ehen? Sie sei keine Psychologin, sagte Frau Lindner, ihre letzte Ehe sei vor 9 Monaten geschiedenen worden, wozu heute darüber Überlegungen anstellen?

„Hier steht", ließ sich der Staatsanwalt vernehmen, „auch im 3. Scheidungsurteil, ich zitiere: Die Ehefrau verletzte fortwährend ihre ehelichen Pflichten, zeigte sich kompromisslos in Fragen der Haushaltsplanung und Lebensführung. Zitat Ende. Frau Lindner", hob er erneut an, „der Tatbestand ist klar, an dem ist nicht zu rütteln. Was wir suchen ist das eigentliche Motiv und hierbei müssen Sie uns helfen. Wir müssen uns ein Bild über ihre Persönlichkeit machen können."

Er nahm seine Lesebrille ab und sah sie, schien ihr, erwartungsvoll an. Für einen flüchtigen Moment hatte sie den Einfall, dass irgendetwas mit dem psychiatrischen Gutachten schiefgelaufen sein müsste, was sie sogleich wieder verwarf. Sie überlegte krampfhaft, was sie ihm antworten konnte. Mitnichten war sie auf diese Fragestellungen vorbereitet gewesen. Schließlich sagte Frau Lindner: „Bevor ich die Ehen einging, habe ich meine künftigen Partner geliebt. Sie waren zugewandt, rücksichtsvoll, partnerschaftlich. Ich konnte mit ihnen reden. Nach wenigen Ehemonaten ging es bergab. Keine Spur mehr von Sensibilität. Vor Eheschluss wurde sich freundlich über alles befragt, in der Ehe musste sich über alles mühevoll verständigt werden. Ich bin heute der Ansicht, dass die totale räumliche Nähe zwischen Partnern eine Distanzlosigkeit schafft, die geeigneter Nährboden zum sich-gehenlassen bedeutet. Das Bewusstsein: ich bin nur zu Gast entfällt sicher auf beiden Seiten. Ich habe diese Phase der scheinbar normalen Machtkämpfe einfach nie überstanden. Ich konnte nicht einsehen, dass innerhalb der Ehe die Dinge anders laufen mussten als vorher. Ich hatte keine Lust auf Autos, an denen mir nichts lag, zu sparen. Wenn ich keinen Beischlaf mochte, eben weil ich keine Lust hatte, wollte ich nicht nur des lieben Friedens willen stillhalten. Ich war dreimal verheiratet, dennoch kommt es mir heute vor, als sei es mit nur ein und demselben Mann gewesen. Sie waren alle gleich. Sie sahen das Praktische, Nützliche oder allzu Phantastische, wenn ich darauf nicht reagierte und in ihren Augen nicht funktionierte, war ich die verständnislose und kaltherzige Ehefrau. Ich war kompromisslos, weil ich auf die Einhaltung vorher abgemachter Regeln unseres ehelichen Zusammenseins bestand."

Das war eine lange Rede, die sie durchaus befriedigte. Sie hatte die Wahrheit gesagt und war fast ein wenig stolz auf sich, dass sie sie nach anfänglichem Zögern so fließend hervorbringen konnte, obwohl der Text weder einstudiert noch geplant war. Ihre Anwältin drückte ihr herzlich den Unterarm.

Und dann kam der 2. Tag, an dem das psychiatrische Gutachten, in Abwesenheit des Gutachters, verlesen wurde, der sich zu Gastvorlesungen in den USA aufhielt. Er galt als erster Zeuge, weil direkte Tatzeugen nicht vorhanden waren.

Das Gutachten begann mit persönlichen und medizinischen Daten: Name, Alter, Einlieferungs- und Entlassungsgewicht, Ergebnisse von laborchemischen und physikalischen Untersuchungen. Sie verstand so viel, dass sie entnehmen konnte Normwerten zu entsprechen. Danach wurde ihr Charakter interpretiert, anhand von wörtlichen Aussagen, die sie auch durchaus als ihre eigenen wiedererkannte. Er, ihr Psychiater, hatte ihr einen seiner nächtlichen Asthmaanfälle geschildert. Darauf hatte sie geantwortet: ‚Leiden sind etwas, an denen die Persönlichkeit eines Menschen entweder versagt oder wächst.. In der Auslegung hieß es: „Eine Persönlichkeitsstruktur mit deutlich masochistischer Tendenz, kann bei Erfolgsversagen des Ich-Bewusstseins sadistische Züge entwickeln. Durch diese Charakterspielart, um es laienhaft auszudrücken, stellt sich eine Verzögerung des Eigenerleidensgenusses über den Genuss des Fremderleidens ein. Leid empfinden als höchste Wahrnehmung, als Genuss gar als Voraussetzung für eine befriedigende Ich-Wahrnehmung, gilt in der psychiatrischen Schulmedizin als krankhafte Persönlichkeitsentgleisung. Von einer Geisteserkrankung im eigentlichen Sinne kann nicht die Rede sein.

In der Psychiatrie muss grundsätzlich zwischen pathologischer, also krankheitsbedingter Persönlichkeitsstruktur und abnormer Persönlichkeitsentwicklung unterschieden werden. Der wesentliche Unterschied ergibt sich daraus, dass die krankhaft ausgelösten Persönlichkeitserscheinungen letztlich zum Verlust der Vitalenergie führen, also zum langsamen Verebben der Arbeitsfähigkeit im physischen und psychischen Sinne ganz allgemein. Die in ihrer Persönlichkeitsentwicklung gehemmte oder fehlgesteuerte Person hingegen erlebt die eigene Andersartigkeit nur während bestimmter Augenblicke, in denen ihr Fehlverhalten für andere sichtbar, spürbar oder wahrnehmbar wird und zwar in Form eines verneinenden Widerhalls."

Frau Lindner nutzte die Pause, die durch das Umblättern der Seite entstand, um in helles Lachen auszubrechen. Ein Kasperle-Theater hätte nicht erheiternder auf sie wirken können. Sie hörte auf zu lachen, weil das Gericht zur Ordnung rief und niemand außer ihr lachte. Sie hatte spontan das Gefühl, sich für ihr Verhalten rechtfertigen zu müssen und bat um das Wort, was ihr gewährt wurde. „Hohes Gericht", begann sie, „für mein Benehmen bitte ich um Entschuldigung. Die Ausführungen meines Gutachters kamen mir im Moment so lächerlich vor, weil ich an den Augenblick denken musste, von dem seine Gedanken ausgingen. Und das war so: Wir sprachen über Literatur und unter anderem über Marcel Proust, den er und ich gleichermaßen schätzen. Dabei erzählte er mir, dass er ebenfalls Asthmatiker sei und schilderte mir sehr anschaulich einen besonders heftigen nächtlichen Anfall. In einem unserer Gespräche für das Gutachten sagte er, er hätte mir, um meine Reaktion zu prüfen, schlimme Leidensformen geschildert. Aber dieser Anfall war doch schon 40 Jahre her. Wie konnte ich darüber spontan Mitleid empfinden, für ihn, der ihn sehr gut überlebt hat? Darauf reagierte ich mit dem Satz, der von Ihnen richtig zitiert wurde." Sie verstummte, weil sie das Gericht: Staatsanwalt, Vorsitzender Richter, die beisitzenden Richter, Protokollführerin, so merkwürdig ansah. ‚Sie glauben mir kein Wort, das ist ganz offensichtlich'. Und in dieser Sekunde des Erkenntnisses erkannte sie ihr Verhalten als Fehler. Zwischen Schweigen und Erkenntnis lag nur ein Augenschlag und sie fuhr fort: „Begriffe wie Masochismus und Sadismus", sagte Frau Lindner, „sind soweit meine Kenntnisse reichen von zwei Herren geprägt, die sich ihren Namen insbesondere durch ihre beschriebenen, nicht allen gefallenen Sexualpraktiken machten. Daraus hat die Psychiatrie die masochistischen beziehungsweise sadistisch untermauerten Persönlichkeitsstrukturen abgeleitet. Von Herrn Sacher-Masoch habe ich nichts gelesen, über de Sade etwas mehr. Nunmehr blieben uns seine Trivialromane erhalten und nicht seine ausführenden Aufsätze und Schriften, zumindest nicht in deutscher Übersetzung und in einer Bibliothek zu erhalten. Es existieren wenige Zeugnisse seines Denkens, die einige Köpfe für unvergleichlich wertvoll halten. Mir persönlich sind darüber nur Interpretationen bekannt, die ausschließen, dass ich mich zu ihnen äußern kann. Aber das, was ich darüber weiß, beantwortet mir nicht die Frage, was mein Fall damit zu tun haben soll. Ich neige weder dazu mich selbst zu quälen oder andere und ich könnte mir keine Situation vorstellen, in der ich etwas genießen könnte, was mich oder andere quält. Im Gegenteil: wenn eine Situation verkehrt läuft, versuche ich sie zu ändern. Und wenn mir dies nicht mit guten Worten gelingt, dann setze ich mich notfalls auch zur Wehr, obgleich ich keine Genugtuung dabei empfinde."

Darauf schwieg sie, abermals zufrieden mit ihrer Aussage. Der Vorsitzende Richter erteilte einen Wink und die Verlesung des psychiatrischen Gutachtens wurde fortgesetzt. „Diese Verhaltensformen treffen, obgleich sie im ersten Anschein grobe Ähnlichkeiten zum Charakterbild der Patientin aufzeigen, auf Frau Lindner nicht zu. Vielmehr entglitt sie immer dann einer sicheren Beurteilung, wenn mein Team und ich scheinbar zu einer Erkenntnis gelangten, die sich dann wiederum als nicht verifizierbar herausstellte. Wir mussten schließlich davon ausgehen, dass es sich bei Frau Lindner um eine Persönlichkeit handelt, die zu ganz außerordentlichen Gefühlshärten fähig ist und zwar ausschließlich dann, wenn sie selbst ihre eigene Person gefährdet sieht, beziehungsweise das, was sie unter Gefährdung ihrer Person zu verstehen glaubt. ....“

Der Text lief weiter, aber sie hörte nicht mehr zu. Aus der Traum, kein Kasperle-Theater mehr. Und überhaupt kein Theater. Dies war bittere Wirklichkeit. Auf einmal, das erste Mal seit den Monaten in der Psychiatrie und Untersuchungshaft und seit dem unseligen Morgen als sie den Prokuristen Albrecht erschlug, verspürte sie Angst. Sie überfiel sie unmittelbar und mit jäher Heftigkeit. Sie durchdrang ihren Körper, griff ihr mit Eisesfingern ans Herz, das sekundenlang aufhörte zu schlagen um dann überstürzt die Tätigkeit wieder aufzunehmen: „Sie werden mich verurteilen.“ Pochte es gegen ihre Rippen und Schläfen, hämmerte es durch ihren Kopf. Sie war dermaßen verwirrt, dass sie nur noch auf den Satz wartete:
„Wir setzen am morgigen Mittwoch um 10 Uhr die Verhandlung fort.“

Später in der Zelle beruhigte sie ihre Nerven mit einer Zigarette und sie dachte über Herrn Albrecht nach: Der Buchhalter war ein blasser dünnlippiger Mann. Blutlos und genau. Kalte Fischaugen, schüttere graublonde Haare. Er war höflich, aber nicht freundlich. Er besaß weder Humor noch Charme. Ironie zeichnete ihn ebenso wenig aus. Er imponierte einzig durch beflissenen Ordnungssinn. Er war berufen für seinen Beruf, den er mit unerhörter Akribie zelebrierte.

Niemand kannte ihn näher. Ein privates Gespräch ergab sich während der langen Jahre der Betriebszugehörigkeit zu keiner Zeit. Sie nannte ihn heimlich Foma Fomitsch, weil sie seine Person rein äußerlich verblüffend an die Dostojewski'sche Romangestalt erinnerte.

Eines Tages erhielt er Procura, eingetragen beim Amtsgericht, und damit beförderte ihn der Chef zu seinem offiziellen Vertreter während seiner bevorstehenden langen Abwesenheit. Und von dieser Stunde an veränderte sich ihre berufliche Situation; sie, die eigentliche Geschäftsführerin der alt eingesessenen Buchhandlung Ott & Sohn, geriet ins Hintertreffen.

Kaum war der Firmenchef außer Landes, als sein mit Procura versehener Buchhalter zügellosen Geiz entwickelte. Unerbittlich strich er ihr Neuerscheinungen mit der Bemerkung, die Kunden könnten bei Bedarf die Exemplare bestellen. Er kümmerte sich um jeden vorhandenen Kugelschreiber, kontrollierte den Verbrauch des Toilettenpapiers. Er verweigerte ihr die Kostenübernahme ihres jährlichen Buchmessebesuches. Im Winter drosselte er die Heizung, entließ wegen Krankheit die zweite Raumpflegerin und, als eine Verkäuferin wegen Schwangerschaft ausschied und zwei weitere in die Rente gingen, durften keine

neuen Kräfte eingestellt werden. Das blieb nicht ohne Folge, weil sie dadurch gezwungen war, selber immer wieder in die Verkaufstätigkeit einzugreifen, anstatt ihrer eigentlichen Aufgabe gemäß für besondere Kundenberatung zur Verfügung zu stehen und auf eine reibungslose Organisation des Betriebes zu achten. Frau Lindner schritt in ihrer Zelle auf und ab und murmelte:
‚Ich war restlos überfordert‘.

Schon bald mehrten sich die Klagen der Kunden über mangelnde Aufmerksamkeit seitens des Personals, Buchbestellungen wurden vergessen oder zu spät angefordert und wichtige Nachlieferungen blieben unausgepackt stehen. Nach knapp 10 Monaten war die Betriebsstimmung vergiftet. Die Zahl der Krankmeldungen häuften sich. Ein unhaltbarer Zustand.

Herr Albrecht, der Prokurist, blieb hart: Keine Neueinstellungen, die Firma müsste sparen, die aufwendige Reise des Chefs koste Unsummen. Sie glaubte ihm kein Wort. Trotz vielfacher Kundenbeschwerden lief das Geschäft besser denn je. Sie arbeitete täglich 12 Stunden, aß nur noch wenig. Ihre Haut wurde grau und faltig. Sie schlief schlecht und wurde täglich nervöser. Ihre Leistungsfähigkeit ging zu Ende. Seit 25 Jahren arbeitete sie für Herrn Ott; sollte sie jetzt wegen eines Prokuristen das Handtuch werfen und kündigen und das in einer Zeit, in der jeder froh war, eine gut bezahlte Stellung zu haben, vor allen Dingen eine alleinstehende Frau von 45 Jahren. Nein, sie hatte sich zum Kampf entschlossen.

Frau Lindner ging noch einmal die Fakten durch: ‚Ich habe einen Mann im Affekt getötet, den Prokuristen meiner Firma, der ich seit 25 Jahren angehöre. Zuvor hatte ich mich 10 Monate lang von diesem Menschen traktieren lassen. Ich verstand seine extremen Einsparmaßnahmen nicht. Darüber wollte ich mit ihm sprechen und als er mich beleidigte, drehte ich durch. Hätte ich eine Fallgrube geahnt, wäre ich taktischer vorgegangen. Ich hätte sagen können, dass ich von ihm angegriffen worden sei, vielleicht mit der Absicht mich zu vergewaltigen. Ich musste mich wehren. Wenn ich die Sache so durchgezogen hätte, hätte mein Psychiater recht gehabt und ich wäre in der Tat die gefühlskalte Person gewesen, zu der er mich gemacht hat. Ich fasse es nicht, dass mir jetzt aus meiner Ehrlichkeit und ungeschminkten Offenheit ein Strick gedreht werden soll'.

Sie hatte so viel gelesen, kannte die alte und neue Literatur. Aber hatte sie wirklich gelesen oder nur Inhalte zur Kenntnis genommen? Was mochte und was liebte sie gar: Proust wegen seiner schönen Sprache, Böll wegen seiner Inhalte. An Grass schätzte sie seine Aggressivität, von der sie zu wenig besaß. Stimmte das auch? Reflektierte sie sich richtig? Es war doch dagegen so, dass sie Zeit ihres Lebens Kompromisse nie ausstehen konnte. Wie für die meisten Männer, die sie kannte, galten für sie nur Fakten und Tatsachen. Bemühte sie sich um Gefühle oder um gefühlvolle Verständnissinnigkeit? Sie nannte Albrecht heimlich Foma Fomitsch. Hätte sie Dostojewski mit weiblichen Augen gelesen, wäre ihr vielleicht bewusst geworden, wie mit der Natur des Prokuristen zu verfahren gewesen wäre. Und zweifellos hätte sie Albrechts Anweisungen aus dem Munde Herrn Otts akzeptiert. Bei ihr lag die alleinige Schuld. Weswegen hatte sie ihn nie unterstützt? Warum hatte sie ihn nie um sein Urteil gebeten? Vielleicht ging es der Firma wirklich so schlecht. ‚Was heißt vielleicht,' dachte sie, ‚nein, genau das wird der springende Punkt gewesen sein. Wie konnte ich nur dermaßen planlos denken? In welche absurden Vorstellungen hatte ich mich hineingesteigert, als ich Herrn Albrecht Geiz unterstellt hatte. Er konnte doch gar kein Interesse daran gehabt haben überflüssige Einsparungen vorzunehmen. Wahrscheinlich hatte er auch mit Herrn Ott in ständiger Verbindung gestanden. Ich musste wahnsinnig gewesen sein, dass ich das nicht erkannte‘.

Leise flüsterte sie weiter: ‚Er kam morgens als Erster, er ging am Abend als Letzter. Er arbeitete und arbeitete und ich habe nur das gesehen, was ich sehen wollte: Sein kaltes, verschlossenes Gesicht, das wahrscheinlich nur deshalb so aussah, weil es diese vielen Sorgen hatte, die ich wegen meiner Bequemlichkeit nicht teilen wollte. Ich bin unmenschlich, ich bin die Bestie. Ich habe ihn getötet. Ich wurde nicht im Affekt zu seiner Mörderin, sondern aus Engherzigkeit, Schwachsinn und Eifersucht‘.

Und dann war alles in ihr stumm und taub geworden. Sie hatte sich selbst verurteilt, noch bevor es ihre Richter tun konnten. Während der nächsten Tage, an denen viele Zeugen vernommen wurden, hörte und sah sie nichts. Doch, einmal ja, als Frau Berg auftrat. Wie durch einen dichten Nebel hörte sie ihre Aussage:
„Also, auf Frau Lindner lasse ich nichts kommen, die hat ihren Arbeitsplatz immer sauber verlassen, der Tote aber, der schmiss seinen Abfall immer neben seinen Papierkorb......“
Die gute Frau Berg wollte sie auf ihre Weise verteidigen. Eine ganz liebe mütterliche Frau. Wie gern sie sie hatte.

Als Herr Ott vernommen wurde, waren ihre Augen und Ohren fest verschlossen. Es muss sehr lange gedauert haben. Es wurden ihm Fragen über Fragen gestellt und seine Aussagen schienen aus ganzen Aufsätzen zu bestehen. Ihre Anwältin strich ihr immer wieder über den rechten Unterarm. ‚Sie kann unmöglich Mitleid mit mir haben‘, dachte Frau Lindner. ‚Ich habe keine Lebensberechtigung mehr. Alle habe ich getäuscht, enttäuscht und darüber hinaus wertvolles menschliches Leben vernichtet. Ich habe immer nur mich selbst gesehen, nie die anderen Menschen. Wenn ich nur ein wenig Herzensgüte besessen hätte, ein wenig über Charme und weibliche Diplomatie verfügt hätte, wenn ich menschlich sensibel gewesen wäre, wäre Herr Albrecht am Leben und ich stünde nicht in dieser Schuld, einer Schuld, die durch nichts zu rechtfertigen ist. Weder mit schlechten Nerven noch Arbeitsüberlastung. Das einzige, was ein Mensch wirklich besitzt, ist sein Leben und das ihm nehmen, dazu hat niemand ein Recht. Ich hatte es mir angemaßt. Warum habe ich nie früher darüber nachgedacht‘?

Am Tag vor ihrer Urteilsverkündung drehte sie durch. Es begann auf dem Gang zu ihrer Zelle. Sie vernahm die Schritte der sie begleitenden Beamtinnen und ihre eigenen als „Vap-, Vap-, Vap"-Geräusch. Darauf fixierte sie sich und wartete, dass sich ein Rhythmus einstellen sollte. Nichts da. Das einzige was näher rückte war die Zelle. Nachdem sie sie eingeschlossen hatten, wartete sie darauf, die Schritte im Gang verhallen zu hören. Frau Lindner wollte sie nicht auf sich aufmerksam machen. Als es draußen ruhig war, schrie sie, weinte in ihre Schlafdecke, dann lief sie solange im Kreis in der Zelle umher, bis sie taumelte, auf ihre Pritsche fiel und schließlich in Tiefschlaf versank.

Als sie erwachte, fühlte ich sich ausgeruht und wie neu geboren. Sie war bereit, ihre Strafe, die sie verdiente, anzunehmen.

Auf der Fahrt ins Gericht nahm die ehemalige Geschäftsführerin Abschied von den Straßen, von den Menschen: Kinder auf dem Weg zur Schule, Frauen, die ihre Hunde ausführten, alte Leute mit schwerfälligem Gang und einer Zeitung unter dem Arm, Personen die es eilig hatten. Diese alltägliche Szenerie sah sie plötzlich in einem ganz anderen und unvergleichlich kostbaren Licht, weil sie für viele Jahre davon ausgeschlossen sein würde. Das Leben, an dem sie nicht nur versagt, sondern an dessen Wurzel sie sich darüber hinaus schuldig gemacht hatte, würde ohne sie weitergehen.

Ihre Anwältin sah Frau Lindner lächelnd entgegen: „Gleich meine Liebe, haben Sie es überstanden." Sie wusste nicht, was der Staatsanwalt für sie gefordert hatte, sie kannte das Plädoyer ihrer Verteidigerin nicht und sie hatte auch nicht mehr mit ihr gesprochen. Sie hatte an den vergangenen Tagen überhaupt nichts mehr wahrgenommen.

Und dann kam das Hohe Gericht. Im Saal war es sehr still. Der Richter räusperte sich und sagte:

„Im Namen des Volkes ergeht folgendes Urteil: Die Angeklagte wird zu minder schwerem Totschlag im Affekt schuldig gesprochen. Die Haftstrafe ist mit der Untersuchungshaft abgegolten. Ich verlese die Begründung: ...“

Epilog

Seit diesem Tag, dem Tag ihrer Freilassung, sind 5 Jahre vergangen. Aber selbst heute will es ihr nicht gelingen, ihre Gefühle in Worte zu fassen. In den ersten Momenten hatte sie auch keine. Sie saß buchstäblich wie-vom-Blitzgetroffen da, während der Richter die Begründung verlas, die sie natürlich in den Einzelheiten nicht behalten hatte. Jedenfalls hob er hervor, dass ihre Affekttat sowohl psychiatrisch/psychologisch als auch juristisch nach entsprechenden Untersuchungen lediglich als minder schwerer Totschlag galt.

Ohne ihr Wissen hatte es nach Albrechts Tod umfangreiche Untersuchungen gegeben die erstaunliche Tatsachen hervorbrachten. Albrecht hatte auf ihren Namen bei einer Bank ein Konto eröffnet, auf das er regelmäßige Einzahlungen vornahm. In knapp 10 Monaten hatte er der Firma 1,2 Millionen DM unterschlagen. Im Firmensafe fanden sich eine Pistole und ein Flugticket. Hätte er die Raffinesse besessen, eines auf den Namen ‚Lindner' auszustellen, wäre sie verloren gewesen. So jedoch war es in mühsamer Kleinarbeit gelungen, ihre Unschuld zu beweisen, nicht zuletzt deswegen, weil ganz bestimmte Aussagen von ihr, ein ungünstiges Licht auf Herrn Albrecht warfen. So hatte sie beispielsweise angegeben, dass sie an diesem Morgen den Prokuristen festnageln wollte. Wörtlich hatte sie gesagt: „Ich wollte mich nicht mehr abspeisen lassen, sondern Abrechnungen, Zahlen und Konten sehen."

Nach Einschätzung des Richters hatte Albrecht folgenden Plan: Er wollte Frau L. zwingen zur Bank zu fahren, um das Geld abzuholen. Um ihre Compliance zu garantieren, hätte ihm Frau Berg, die Putzfrau, mutmaßlich als Geisel gedient. Diese Vermutung liegt deswegen sehr nahe, weil das übrige Personal angewiesen war, an diesem Morgen erst um 11 Uhr in die Buchhandlung zu kommen. Albrecht hatte ihnen zur Begründung eine Finanzamt-Kontrolle genannt. Dieses, ergaben einheitliche Aussagen der Angestellten, hätten alle sehr merkwürdig gefunden.

Was Albrecht mit Frau Berg und ihr gemacht hätte, wenn sein Plan an diesem Morgen nicht durch den Ausfall der Putzfrau und schließlich durch sein vorzeitiges Ableben gescheitert wäre, blieb für alle Zeiten reine Spekulation.

Unbehagen

Das Unwetter hat in den frühen Morgenstunden begonnen. Als sie erwacht, ist es da. Sie tritt ans Fenster und sieht in bleischweres Grau. Wie tot liegt die kleine grüne Hallig unter ihrem Blick. Ein aufgebrachter Wind schleudert dicke Wasserfluten gegen die menschliche Eilandbefestigung und unerschöpflicher Regen klatscht an die Fensterscheibe. Trostlosigkeit kriecht aus den Winkeln des Raumes und zwingt ihre Stirn ans Glas. Sie spürt den prallen Aufschlag der Tropfen und eine Erinnerung wird in ihr wach.

Sie ist klein, besucht noch nicht die Schule und soll für ihre Großmutter ein Rezept vom Arzt abholen. Sie ist den Weg schon häufig gegangen. Sie kennt das Haus, klingelt. Eine Frau im weißen Kittel öffnet, reicht ihr die Hand, lächelt sie an. Öffnet für sie eine weitere Tür, lässt sie eintreten.

„Warte bitte hier." Die Tür wird geschlossen, sie ist allein. Sie steht zwischen schmucklosen weißgetünchten Wänden, an die sich Bänke und Stühle geordnet reihen. Ein mit Zeitschriften beladener Tisch in der Zimmermitte. Ein Fenster, unweit davor eine Blumenbank. Niemand außer ihr wartet. Geräusche dringen nicht durch die Tür, nicht durch das Fenster. Einzig von der Wanduhr erfährt sie ein eintöniges Ticken, unterbrochen von einem tonaufwärts ziehenden kurzen Schnarren, wohl jeweils zur vollen Minute.

Ihre Augen finden nichts, womit ihrer Langeweile Einhalt geboten werden könnte. Mit kleinen Kinderschritten durchmisst sie die schmale Gehfläche zwischen Tür und Fester. Die Stille des Raumes beginnt ihr Bewusstsein für

Zeit und Auftrag aufzuheben. Ihre Sinne empfinden vielmehr stumme Unerträglichkeit eines Wartens auf Erlösung. Schon zieht ihr Herz rhythmische Schlussfolgerungen; unruhig heftig pocht es, als könnte damit der Vorgang beschleunigt werden, der darin besteht, ihn auszuhalten. Ihre Fantasie bereitet ihr Vorstellungen, die eine regennasse Straße versagt: Mag kein Weiß, will keine Leere, keinen Regen, bin vergessen, niemand fragt nach mir, bin hinter geschlossenen Türen allein, so muss es sein, wenn jemand richtig eingesperrt ist. Diese Gedanken hüllen sie in eine zarte Traumgeborgenheit, aus der sie erschrocken erwacht, als die Uhr zur vollen Stunde schlägt. Bereits beim ersten Gong fühlt sie panisches Entsetzen über ihre tatsächliche Anwesenheit hier, in diesem Raum, der ihr wenige Sekunden zuvor körperlos unbedeutend geworden war. Augenblicklich spürt sie quälendes Verlangen auf ihr Vorhandensein aufmerksam zu machen und wagt es dennoch nicht, weil größer als ihre Furcht abwartend weiter zu verharren, ihre Angst vor möglichen Konsequenzen ist. Wenn sie zu Recht wartet, wäre es beschämend, sich unbeherrscht zu benehmen. Und wie blamiert wäre sie dann vor den Eltern, die es überhaupt für unschicklich halten, von der eigenen Person ein Aufsehen zu machen. Darum beißt sie die Zähne fest zusammen und strafft ihre Rückenmuskeln.

Es gibt keine Möglichkeit diese Unsicherheit, vielleicht aus irgendwelchen Gründen doch vergessen zu sein, vorschnell zu beenden. Und sie sieht sich die Nacht hier verbringen, ohne Essen, ohne Trinken, ohne zärtliche Küsse der Eltern. Schließlich beginnt sie in ohnmächtiger Hilflosigkeit zu weinen. Ihre Stirn fällt gegen das Fensterglas und spürt die prasselnden Tropfen, die unter ihr die Straße mit kleinen Pfützen übersät. Da draußen, denkt sie ist Straße, sind Regen und Pfützen und Freiheit. Irgendwann kommt die weißgekleidete Frau ganz selbstverständlich zu ihr, lächelt sie freundlich an, gibt ihr, worauf sie gewartet hat.

„Warum schreibst Du Deine Erzählung nicht bei uns fertig? Da bist Du total ungestört; nur Wasser, ein wenig Landwirtschaft, wenig Leute, verstehst Du, kein TV, kein Telefon. Zehn Tage lang gehört Dir das Haus allein.

Gute Gründe, die Einladung anzunehmen.

Bei ihrer Ankunft vor vier Tagen schien die Sonne. Die Hallig wirkte wie ein kleiner grüner, hübsch dekorierter Hügel in unübersehbar viel Meer. Einige Leute geleiteten sie zuvorkommend und wortsparsam zum Haus der Freunde. Ein Bauerhaus, wie die übrigen auch, nur die Kühe fehlten davor. Die Innenarchitektur hatte allerdings nichts mit der äußeren Schale gemein. Sie stand im Wohnraum und sah sich einer Flut von Weiß gegenüber. Sämtliche Zwischenmauern der unteren Etage waren entfernt worden, so dass die ansehnliche Gesamtfläche mindesten 180, wenn nicht 200 Quadratmeter betrug. Blickfang: Jean-Maries schwarzer Konzertflügel, den er sicher nach akustischen Gesichtspunkten in die Raummitte platziert hatte. Viele Meter hinter ihm, in die linke Zimmerecke eingenistet, entdeckte sie einen schlichten weißen Kamin. Die Küche des Hauses versteckte sich hinter einem Mauervorsprung. Sie erwies sich als modern und recht komfortabel ausgestattet. Das kleine Gäste-WC war separat. In der ersten Etage gab es vier Schlafräume und ein Badezimmer. Wo das Bad komfortable Einrichtungsmaßstäbe aufwies, und ähnlich wie die Küche einen gediegenen Luxus ausatmete, da spielten die Schlafräume die Gegenmelodie: Sie überraschten durch äußerste Sparsamkeit. Rohe Matratzen bestückt mit Kopfkissen und Federbetten lagen auf dem Fußboden. An nackten weißen Wänden steckten Nägel, teilweise mit Bügeln versehen. Ein Raum, wohl der von den Freunden benutzte, wirkte bewohnter. Hier hingen Kleidungsstücke und der Fußboden war mit Notenheften, Handtüchern und Unterwäsche übersät. Ein Holztisch stand am Fenster, auf ihm das Werk von A. E. Poe daneben Fachzeitschriften, Aktenordner und stapelweise Papiere. Unter dem Tisch stand eine Holzkiste mit Büchern vollgestopft.

Auf dem Hausboden fanden sich ein alter Küchentisch, diverse Stühle, eine abgetragene Wohnzimmergarnitur, daneben nützliche Kleinigkeiten wie Taschenlampe, Doppelstecker, Verlängerungsschnur. Sie trug davon nach unten, was sie brauchte; ließ die Gegenstände unter der Treppe stehen. Die Luftveränderung hatte sie hungrig und müde gemacht. Sie aß sich satt, hörte noch einige Tonbandausschnitte aus Jean-Maries Konzerten und ging dann schlafen.

Ziemlich früh am Morgen erwachte sie. Draußen vor der Tür stand verabredungsgemäß ein kleiner Eimer Milch, ein Laib Brot und Eier. Sie frühstückte. Der volle Magen machte sie denkmüde und zufrieden. Sie verspürte keinerlei Hemmungen, sich in die warme Spätmaisonne zu legen, statt zu arbeiten. Schließlich schaffte sie es, sich gegen Abend einen Arbeitsplatz einzurichten. Damit ging auch dieser Tag zu Ende.

Am zweiten Tag erwachte sie in aufgeräumter Ferienstimmung und nach einem reichhaltigen Frühstück überkam sie eine satte Behaglichkeit, die körperlich müde und geistig ausdruckslos werden lässt. Mittags hatte sie einen Sonnenbrand. Sie blieb im Haus. Gegen Abend fror sie, wogegen Tee mit viel Rum half. Unter dieser Wirkung schrieb sie ein Gedicht über die Vorzüge der Einsamkeit, obwohl ihr bewusst war, dass sie keinen Natursinn besaß und ihr momentanes Alleinsein schamlos mit Faulenzerei auskostete.

Der dritte Morgen brachte kühle sonnenlose Wende und sie empfand leichtes Unwohlsein, wie häufig bei wechselndem Wetter. Draußen war es unausstehlich windig und im Haus weiß und leer.

Unschlüssig unzufrieden trat sie auf der Stelle. Ein Leseversuch scheiterte, Klavierkonzerte mochte sie nicht hören; das am Abend geschriebene Gedicht ging in Fetzen auf. Schließlich am Spätnachmittag fielen die Würfel gegen die freiwillige Einsamkeit. Sie machte sich das Eingeständnis Kinderstimmen zu vermissen, laute Rufe und Forderungen an ihre Adresse. Sie vermisste ihre Arbeitsecke, die bunt, chaotisch, voller Krimskrams, Spinnengewebe und Staub angefüllt war. Sie vermisste jede Zuhause noch so negativ empfundene Einzelheit, weil alles miteinander ihr Leben ausmachte.

Einmal entschlossen ihre Kartause aufzugeben, hatte sie es eilig hinüber zum Nachbargrundstück zu kommen. Mit dem Eigentümer, der Besitzer eines Motorbootes war, verabredete sie Zeit und Preis für die Überfahrt auf das Festland für den nächsten Tag.

Dieser nächste Tag ist heute und heute ist alles anders: Heute ist Erinnerung an weit Zurückliegendes. Heute ist auch Erinnerung an gestern und an die Gefühle der Erleichterung ihres Entschlusses fortzugehen, was das Wetter jetzt nicht zulässt. Und schließlich ist heute bereits wieder so nahe morgen, doch ohne Gewissheit darüber, was das Morgen bringen wird. Sinnlos, darin achselzuckend hilflos zu verharren. Das hat sie damals getan. Wie wird sie heute handeln?

„Einen Schritt vor den nächsten setzen!" Und ihr fällt ein, wie gut Jean-Marie Chopin interpretiert. Sie duscht, hört die Musik, frühstückt. Nie hat der Kaffee ihr hier besser geschmeckt, nie war eine erste Zigarette am Tag würziger. Heute ist ein guter Tag zum Schreiben, geht es ihr durch den Kopf und vergessen sind Wetter und Umgebung.

Sollte ich mit 35 meinen ersten Roman aufgeben?

Der Tag an dem ich beinahe meinen Roman aufgegeben hätte, begann wie jeder andere: Der Radiowecker war zu laut, es gab keine Schokolade im Haus, in der Kaffeedose fehlte der Inhalt, das Wasser aus der Dusche im Badezimmer war zu nass und mein Mann zu müde um „Guten Morgen" zu sagen.

Der Kaffee fehlt natürlich nicht immer und hin und wieder ist auch Schokolade im Haus, aber wenn der Kaffee da ist suche ich vergeblich nach Brot, Butter oder Käse. Kurz gesagt, in diesem meinem Haus fehlt immer irgendetwas. Aber nicht nur dort. Betrachter unserer Fotoalben geraten regelmäßig ins Staunen angesichts meiner Person. Es existiert ein Bild, das mich in dem betagten, aber gut geschnittenen und teuren Nerzmantel aus dem Erbe meiner Mutter zeigt. Leider vergaß ich die Stiefel zu wechseln, die abgetragen, gelb und hässlich, einen krassen Gegensatz zur eleganten oberen Hälfte darstellen. Harmonisieren zufällig die Kleidungsstücke miteinander, passt mein Gesicht nicht. Was nützte mir die geschmackvolle Abendgarderobe, da mich ein explodierender Sektkorken ganz fassungslos machte. Meine Erscheinung ist die Ausnahme des Gruppenfotos. Alle lächeln erfreut entspannt in die Kamera – ich reiße entsetzt Mund und Augen auf. Natürlich könnte ich mich trösten und behaupten reaktionsschneller, spontaner und temperamentvoller als andere zu sein, wenn nicht ein anderes Beispiel das genaue Gegenteil von Geistesgegenwart festhält.

Ich sollte zur Führerscheinprüfung ein Foto mitbringen und das machte ich nicht, weil ich zu diesem Zeitpunkt noch stark abergläubisch war. Vorzeitigen Optimismus lehnte ich ab und setzte alles daran, auf jegliche Niederlage gut vorbereitet zu sein. Und zu dieser Führerscheinprüfung, an deren Bestehen mir sehr viel lag, was ich aber zur Aufrechterhaltung meines Selbstschutzes nicht zugeben wollte, hatte ich mir eine Besonderheit überlegt. Ich richtete es ein, dass unmittelbar auf den Termin in der Fahrschule der Besuch bei meinem Zahnarzt erfolgen sollte, der mir einen Weisheitszahn ziehen musste, wovor ich selbstverständlich Angst hatte. Würde ich durch die Führerscheinprüfung fallen, könnte ich mein Versagen mit dem Zahn entschuldigen und die ganze Familie hätte Verständnis. Falls ich aber wider Erwarten die begehrte Fahrerlaubnis bekommen sollte, würde die Freude darüber die Furcht vor dem Zahnarzt schmälern.

Ich fand mich damals genial und ging denkbar unbelastet in den ersten Kampf, aus dem ich tatsächlich siegreich hervorging. Planmäßig wurde ich ohne größere Schwierigkeiten im Anschluss meines Weisheitszahnes entbunden. Die bekam ich dann zu Hause, weil mir niemand glauben wollte, dass ich die Prüfung bestanden hatte, da mir der Prüfer wegen des fehlenden Fotos den Schein nicht aushändigen konnte. Bis ich der Familie meine Strategie erklärt hatte und sie schließlich überzeugen konnte, musste ich vor lauter Aufregung einige Zigaretten rauchen. Die Quittung erhielt ich am nächsten Morgen. Meine linke Gesichtshälfte war bis zum Auge dick angeschwollen und das Auge selbst war zu einer strichförmigen Reduktion unter der Schwellung geraten. Um meinen Führerschein abholen zu können, blieb mir nichts anderes übrig, als mich in diesem Zustand der Entstellung fotografieren zu lassen. Trotz der geläufigen Tatsache, dass es bei mir nie so bunt kommt, dass alles seine Richtigkeit hat, konnte ich vor gut eineinhalb Jahren nicht widerstehen und begann meinen ersten Roman.

Bis zu dem Tag, von dem ich berichte, hatte ich den Inhalt etwa bis zur Hälfte fertiggestellt, was einem Gewicht von gut einem halben Kilo entsprach. Ich vertat mich bedauerlicherweise mit der Nummerierung und aus purem Zeitmangel ersparte ich mir erst mal das Nachzählen. Es wäre auch deswegen schwierig geworden, weil einige Seiten auf der Wäscheleine hingen und gemeinsam mit Wäsche, Aphorismen, Gedichten, Termine zur Steuererklärung, Stundenplan meines Sohnes und zahlreiche Quittungen auf eine Weiterverwendung warteten. Und dann passierte folgendes: In eine Diskussion brachte ich ein Zitat ein, welches ich einem sehr bekannten Philosophen zuordnete. Zufällig fiel am nächsten Tag, ich weiß nicht, was ich suchte, mein Blick auf einen Zettel und ich stellte fest, dass ich selbst die Verfasserin des Zitates war. Spontan beschloss ich ein für alle Mal lückenlos aufzuräumen. Ich sortierte, las, nummerierte, las weiter und langsam, langsam wurde mir klar, was ich angerichtet hatte. Bezüglich Inhalt und Aussagen des Textes konnte ich zufrieden sein, nur sprachlich war mir ein massiver Fehler unterlaufen. Die Geschichte begann in der lyrischen Prosa aber endete wie von einem Kriegsberichterstatter diktiert. Mein fünfunddreißig jähriges Selbstwertgefühl zerbarst und fiel abgrundtief in den Staub. Ich musste ziemlich lange weinen, weil ich mir wie ein dummer alberner Clown vorkam und weit entfernt von einer zukünftigen Bestsellerautorin. Was sollte ich tun? Eineinhalb Jahre harter Arbeit lagen hinter mir. Der Inhalt war da, Aussagen, Zusammenhänge, dennoch völlig umsonst, weil mich mein Sprachchaos zwang, ein völlig neues Konzept zu finden – vom ersten bis zum letzten Satz.

Ich schminkte mich neu und zog mich sorgfältig an. Wenn ich schon nicht gut schreiben konnte, wollte ich wenigstens gut aussehen. Und dann fuhr ich in die Stadt. Um mich mit mir auszusöhnen, ging ich gleich in die Buchhandlung, ihrer Art das feinste Haus am Platz und leistete mir das Buch eines Autors, vor dem jeder Kritiker Verbeugungen machte. Merkwürdigerweise hob sich meine Stimmung aber gar nicht, im Gegenteil, je länger ich da um mich sah, desto deprimierter wurde ich: Der dicke Teppichboden, die gediegene Beleuchtung, die vielen Romane, angeboten nach allen Regeln der Werbekunst, flößten mir vollends Traurigkeit ein. Ich schlenderte bedrückt in die Sachbuchabteilung. Vielleicht fand sich dort noch eine kleine Broschüre, die praktische Lebenshilfe für stillose Schriftsteller versprach. Auf dem Weg überholte mich eine Buchhändlerin, die ich wegen ihrer Eleganz, ihres guten Deutsch, das sie sprach, ihrer großen Freundlichkeit und ihres großen Fachwissens immer schon sehr bewundert hatte. Ein Herr wandte sich an sie mit der Bitte, ihm etwas über tropische Regenwälder zu empfehlen. Sie griff hier und dort hin, erklärte – charmant, gewandt, beredt und ich dachte: Mädchen geh nach Hause, verbrenne den ganzen Plunder, es hat keinen Zweck, hier wirst du nie landen. Mir kamen auch gleich schon wieder Tränen und ich war fast dankbar, als eine kleine energische Dame die Szene betrat und mit forscher Stimme meine verehrte Buchhändlerin mit: „Ach, bitte, wo haben Sie die Waldpilze stehen?" ansprach. Ich begann sofort mitzusuchen, was wegen der aufgestiegenen Tränen nicht einfach war.

Als ich die Waldpilze im Blick hatte, suchte meine fantastisch elegante Fachfrau immer noch. Der Herr trommelte mit dem Zeigefinger auf ein tropisches Regenwaldbuch und die Dame ging, kleine Schritte setzend, auf und ab. Jedenfalls es dauerte und dauerte und sie fand das gewünschte Buch nicht und sagte zu meiner Verblüffung in Richtung Kundin: „Tut mir leid, die Waldpilze sind gerade ausgelaufen." „Nicht alle", mischte ich mich ein und wies mit dem Finger auf ein Regal, „da, ganz unten links stehen noch ein paar."

Fort war ich und kehrte der ganzen soliden Ordnung und Perfektion den Rücken zu und tief dankbar für dieses kleine Erlebnis, atmete ich in der Straße die schlechte Luft der Autoabgase ein.

Wie wahr doch, nicht alles ist perfekt und hat seine Ordnung auch wenn es mit Eleganz und glaubwürdiger Selbstverständlichkeit vorgetragen wird – dachte ich – und hatte es sehr eilig nach Hause zu kommen. Irgendwie würde es mir schon gelingen, meinen Sprachstil „in den Griff" zu bekommen. Schließlich machten mir Distanzen von tropischen Regenwäldern zu heimischen Waldpilzen auch nicht zu schaffen.

Nachtwache

5. August 1982 in La Pineda

Der Inhaber des Strandrestaurants hat um die Wirkung der Musik gewusst. Vor einigen Nächten saßen wenige Paare dort, wo seit gestern kaum ein Tisch zu bekommen ist. Die Musiker, zwei Bongo-Trommler und ein Gitarrist, spielen ohne Pause, gönnen sich auch dann keine Ruhe, wenn der Hausherr ihnen eine Erfrischung bringt. Spätestens um Mitternacht kleben ihnen die weißen Hemden auf der Haut. Ihre Gesichter, sonnendunkelbraun, glänzen im Licht der Scheinwerfer. Aus ihren Augen lacht der Rhythmus. Bei den schnellen kleinen Trommeltakten öffnen sich ihre Münder, Zähne blitzen, ihre Köpfe scheinen keinen Halt zu finden; den Zuschauern stockt der Atem, für Sekunden vergessen sie zu denken – und dann, wie aus einem Traum erwachend – erheben sie ihre Gläser und trinken, trinken, trinken.
Die Musik lässt den Wein in Strömen fließen und das Bier in den Gläsern wird nicht schal. Wenn der Gitarrist zum x-ten Mal um 2 Uhr morgens „Samba Brasil" anstimmt, singt auch der blassblütigste Gast mit. Dann ist Schluss. Die Kellner kassieren, räumen die Tische ab. Die Trommler stecken ihre Bongos in Pappbehälter, die wie Hutschachteln aussehen, der Gitarrist verschnürt sein Instrument in einem Leinensack. Der Wirt ist nicht mehr zu sehen.
Sobald der letzte Gast gegangen ist, stellen Kellner, Köche, Küchenfrauen Tische und Stühle zu einer Tafel auf. Sie bringen Speisen und Getränke aus dem Haus, setzen sich und beginnen ihr Nachtmahl. Der Wirt ist wieder da,

drückt jedem etwas in die Hand, was sie unter Kopfnicken rasch in Hosen- und Schürzentaschen schieben. Die Musiker verbeugen sich im Sitzen, artig und müde. Es wird kaum ein Wort gesprochen. Wenig später erscheinen zwei Frauen, heiter und wach. Fragend, schwatzend und lachend gehen sie um die Tafel, bevor sich die Tür des Restaurants hinter ihnen schließt. Unmittelbar darauf herrscht allgemeiner Aufbruch; zurück bleiben Essensreste und schmutziges Geschirr.

Für kurze Zeit wirkt Ruhe wie Atempause, dann geschieht etwas anderes: Der Strand, der unmittelbar hinter dem Restaurant und seinem Garten beginnt, wird lebendig. Zwanzig, dreißig, vielleicht mehr Gestalten mit am Halse baumelnden Taschenlampen und beutelförmigen Gegenständen über den Schultern ziehen, eine Reihe bildend, aus der Nachtschwärze langsam gebückt näher. Lichter huschen über den Sand hinweg, Hände greifen etwas auf, lassen es in die Umhängetaschen gleiten. Unmittelbar vor dem Restaurant löst sich ein Körper aus der Reihe, kommt schnell herangelaufen. Ein Junge, vielleicht 10 oder 12 Jahre alt, hastet an die zusammengestellten, nicht abgeräumten Tische. Davor bleibt er stehen, scheint in die Nacht zu horchen. Dann zieht er eine zerknitterte Plastiktüte aus seiner Hosentasche und entleert geräuschlos und blitzgeschwinde den Inhalt der Schüsseln und Brotkörbe in sie. Abermals verharrt er, blickt wachsam um sich. Etwas auf der Tafel gewinnt seine Aufmerksamkeit. Er stellt die Plastiktüte auf einen Stuhl und greift mit beiden Händen nach einem Weinkrug, setzt ihn an die Lippen, trinkt, stellt ihn zurück auf den Tisch, verbeugt sich in Richtung des Hauses, nimmt wieder die Plastiktüte auf, entdeckt halb im Fortgehen noch etwas auf einem Teller, stopft es sich in den Mund. Sekunden darauf ist er in der Nacht untergetaucht und die beiden Frauen kommen aus dem Haus. Sie sprechen angeregt aufeinander ein und wie nebenbei tragen sie das leere schmutzige Geschirr ab. Die lange Reihe der gebückten Gestalten ist nicht mehr zu erkennen.

Stille breitet sich aus. Nur das Ein- und Ausatmen des Meeres ist zu hören als leises zischendes Rollen, hell knirschendes Ziehen und Malmen. Der wolkenlos unverhangene Himmel lässt seine Sterne ins Wasser tauchen, die Mondscherbe poliert ihre Oberfläche mit zahllosen kleinen Salzflocken.

Auf die leeren Tische springt eine Katze. Anmutig und emsig bewegt sie sich auf und ab, sucht, findet hier und da eine Krume, eine Leckerei.

Von fern ist ein mageres dumpfes Geräusch zu hören. Wieder blitzen Lichter über den Sand. Langsam schiebt sich eine Walze näher, die Fußspuren des vergangenen Tages zu glätten.

Eine der Frauen vom Strandrestaurant reinigt Tische und Stühle, stellt sie ordentlich auf die Plätze zurück. Die andere Frau trägt einen Gartenschlauch aus dem Haus, schließt ihn an, beginnt Steinplatten abzuspritzen und Palmen zu wässern. Vor dem Restaurant neben den arbeitenden Frauen hält die Walze, der Motor wird nicht abgestellt. Eine Männerstimme brüllt, die laufende Maschine übertönend, einen Satz hinüber zu den Frauen. Diejenige mit dem Gartenschlauch hantiert an dem Ventil. Mit hartem schneidendem Geräusch schlägt der Wasserstrahl auf die Walze, trifft die Kabine des Fahrers. Der Mann schreit, die Frauen lachen hell auf. Die Walze setzt ihren Weg fort. Draußen ruht die Arbeit wieder, als mit durchdringendem

Scheppern der Müllwagen vor dem Restaurant hält, um Abfälle einzuladen.

Allmählich verblassen Sterne und Mondscherbe, noch ist die Sonne nicht zu sehen, nur der Himmel erscheint weißlich blassrosa. Das Meer beginnt hastiger zu atmen und entlässt winzige aufgeregte Wellen an den Strand. Über den ebenen Sand läuft ein Frühsportler, neue Fußspuren eines neuen Tages zu setzen.

Aus dem Tagebuch, 18. Juli 1985, 21.30 Uhr

Playa de Aro, 25 Grad

Vor 2 Tagen ist Böll gestorben und drüben, hinter den Hängen nahe Santa Christina geht die Sonne ziemlich rot unter. In zehn Minuten wird das Schauspiel vorüber sein. Stockfinster wird es dann bis nach und nach Mond und Sterne zum Vorschein kommen werden.

Ich fühle mich mies, fast wie im November bei uns. „Böll ist tot" lautete die Schlagzeile einer bekannten deutschen Tageszeitung. Ich las sie heute Morgen und es war sehr heiß am Strand. Und am Strand war nicht einer der Böll las oder Dostojewski, Mann, Grass oder Gide. Die Leute lesen Konsalik oder Groschenhefte. Die Spanier Zeitung, ihre Frauen Modemagazine.

Eben hat mich Carlos gestört. Er sah mich auf dem Balkon sitzen und rief mich laut an, um einen Moment mit mir zu schwatzen. Er kam vom Brot holen. Frisches Brot zum Abendessen um 22 Uhr. Er schwatzte so laut, dass die Kellner und Gäste im Restaurant nebenan abwechselnd Carlos, der in der Straße stand und mich, über dem Balkon hängend, anstarrten und selbstverständlich zuhörten. Ich bin immer wieder aufs Neue verwundert, wie leicht sich hier Kontakte ergeben. Ganz anders als bei uns. Ob es am Wetter liegt, am Charakter, an der Landschaft oder an der Mentalität? Ich finde, im Sommer ist nichts tragisch und nichts ist kompliziert, höchstens Bölls Tod, der nicht hierher passt. Warum ist das so?

Mit Beginn der Apfelblüte, mit der Ankunft der ersten Schwalben sehe ich der Zeit mit freundlicher Gelassenheit entgegen. Milde Heiterkeit legt sich auf die Gesichter der Menschen, die mir begegnen. Sorglosigkeit steigt vom Körper bis hinauf in den Kopf, steigert sich mit wachsender Wärme zu fantasievoller Leichtigkeit. Selbst bei uns zu Hause. Wahrscheinlich hält es der Ernst in luftiger Garderobe nicht aus. Er flüchtet, sucht sich an finsteren Orten Verstecke, um mit Beginn der Herbstschauerboen in sommertrunkene Körper heimzukehren. Dann hat der Norden seine kühlen Kinder wieder. Mit schwindender Sommerbräune verebbt der Sinn für Traumtänzerei. Über den Köpfen wechselt der Himmel zwischen bleigrau am Tag und tristschwarz in der Nacht, meistens jedenfalls. Mir kommt in den Sinn, dass sich Sonne, Mond und Sterne bei uns wie gesuchte Diebe vorkommen müssen. Kaum sichten wir sie – schon flüchten sie voller Panik. Vor uns? Kein Wunder, wenn es stimmt, dass Klima den Charakter eines Menschen prägt, dann gute Nacht, unser müsste danach 8 Monate von 12 kalt sein, gefühllos. Es ist diese feuchte, über Monate immer um die 5 Grad verharren müssende Landschaft, die einen bestimmten Menschentypus schuf: Vernünftig, angemessen auf Ordnung, Genauigkeit und Zweckerfüllung bedacht.

Es sind ja irgendwie schrecklich gute Menschen, sauber und verlässlich und was nicht ganz so sauber an ihnen ist und unzuverlässlich, da sind ihnen die späten Herbsttage ein gutes Vorbild. Ruckzuck ab unter den Teppich, wie die Nebel es mit ihren Häusern und Gärten machen. Klart der Nebel auf, hat alles wieder seine richtige Form, so, als hätte es nie heftig aufeinanderprallende Wetter gegeben. Bei uns gibt es nur kühle Vernunft, kühle Ideale, kühle Religionen, kühle Lieben, kühlen Verstand. Es gibt weder Erdbeben noch Vulkanausbrüche, keine Taifune, keine

Tornados, keine Trockenperioden aber auch keine Eisberge. Selten, alle paar Jahre ein wenig gefrorene Ostsee, die dann Menschenmassenaufläufe verursacht. Bei uns gibt es immer nur das Ahnen von dem, was sein könnte, was woanders ist. Liebliche Hügel haben wir aber keine schroffen Felsen. Soziale Einrichtungen und keine Hungersnöte, exquisite Kliniken statt Epidemien. Verkehrstote statt Revolutionsopfer. Bei uns gibt es massenhaft laue, lasche, abgeschmackte Kritik gegenüber allen, allem und jeddenkbarer Institution. Was wissen wir, wie es sich anfühlt, voller Verzweiflung aufbegehren und verfechten zu müssen?

Wer bei uns geboren wird existiert gut und glatt. Leben muss er mühsam lernen und die meisten sterben, bevor sie auch nur eine blasse Ahnung davon bekamen, was es bedeutet, sich dem Leben mit allen, auch unberechenbaren Möglichkeiten auszuliefern. Wir sterben an Zivilisationskrankheiten: Herzinfarkt, Apoplex. Krebs, Verkehrstod, Industriemord oder Altersmelancholie.

Von Geburt an verurteilt uns unsere Landschaft dazu zu funktionieren als nicht Fisch, nicht Fleisch, nicht lebendig und nicht tot, nie ganz müde und nie richtig wach. Wir leben in einer gemäßigten Zone, die uns mäßig gefühlvoll macht. Die Menschen im Süden schwitzen von der Sonne, schwitzen, wenn sie sich lieben oder hassen. Bei uns gibt es die Sauna.

Schöne Sommertage, schöne Wintertage sind bei uns gezählt. In Südeuropa ist jeder Sommer ein Jahrhundertsommer, in Skandinavien in jedem Jahr ein Jahrhundertwinter. Wir müssen uns stets mit dem Mittelmaß zufriedengeben. Dafür sind wir perfekte Arbeiter und perfekte Konsumenten. Aber was soll bei uns ein Mensch anderes tun als arbeiten und das verdiente Geld wieder ausgeben? Wir sind eigentümliche Menschen. Unerschütterliche Überzeugungen haben und sie konservieren bedeuten bei uns Ehre und Ansehen. Starrheit gilt als Charakterfestigkeit, Mangel an Umstellungsvermögen wird zur Treue am Prinzip erhoben. Und damit werden aus vielen, eigentlich recht skeptisch zu betrachtende und ganz allgemein als fehlerhaft angesehene Eigenschaften wertvolle menschliche Vorzüge.

Zum Teufel mit Kant und seiner Auffassung, die er von der Vernunft hatte. Zum Teufel mit allen Thermostaten, die unsere Bedingungen regulieren, sie haben einen Dachboden und einen Keller, Vorrats- und Abstellraum. Vorsorge, Hauptsorge und Nachsorge. Und nach der Nachsorge kommt immer doch der Tod. Nach dem Begräbnis erfolgt die Analyse, aus der Analyse erwachsen neue Vorsorgen.

Schluss für heute. Böll ist tot und ich gehe an den Strand. Der Sand wird noch warm sein. Und da unten gibt es keinen kalten Wind, nur eine ganz sachte Briese. Sterne fallen ins Wasser, die Mondscherbe wird ihre Oberfläche mit Salzflöckchen polieren. Die Luft ist voll davon und neutralisiert jede Traurigkeit.

Aus diesem Tagebucheintrag entstand das Gedicht:
Böll ist tot
Und die Geschichte:
Schachbrettspiele:

Hilla und Erinnerung an die Kubakrise

Ganz ohne Zweifel, sie war eine Märchenfee.
Die zierliche Gestalt umhüllte ein Kaninchenpelzmantel,
hellbraun-weiß schattiert. Auf den langen dunkelbraunen
Locken saß eine Fellmütze derselben Pelzart und einen
materialgleichen Muff verbarg ihre Hände. Dafür ließ sie
ihre weißen gutgeformten Zähne blitzen. Ihr Mund war
groß, üppig gewölbte Lippen, blassrosa. Beneidenswert
blass war auch ihre Gesichtsfarbe in der strengen Febru-
artemperatur des Jahres 1962, als sie das erste Mal mitten
unter uns auf dem Schulhof stand und die Geschichte ihrer
Flucht aus Ost-Berlin erzählte, womit sich ihre Anwesenheit erklärte. Ihre olivgrünen großen Augen sahen uns aufmerksam an, wenn wir nach diesem oder nach jenem fragten.
Dann holte uns die Schulglocke in den Unterricht und der
Lehrer setzte mich an ihre Seite. Damit war ich von meinem männlichen Nachbarn befreit und außerdem ausgezeichnet, mit ihr, Hilla, der Märchenfee, den Tisch teilen
zu dürfen.
Und mein Hochgefühl sollte kein Ende nehmen, da sich
sehr bald schon eine Freundschaft zwischen uns entspann.
Der glückliche Zufall wollte es, dass sie in meiner unmittelbaren Wohngegend ihr Zuhause hatte. Eines Mittags
rief sie mich an, fragte, ob sie zu mir kommen dürfte wegen irgendwelcher nichtverstandenen Hausaufgaben. Und
ich hieß sie begeistert willkommen, legte ihr gelöste Aufgaben, volle Bluna-Flaschen, Kekse und meinen ansehnlichen Bücherschrank zu Füßen. Sie nahm alles an: Schrieb
ab, aß von den Keksen, probierte die Bluna und nahm Bücher mit, als sie ging. Und dann kam sie jeden Tag. Es

dauerte recht lange, bis sie mich zu sich einlud. Anlass der Einladung war ihre neu erworbene Zimmereinrichtung, wie sie mir verriet. „Keenen Menschen konnt ick vorher reinlassen." Sagte sie in ihrem haarsträubenden Dialekt, den ich ihr abzugewöhnen versuchte, weil er mir eine Gänsehaut bereitete. Es war mir völlig unverständlich, dass ein so schönes harmonisch aussehendes Mädchen Wörter auf eine Weise aussprach, als seien sie unter eine Axt geraten. Die vielen langgezogenen „e-s" und die ebenfalls in Mengen vorkommenden „k-s", waren Ecken, an die sich mein Sprachgefühl stieß.

Sie hatte recht ärgerlich auf meine Zurechtweisungen reagiert, mir etwas über Heimatbewusstsein erzählt, worauf ich einwandte, dass eine Mundart bitte nur ihren Reiz auch dort, eben in der Heimat hätte, anderenorts aber befremdend wirke, denn schließlich schreibe sie ja auch nicht im Dialekt, weil im Dialekt zu schreiben eine unerhörte Schwierigkeit darstellen würde und ich sie schließlich auch nicht auf niederdeutsch korrigierte, sondern im reinen Schreibhochdeutsch, da, wenn ich es versuchte, sich höchster Wahrscheinlichkeit nach ernsthafte Verständigungsschwierigkeiten ergeben könnten. Dieses Argument muss letztlich überzeugend gewesen sein; nach und nach verlor ihre Sprache an Kantigkeit.

Nachdem ich an ihrer Haustür geklingelt hatte, öffnete mir ihre Mutter. Sie hatte keinerlei Ähnlichkeit mit Hilla. Blond, hochgewachsen, sehr heller Teint, blaue Augen. Am meisten erstaunte mich ihr Mund: schmalgezogen schien seine Betonung in den Winkeln zu liegen, die sich ein wenig in die Kinngegend neigten. Sie begrüßte mich mit großer Freundlichkeit und Wärme aber sie wirkte auf unaussprechliche Weise traurig auf mich. Ich schloss sie sofort in mein Herz und mochte sie mindestens ebenso wie ihren Kartoffelsalat, den ich zum ersten Mal an jenem Tag in ihrer Küche kosten durfte. Und ein hübsches, mich total faszinierendes Ritual ging diesem Essen voran. Hilla und ich wurden um 6 Uhr zum Abendbrot gerufen. Die Küche war wohnlich und groß. Hillas Vater, der die gleiche Haar- und Augenfarbe wie die Tochter hatte, nahm auf der Eckbank Platz, neben ihm saß seine Frau und dann kam Hilla. Für mich wurde ein Stuhl herangerückt. Wir saßen bereit, er faltete seine Hände und sprach: „Komm Herr Jesus, sei unser Gast und segne, was du uns bescheret hast." Dann reichten wir uns die Hände, schauten uns an und sprachen gemeinsam: „Amen". Darauf wurde sich angelächelt, zugenickt und danach erst gab es Kartoffelsalat, eine Köstlichkeit, die mir überirdisch schmeckte: Kleingewürfelte Kartoffelstücken, ebensolche Gurken, saure Heringe, Eier, in einer Lake – geheimnisvoll –und allein mir zu Ehren, nach diesem ersten Mal noch so oft serviert.

Bis zu diesem ersten Besuch bei Hilla war meine Religiosität, meinem Elternhaus angepasst, eher sehr verhalten ausgeprägt. Dass jedoch erwachsene Personen außerhalb des Gotteshauses laut beteten, war für mich schlichte Sensation. Meine Neugier auf die katholische Kirche war geweckt. Ich bat die Freundin so lange, bis sie mich schließlich eines Sonntags mit in die Messe nahm. Und sie, die Messe, übertraf meine höchsten Erwartungen. Nie zuvor hatte ich so viele gläubige Menschen erlebt und erst recht nicht so viele, die ihre Gläubigkeit offen zur Schau stellten. Ein wenig kam ich mir wie in einem Theater vor, in dem die Zuschauer zum Mitspielen aufgefordert waren. Jeder

durfte richtig aus sich herausgehen. Es wurde abwechselnd gekniet, sich bekreuzigt, gestanden, Worte gemur-
melt, wieder gekniet, gesessen. Als Höhepunkt empfand
ich den Weihrauch, der so angenehm berauschend in den
Kopf stieg, dass meine Hemmungen wie weggeblasen waren und mich Kreuze schlagen ließ, wie ein Profi. War das
ein herrlicher Glaube, der zuließ, dass auch ganz erwachsene Personen sich zwanglos schamlos benehmen durften,
wie sonst nur Schauspieler oder kleine Kinder, die noch
nicht wussten, dass es sich nicht gehört, in der Öffentlichkeit Gefühle zu zeigen. Heimlich beschloss ich, später zum
katholischen Glauben überzuwechseln.

Natürlich gefiel mir am Glauben auch die Behauptung der
Priester, dass alle Menschen vor Gott gleich seien. Nur
Hilla meinte, die Kommunisten seien von dieser Regelung
ausgeschlossen, weil sie Gott bekämpften und den Glauben ausrotten wollten. Einer von ihnen, ein gewisser
Marx, habe sogar behauptet, dass Religion Opium fürs
Volk sei. Was Opium war, wusste ich nicht aber Recherchen in der Bücherei ergaben, dass es sich um ein Rausch-
mittel handeln sollte. Und damit erklärte sich für mich
Marx Ausspruch. Opium sollte sehr teuer sein und nur reiche Leute konnten es sich gegen viel Geld beschaffen. Die
armen Menschen hatten dafür die Heilige Messe und
mussten nur wenige Groschen in die sonntägliche Kollekte
investieren, um auf ihre Kosten zu kommen. Als ich das
nächste Mal mit in die Kirche genommen wurde, wartete
ich gespannt auf das Rauschereignis. Und dann endlich
zog der Priester weihrauchschwenkend durch den Kir-
chenraum. Ich inhalierte so tief ich konnte und siehe da –

wunderbar kroch der Geruch durch die Nase bis in die letzten Spitzen meines Gehirns, fast von alleine hörte das Denken auf, herrlich schwindelte mir der Kopf und ich sank beseligt auf die Knie, sah buntes Geflirre vor meinen Augen, die Lichter der Kerzen auf dem Altar begannen wie toll zu tanzen, der Priester tanzte, die Messjungen, Hilla tanzte. Ich hob die Arme, wollte mittanzen und dann war ich weg.

Für den Rest des Tages litt ich unter Kopfschmerzen, welche die Denkfähigkeit in keiner Weise zu unterstützen pflegen, aber immerhin, meine Vermutung hatte sich bestätigt: Weihrauch war des Volkes Opium.

Wie? Fragte ich mich, musste es in den Köpfen der Priester, Nonnen und Mönche zugehen, die jeden Tag, manchmal sogar mehrfach, diesem Rausch ausgesetzt waren? Ob die überhaupt noch richtig klar denken konnten? Gesundheitsschädlich konnte Weihrauch nicht sein, weil es viele alte Priester, Nonnen und Mönche gab; aber immer so ein bisschen benusselt, schien mir für das Funktionieren des Geistes doch nicht der Weisheit letzter Schluss zu sein.

Eines Tages stürzte meine Märchenfee Hilla ins Zimmer und erzählte mir atemlos unzusammenhängend etwas von einer riesigen Scheiße, die uns nun ein drittes Mal ins Haus stünde, weil es nämlich Krieg gäbe, den der gläubige Katholik John F. Kennedy dadurch zu verhindern versuchte, indem er den Kommunisten ein Ultimatum gestellt hätte, unverzüglich ihre Raketen wieder aus der Schweinebucht, die von ihrem Standort geradewegs auf die USA gerichtet waren, zu entfernen; niemand in der freien Welt könnte mehr ruhig schlafen. „Ein gutes Gewis-

sen, ist ein sanftes Ruhekissen", hatte mir meine Großmutter eingeprägt. Nun ja, dass die Amerikaner kein ruhi-
ges Gewissen haben konnten, war mir schon seit langem
klar. Zuerst hatten sie reihenweise Indianer umgebracht,
ihnen das Land geklaut, ihnen Gold und andere Boden-
schätze entwendet. Dann hatten sie sich aus Afrika Menschen kommen lassen, die unentgeltlich für sie arbeiten
mussten und die sich trotz ihrer widrigen Lebensum-
stände so stark vermehrt hatten, dass es inzwischen wegen
der vielen Maschinen die es gab zu starken Verwendungs-
schwierigkeiten für sie gekommen war. Aber anstatt sehr
zerknirscht angesichts des vielen Unrechtes zu sein, das
sie angerichtet hatten, waren sie im Gegenteil sehr stolz
auf sich. Und auch das gehörte zum Sprücherepertoire
meiner Großmutter: „Hochmut kommt vor dem
Fall."
Nun sollte dieser Fall eintreten in Form des gestellten Bei-
nes eines Mannes mit Namen Fidel Castro. Ich rieb mir
freudig die Hände. Meine Freundin schüttelte ihre schönen braunen Locken und erklärte mich für kindisch, weil
den Amerikanern inzwischen wegen ihrer weniger huma-
nen Vergehen vom Papst Absolution erteilt worden war
und Kennedy sei schließlich praktizierender Katholik und
überhaupt sei es zu albern, über die Vergangenheit zu
sprechen, die eh nicht rückgängig gemacht werden
konnte. Jetzt sei es Zeit an die Zukunft zu denken und die
machte es nötig, genügend zum Essen einzukaufen. Ich
war sehr verwirrt und erkundigte mich schüchtern nach
dem Zusammenhang von Raketenaufstellung, Absolution,
Krieg und dem Einkauf von Lebensmitteln. Sie nannte
mich ein dummes Schaf und fragte mich, ob ich denn

keine Ahnung hätte, was Krieg für die Zivilbevölkerung bedeuten würde? Oh nein, ich beteuerte ihr, völlig unwissend zu sein. Geduldig klärte sie mich auf: Im Kriegsfalle würden die Russen, die hinter den Kubanern steckten, auch bei uns einfallen und dann gäbe es nichts mehr zu kaufen. Folglich hätte auch niemand mehr etwas zum Essen und die Menschen müssten hungern. Dem wollte sie durch die Anschaffung großzügiger Lebensmittelreserven vorbeugen.

Darauf verließ sie mich recht eilig und mit dem guten Rat, mich ebenfalls ihrem Beispiel anzuschließen. Ich dachte nicht im Traum daran. Erstens lagen Kuba, Amerika und die Sowjetunion sehr weit von meinem Heimatort entfernt, zweitens las ich gerade Willy Heinrichs „Gottes zweite Garnitur" und drittens schließlich zweifelte ich an meinem Appetit, der mir bereits bei geringfügigeren Ereignissen spontan verging, als bei der Vorstellung eines möglichen Krieges.

Die Kuba-Krise ging vorüber und ich beschloss, mich nicht länger der Weihrauchinhalation auszusetzen. Schließlich, meine Märchenfee Hilla hatte ihr gesamtes Taschengeld der Anschaffung von Konserven, Speck, Eiern, Mehl, Zucker und Salz geopfert aus lauter Angst, verhungern zu müssen, obwohl sie an ein Weiterleben nach dem Tode fest glaubte. Und das schönste war, sie hatte sich die abenteuerlichsten Verstecke für ihre Vorräte erdacht. „Niemand", sagte sie, „wird die finden."

Ich beschloss damals, mit wenigen Ängsten zu leben und ohne Weihrauch, Absolution und Essverstecken mein Dasein zu genießen.

Schachbrettspiele

Der erste Winter hätte sie warnen müssen. Aber was bedeutet Winter, wenn man jung ist und eine gut bezahlte Arbeit hat. Was bedeuten Nebel, Schnee, Frost, kaum befahrbare Straßen, gegen das erste eigene Zuhause.

Niemand hätte sie warnen können. Das Leben lag offen und endlos vor ihr, wie das weiße Feld in diesem Winter vor ihrem Wohnzimmerfenster. Es streckte sich soweit die Augen reichten und morgens um 7 Uhr 05 ging dort die Sonne auf. Aus fahlem Weiß und Schwarz erhob sich blutrot ihre erste Spur, wurde allmählich breiter, violett, zerfloss in Dunkelheit. Ocker und Gelb durchsetzten Blutrot, Helligkeit verbreitete sich, begann zu gleißen bis langsam und beständig aus der Mitte eine geballte glühende Faust gewachsen war.

Im Sommer ist nichts tragisch. Er beginnt, wenn die Apfelblüte einsetzt, die ersten Schwalben kommen. In den Gesichtern der Menschen erscheint freundliche Heiterkeit, die mit wachsender Wärme pulsiert und im Hochsommer phantasievollen Leichtsinn verspricht. Der Ernst flieht, wenn sich ihm keine Schatten bieten. Er sucht sich Abgründe und Verstecke, in die kein Lichtfunke fällt. Dort speichert er seine Kraft und kehrt in sommertrunkene Körper zurück, wenn Schauerböen noch grüne Blätter von den Bäumen fegen. Nebeldickichte wachsen aus schweren dampfenden Böden, bedecken Häuserdächer, Fenster, Wände und Türen. Spinnennetze nisten zwischen den Tannen und lassen sich von 2 Hagelschlägen vernichten. Sie zog im Winter in das Deputathaus des Bürgermeisters, der Gärtner ist. Als die letzten Möbel am richtigen Platz standen, fiel draußen der erste Schnee. Mit ihm breitete sich Festtagsstimmung über das Feld vor ihren Augen. Sie lief hinaus und freute sich darüber, dass sie hier leben durfte.

Die Menschen des Dorfes sind nicht arm, sie sind sauber und zuverlässig und was nicht ganz sauber an ihnen ist, decken sie zu, wie sie es über Jahrhunderte von den Septembernebeln lernten.

Sie ist eine eifrige Bankerin und die Bewohner des Ortes nahmen sie in ihrem Kreis auf. Damals war sie dankbar, später überraschten sie Fluchtgedanken. Aber das wäre Verzicht auf Freiheit gewesen. Dies war und ist ihre kleine Bank. Sie kennt die Kunden, ihre Konten und deren Transaktionen und jeweiligen Stand. Wäre sie unfair, käme niemand zu ihr. Aber sie kamen und kommen und würden nicht verstehen, wenn sie ginge. Sie lebt in einer überschaubaren Welt, die Ausbrecher nicht dulden kann, weil jene die Ordnung des Kreises stören.

In einem Dorf wird über alles und jeden gesprochen, weil jeder jedem ständig begegnet. Niemand kann ungesehene Schritte setzen und niemand ungehörte Worte sprechen. Wer sich nicht den stummen Gepflogenheiten der Gemeinschaft unterwirft, liefert sich deren zersetzenden Spielen aus. Ein draußen bleiben ist unmöglich und wer drin ist, kommt nicht wieder heraus.

Wenn der Winter nicht wäre, könnte sie in der Stadt eine Wohnung nehmen und pendeln. Die Zeit des Winters schleicht sich mit dem 9. Monat ein. Der September beginnt mit seinen Nebeln in früher Morgenstunde, dick wie Suppe die Sicht versperrend. Im Oktober setzen erste Fröste ein und bald darauf folgt Schnee. So bleibt und wechselt die Natur bis Mitte März.

Sie wollte die Schikanen des Winters umgehen und das

Deputathaus war verlockend günstig. Zwischen weiten Feldern und dichtem Laubwald entdeckte sie den Reiz des Dorfes. In jenem ersten Winter stand sie dem Leben sehr nahe. Ihre Begeisterung sprühte sich in Gesprächen aus, und überallhin lud man sie ein. Sie fühlte ihre Liebenswürdigkeit in der zugewandten Aufmerksamkeit, die ihr die Leute schenkten. Es war ein verheißungsvoller Auftakt, ein sieghafter Beginn.

Die Wende geschah gegen Ende des 2. Winters, als ihr die Frau des Bürgermeisters, die gleichzeitig ihre Hauswirtin ist, eine ziemlich üble Geschichte zutrug: Da soll ein Landwirt, der 18 Jahre lang das traditionelle Kinderfest organisiert hatte, Spendengelder nicht unerheblichen Ausmaßes auf das eigene Konto verbracht haben. Sie lehnte diesen Vorwurf entschieden zurück und damit schnappte die Falle für sie zu. Seit dem Tag kursiert im Dorf das Gerücht, dass sie parteilich sei. Von diesem Gerede erfuhr sie erstmals von der Frau des Landwirtes, für den sie sich eingesetzt hatte. Seitdem muss sie Stellung beziehen und Rechenschaften ablegen. Das machte sie unfrei und angreifbar. Sie büßte ihre Unbefangenheit ein. Zu der Gefangenschaft der Winterzeit folgte die Einbindung in einen gruppenbezogenen Stand innerhalb der Dorfgemeinschaft. Ein Dorf ist ein Schachbrett mit 2 Königen und 2 Damen, Türmen, Springern, Läufern und Bauern. Die Figuren spielen unter sich, ohne Regisseur, der sie bewegen muss. Sie rufen einander Schach zu, aber nie Schachmatt. Der kleine Sieg stellt sie zufrieden. Während hier ein Springer, dort eine Dame in Bedrängnis gerät, formieren sich im Hintergrund bereits wieder die schwarzen und weißen Bauern.

Es ist ein Spiel ohne Ende, weil der unentschiedene Ausgang zum festen Bestand der Regeln gehört. Und die Könige verlassen freiwillig nie ihre Deckung.

Freitags bringt die Landwirtsfrau der Bürgermeistergärtnerfrau frische Eier ins Haus. Die frischen Eier werden mit frischen Schnittblumen vergolten. Und während die Frauen Eier auspacken und Schnittblumen schneiden, steht sie daneben, lächelt und plaudert mit ihnen über Veränderungen auf dem Schachbrett.

Gestern war wieder Freitag und Mitte März gerade überschritten. In der feuchtwarmen Luft des Treibhauses entdeckte sie zwischen den Damen den Reiz des Spieles.

Während frische Schnittblumen zu einem Strauß gebunden wurden, streute sie brandneue Gerüchte aus. Der rechte weiße Turm in der Ecke verlor seinen Sinn. Schwarz und im Wachsen begriffen stand sie auf seinem Feld und der König wich aus ihrer Linie.

Ein Dorf ist ein Schachbrett und kleine Siege sind wie Frühjahr und Freiheit. Schwarzer Turm auf weißem Feld – der Gärtner wird sein Konto auf ihrer Bank löschen, der Landwirt verkauft ihr ein neu gebautes Haus. Die weißen Springer und Läufer sind in Eile. Weiße Dame wiegelt schwarze Bauern auf, weißer König sieht müde aus. Ihr platzt auf dem Friedhof eine Ader in der Nase. Ohne Taschentuch begegnet sie sich vor dem Spiegel ihrer Wohnung, die sie verlassen wird. Unordnung breitet sich wie Festtagsstimmung aus. Der Sommer kann kommen und nichts kann sie vor ihm warnen.

Ein vorstellbares Leben danach?

Ganz ohne Zweifel bin ich tot, gerade gestorben. Ich legte mich in mein Bett, es muss gegen 23 Uhr gewesen sein, hatte noch einige Seiten gelesen, meinen Mann zur Nacht geküsst, dann schlief ich ein. Und jetzt stehe ich hier vor einer Gruppe, es sind Menschen, sehr freundliche, die mich herzlich willkommen heißen, aber wo ist das? „Wo bin ich hier?" „Terrasse A, im Einfindungsareal." Geantwortet hat mir ein Mann, der chinesisch aussieht und durch seine Haltung nicht bescheiden wirkt. „Du wirst weitergeleitet, wenn wir wissen, wohin wir dich schicken können."

Mir fällt auf, dass die Menschengruppe, von unterschiedlichen Hautfarben abgesehen, etwas Gemeinsames hat: Das Alter. Keiner scheint jünger oder älter als circa 45 zu sein. Und ich? Ich war nicht mehr jung, gestern oder noch heute? Ich war 86, ein wenig steif, sonst jedoch rüstig. Ich habe noch jeden Tag geschrieben, Zeitungen gelesen, Kontakte zu Freunden und anderen Autoren gepflegt, die mit mir auch älter geworden sind.

„Moment mal bitte, ich bin eine recht betagte Frau von 86 Jahren, wohin wollt ihr mich schicken? Ich gehöre doch ins Grab, schlafend und in Ewigkeit."

Die Gruppe lacht schallend und offenbar höchst amüsiert. Wieder will der Chinese sprechen.

„Ja, das mögen die Menschen glauben, wenn sie noch leben. Tod, aus und vorbei. Oder die Religiösen sehen sich im Paradies an der Seite eines Gottes sitzen. Nichts da. Das Universum kann sich Menschenverschwendung nicht leisten. Bei uns wird gearbeitet, geforscht, Ideen gesammelt und analysiert, Projekte ausgearbeitet. Wofür interessierst du dich?" „Ist mein Lebenslauf hier nicht bekannt?" „Wir fragen dich nicht, was du als verkörperter Mensch gemacht hast, wir wollen deine Interessen wissen." „Ich habe mich immer für Literatur begeistert, Philosophie, Geschichte und Politik, ein wenig für Medizin, Psychologie und Astrophysik. Wollt ihr das wissen?" „Ich stelle dir eine andere Frage: Auf welchem Gebiet möchtest du hier arbeiten?" „Woher soll ich das jetzt wissen? Ich bin auf diese Situation nicht vorbereitet worden. Ich bin 86 und habe immer gedacht, eines Tages sterbe ich und schlafe den Schlaf der Gerechten." „Glaubst du wirklich und allen Ernstes, dass du so viele unterschiedliche Dinge im Leben erfahren konntest, sicherlich, uns interessiert das nicht eigentlich, Leid und Freude erleben durftest und Lebensprüfungen bestehen musstest, damit dieses ganze volle Paket zusammen mit dir in einem Grab vergeht?" „Genau das habe ich gedacht, ich dachte, Leben sei genug um irgendwann mausetot sein zu dürfen." „Schluss jetzt mit der Naivität. Besinne dich eine Weile, du darfst dich ein Stück entfernt zurückziehen. Denke in Ruhe darüber nach, was du wirklich gut kannst. Und wenn du eine Lösung hast, mache dich bemerkbar. Die Schlange hinter dir mit frisch Verstorbenen wird immer länger, Wir müssen uns beeilen. Ach, schau einmal drüben in den Spiegel, du bist so jung oder so alt, wie wir es hier alle sind."

Tatsächlich, es ist wahr! Ich habe meine volle braune Lockenpracht zurück, alle Falten sind verschwunden, die Figur wieder konturiert und ich trage Jeans und Top und mir ist nicht kalt. Was soll das bedeuten? Ich will das nicht zurück, dieses Jungsein müssen. Natürlich waren es auch schöne Jahre, arbeitsintensive Zeiten, Kämpfe und Erfolge, Erschöpfungen, Entbehrungen und viel Freude. Nein, bitte nicht, nicht noch einmal diese Jahre zurück. Ich muss in der Hölle gelandet sein. War ich so ein schlechter Mensch? Nein, entschieden nein. Ich war vielleicht kein super guter Mensch mit Qualifikationen für himmlische Lorbeerkränze, aber ich war nicht böse, nicht gemein, nicht absonderlich und auch nicht kriminell. Vielleicht ist dieser Universumsabschnitt weder der Beste noch der Schlimmste. Hier darf ich zumindest Wünsche äußern. Vielleicht gibt es anderswo Arbeitslager und die dort hinkommen, dürfen bis zum Nimmerleinstag schuften ohne Sinn und Verstand. Gut, es gibt keine Fluchtmöglichkeit, es wäre darum vernünftig, sich eine Antwort auf die Frage zu geben, was ich wirklich gut kann. Ich bin einfallsreich. Ich kann mich darauf verlassen, dass mir in jeder Situation etwas mehr oder weniger Sinnvolles in den Kopf schießt, was sich umsetzen lässt. Genau, das ist mein Kapital. Alles Weitere hat sich früher in meinem realen Leben genau darauf aufgebaut.

„Dir ist eingefallen, was du sagen möchtest?" „Ja. Mein Kapital ist meine Geistesgegenwart."
Die Gruppe um den Chinesen lacht wieder laut und belustigt.
„Aha, und das ist dir jetzt wieder eingefallen, nachdem du lange darüber nachdenken musstest?"
„Ich denke nicht, dass du Anlass zum Spott hast. Auf deine Fragen habe ich jeweils zügig und schlussbündig geantwortet. Du willst mir hier an dieser Stelle hoffentlich nicht weismachen wollen, dass die anderen Verstorbenen Paradeantworten erster Güte auf den Lippen haben, auf Grund

derer du sie übergangslos in das richtige Universumsareal schicken kannst. Du selbst bist wahrscheinlich schon so lange tot und deine Erinnerung daran, als du hier auf der Terrasse A gestanden hast, in dichten Nebeln verschwunden, dass dir dein Einfühlungsvermögen inzwischen abhandengekommen ist. Vielleicht ist das gut für dich, weil, wenn du empathischer wärest, als du bist, könntest du deine Aufgaben nicht erfüllen. Was ich dir damit sagen möchte ist, ich nehme dir dein Verhalten nicht weiter krumm. So sprich, wohin schickst du mich?" „Moment mal, nicht so hastig du magst auch geistesgegenwärtig sein, in erster Linie bist du aber spitzfindig und beredt." „Du wolltest meine Haupteigenschaft wissen, die anderen ergeben sich aus der Ersten. Geistesgegenwart bedeutet auch Ruhe und Besonnenheit und keine Schnellschüsse auf unklare Ziele. Meinst du nicht auch, dass es vornehme Aufgabe von dir und deiner Gruppe wäre, einen frisch Verstorbenen über seine neuen Lebensverhältnisse aufzuklären und ihn psychologisch klug in die neue Gegenwart einzustimmen? Ihr ward ein Schock für mich, ein Trauma und keine Offenbarung. Das ist die Tatsache." „Nachdem du gründlich alles auf den Kopf gestellt hast, deinen Unmut über unsere Vorgehensweise deutlich artikuliert hast und uns indirekt zu verstehen gegeben hast, wie du an unserer Stelle vorgehen würdest, möchte ich dir die Frage stellen, ob du dir den Besuch der Cicero-Universität für Rede- und Unterhaltungskunst vorstellen könntest? Du würdest dort deinen Master in Besserwisserei machen können und mit dem erworbenen Diplom entweder eine Professur anstreben und in den Lehrbetrieb gehen oder dich direkt auf meine Nachfolge vorbereiten. Alternativ

käme noch die Unterhaltungsbranche für dich in Betracht."
Er grinst mich jetzt unverhältnismäßig kumpelhaft an. Raus aus diesem Albtraum. Ich will aufwachen. „Erde, wo bist du?"

Ich lebe, bin nicht tot und auch keine 86 Jahre alt. Der Wecker steht auf 7 Uhr. Neben mir liegt mein Mann, er schläft noch. Also, noch einmal gutgegangen.

.

Traumfach?

Sie lief gerade an, meine neu erwählte Selbständigkeit. Ein Leben nach den Toten, nach Trauerzeit und hilflosem Hineinstolpern in Arbeitswelten, die mir fremd waren und garstig erschienen. Böse Zungen sprachen wegen meiner häufigen Wechsel bereits von einer nicht vorhandenen Anpassungsfähigkeit. Die Wirklichkeit war erheblich grauenvoller: ich war nicht unflexibel, ich war unfähig. Vor gefühlt hundert Jahren hatte ich einzig aus dem Grunde eine Arzthelferin-Ausbildung gemacht, weil ich einen medizinischen Beruf für ein Studium brauchte. Gesundheitsingenieur wollte ich werden, Fachrichtung Physik. Dann lernte ich noch während meiner Lehre einen Mann kennen und anstatt das Studium zu beginnen habe ich ihn geheiratet und blieb in Praxen tätig.

Nicht jedoch im erlernten Beruf. Anstelle von Laboruntersuchungen oder Blutdruckmessungen tippte ich Arztbriefe, schrieb Gutachten, Anträge, BG-Berichte und Privat-Rechnungen. Ich war Praxisorganisatorin, Sachbearbeiterin für BG-Angelegenheiten, Sekretärin und Chefarztsekretärin an der Uni.

Praktisch faktisch hatte ich dem erlernten Beruf lediglich als Zuschauerin beigewohnt. Das ging unendlich viele Jahre gut. Ich war erfolgreich: Organisierte drei, mehrere Bundesländer übergreifende berufspolitische Kongresse, stellte eine große Doppelarztpraxis auf Computer um, schrieb allen Kolleginnen zufriedenstellende Urlaubspläne und führte, als die Wende kam, zahlreiche Praxen der neuen deutschen Bundesländer in die Geheimnisse der perfekten Abrechnung von Kassen- und Privatleistungen ein. Damit hatte ich mir einen Namen gemacht und galt in Ost- und West als Expertin für die unterschiedlichsten Fragestellungen zur Führung einer gut organisierten und einträglichen Praxis.

Meine Schwiegermutter war eine Frau, die ich von ganzem Herzen gernhatte. Sie war grundsätzlich unparteiisch, hatte ein heiteres Wesen, einen vorzüglichen Geschmack und viel Taktgefühl. Irgendwann mochte sie nicht mehr alleine leben und wir holten sie zu uns. Zuerst starb mein Vater, der gleichfalls bei uns wohnte und wenig später kränkelte „meine Else", wie ich sie gerne nannte. Ich gab meine Berufstätigkeit auf und blieb bei ihr zu Hause. Sieben Monate später starb auch sie. Von einem auf den nächsten Tag war ich arbeitslos und stolperte blindlings von einer Jobkatastrophe in die nächste. Kein Mensch stellte zu diesem Zeitpunkt eine Arztsekretärin ein. Das Abrechnungssystem hatte während meiner beruflichen Auszeit zusätzlich auch noch einen radikalen Wechsel erfahren, so dass mir ein großes now how meiner einstigen Berufskenntnisgrundlagen fehlte.
Nach eineinhalb Jahren waren meine Defizite geschlossen und ich entschied mich für den Schritt in die Selbständigkeit. Meine vielen Wechselarbeitsplätze schenkten mir den Vorteil, dass ich mittlerweile auf sämtlichen gängigen Computern und medizinischen Softwaren zu Hause war, ich konnte Fäden entfernen, Injektionen durchführen und hatte einen Röntgenschein in der Tasche. Ich wusste wie ein EKG geschrieben wird und die vielen Schnüren vom EEG hatten auch ihre Schrecken verloren. Ich handhabe darüber hinaus sämtliche Allergie-Testungen, die es der-

zeit gab und Infusionen anlegen war mir Freude geworden. Selbst mit dem neuen Abrechnungssystem klappte es endlich auch wieder vorzüglich.

Ich schrieb unter meinem Firmennamen „Medicon" eine lange Liste von Leistungsangeboten und begann mich damit in Arztpraxen vorzustellen. Gleich in der ersten Woche hatte ich den ersten Klienten gewonnen.

Und dann erschien, vielleicht am dritten Sonntag nach begonnenem Freiberuflerdasein, eine Anzeige in der Zeitung. Ein neu sich niederlassen wollender Arzt suchte eine Managerin für den Bereich Handchirurgie und ästhetisch plastische Chirurgie. Dieser Bereich fehlte mir in meiner reichhaltigen Arbeitsstellensammlung. Sollte ich mich dennoch für dieses Exotenfach bewerben? Inzwischen hatte ich fünf weitere Kunden abschlusssicher und arbeitete bereits intensiv an meiner Zeitplanung, wen ich wann bedienen konnte. Große Hoffnungen auf eine erfolgreiche Bewerbung machte ich mir ohnehin nicht, weil ich inzwischen das unerhörte Alter von beinahe 46 Jahren erreicht hatte.

Tage nach Verschickung meiner Offerte vergingen, als eines sehr späten abends, es war eigentlich schon Nacht, das Telefon klingelte. Der beworbene Arzt, Dr. Bräutigam, wollte sich mit mir treffen. Schön, er war es also und keine Schreckensnachricht eines Familienmitgliedes wegen eines Unfalles oder Todes. Wann? Um 9 Uhr in Lübeck? Nein, Niederegger machte erst um 10 Uhr auf. Woher er dann komme? Aus Hamburg, kein Problem. Ich bat ihn auf einen bestimmten Parkplatz in Reinfeld, von dort sollte er zu mir ins Auto steigen und wir würden uns in Ruhe bei mir zu Hause unterhalten. Er ließ sich darauf ein. Mein Ehemann fiel aus allen Wolken und unterstellte mir bodenlosen Leichtsinn, einen wildfremden Menschen, noch dazu einen Mann, ins Haus lassen zu wollen. Die Lösung bot dann unser Sohn, noch auf seinen Einsatz bei der Bundeswehr wartend, der versprach, den Bodyguard für mich zu spielen.

Der Tag X kam. Ich stand auf dem besagten Parkplatz, ein dunkelblauer Passat hielt und ein großgewachsener, sehr schlanker Mann, leger mit Jeans und Hemd bekleidet sah sich um. Er war es, Dr. Bräutigam. Wir stellten uns vor, ich lud ihn ein in meinem Minimalauto Platz zu nehmen und fuhr ihn zu mir. Wir setzten uns in den Wintergarten und mein Sohn servierte Kaffee und Kekse. Nach 2 Stunden intensiven Gespräches fuhr ich ihn wieder auf den Parkplatz zurück. Ich war ernsthaft geneigt, „ja" zu sagen, wenn er mich würde einstellen wollen; er war nicht bei mir durchgefallen, er war sympathisch.

Das Warten begann und wieder war 22 Uhr 30 vorüber, als er Tage später anrief und fragte, ob ich bei ihm beginnen möchte. Abgemacht, ich war bereit. Es war Oktober, wir fuhren nach Samos in den Urlaub, dort wurde ich 46 und der Tag war verregnet. Mein Mann und ich saßen mittags während einer Regenpause entnervt mit je einer Miniflasche Retsina am Strand an einen Fischerkahn gelehnt, tranken und überlegten, was ein plastischer Chirurg operiert. Wir hatten beide nicht die geringste Vorstellung von Schönheitsoperationen. Der Urlaub war vorbei und ich sah zum ersten Mal den Rohbau der künftigen Praxisräume in der Mengstraße in Lübeck im Testorpf-Haus. Allein dort hinzugelangen war Abenteuer; die Treppe, ein Provisorium, hatte kein Geländer. Noch zwei Monate, dann sollte der gesamte Umbau abgeschlossen sein, weil am zweiten Januar 1998 die Praxis eröffnet werden sollte. Es hat funktioniert. Wir waren wieder einmal zur Begutachtung der Fortschritte dort, als eine Frau erschien, die, nicht zu fassen, einen Termin erbat. Unsere erste Patientin.

Der 2. Januar 1998 war da und wir, Gaby, eine Kollegin für den OP, der Praxisinhaber und ich begannen zu arbeiten. Gaby schnitt haufenweise grüne Stoffballen für Patienten- und Tischabdeckungen zurecht. Dr. Bräutigam sortierte Instrumente für je welche Operation. Ich saß am Computer und entwickelte Vorlagen und Formulare für Briefe, OP-Berichte, OP-Plan und Rechnungen. Eine Weile später Szenenwechsel: ich wurde in den OP gebeten und dort erklärte mir der Praxisinhaber, müsste ich auch OP-Kleidung tragen. Großartig, flaschengrün war meine Farbe. Ich in den OP? Ja, aber selbstverständlich, ich sei dort Springerin. Was bitte sollte das sein? Zum Beispiel um die Blutleere durchzuführen. Gaby legte sich auf den Op-Tisch und ich übte Handblutleere an ihr, bis sich der Chef mit Schnelligkeit und Rhythmus meiner Pumpbewegung einverstanden erklärte.
Die ersten Operationen wurden abgewickelt, Patienten meldeten sich an. Handoperationen, damit kannte ich mich aus, hatte ich doch noch im Vorfeld ein Lehrbuch gelesen. Nichts war mir fremd. Aber dann kamen die ersten Anrufe wegen Brustvergrößerungen, Fettabsaugungen, Brustverkleinerungen, Faltenunterspritzungen, Lidplastiken und ich schwamm im Meer der Unwissenheit. Ich hatte absolut keine Vorstellung, wie einer der Eingriffe sich vollziehen könnte. Ich wusste teilweise nicht einmal,

dass sich so etwas überhaupt operieren ließ. Wieso traute mir der Praxisinhaber die Führung entsprechender Telefonate zu? Ich waberte durch die Gespräche und wunderte mich, dass sich die Menschen von mir Termine zur Beratung geben ließen. Glücklicherweise wurden meine vielen Schweißausbrüche am Telefon nicht sichtbar. Ich wollte meinem Chef Fragen stellen; es klappte nicht, in den sprechstunden- und operationsfreien Zeiten war er verschwunden und unter anderem in Sachen Belegbetten unterwegs.

Zusätzlich in diese ersten aufregenden Wochen fielen die Vorbereitungen für die Praxiseinweihung. Einladungen wurden verschickt und Räume waren in Fülle vorhanden. Wir, die Erstbezieher des Testorpf-Hauses, hatten die freie Wahl, wo wir das kalte Buffet aufstellten. Der Hausmeister der Anlage war nicht nur kooperativ, sondern auch einfallsreich und half, wo er nur konnte. Am Ende des Einweihungstages freuten wir uns über eine gut besuchte und gelungene Feier.

Überhaupt, diese viele freien Räume, in denen tagsüber die Handwerker ihrer Arbeit nachgingen, die durchaus auch mit ordentlich viel Krach verbunden war, abends hingegen, in Schummerbeleuchtung, waren sie ein romantisches Refugium für einen ersten Vortrag über Hand- und Ästhetisch-Plastische Chirurgie. Die Veranstaltung fand im Rohbau der künftigen Röntgenpraxis statt. Der Hausmeister sorgte für Licht und Sitzplätze und es kamen sogar interessierte Menschen. Dr. Bräutigam hielt ein souveränes Referat über seine Fachgebiete und ich freute mich im Geist einmal mehr über den Reiz der Improvisation.

Mittlerweile war ein Anästhesist gefunden und die ersten Schönheitsoperationen liefen an. Und ich fiel von einer Erschütterung in die nächste. Jede Nacht wachte ich um 1 Uhr 30 auf, aß einen Riegel Schokolade und versuchte erneut einzuschlafen. Es hat bestimmt ein gutes halbes Jahr gedauert, bis sich alle Schrecken verflüchtigten. Und ich lernte eine Menge dadurch, dass ich zuerst die realen Bilder im OP sah und anschließend die Operationsberichte schrieb. An meinem Computer fühlte ich mich sicher; der OP war nicht unbedingt mein liebster Arbeitsraum. Dennoch stellte sich nach zwei Quartalen die Empfindung des Wohlgefühls ein. Sowohl die Handchirurgie als auch die sogenannte Schönheitschirurgie - beide Fächer waren mit viel Patientendankbarkeit belegt und wurden mit Champagner, Blumen und Süßigkeiten vergolten. Unser Chef, der Chirurg, erntete bezahlte Rechnungen und die schönsten Komplimente. Ein Belegkrankenhaus war endlich auch gefunden.

Eines Tages erklärte mir Dr. Bräutigam und nicht nur mir, sondern auch der Gaby, wir müssten einen kompletten notfallmedizinischen Lehrgang absolvieren. Also saßen wir viele Wochenenden ab freitags am Nachmittag bis sonntags gegen Abend zwischen gestandenen Ärztinnen und Ärzten und lernten Leben retten in der Theorie und praktisch an einer anatomischen Puppe. Defibrillieren, EKG-Überwachung, die Intubation. Zur Prüfung erhielten wir eine Fallbeschreibung mit Herzstillstand und dann musste der komplette Durchgang einer Reanimation unter Einschluss der richtig zu benennenden Medikamente und deren Dosierung ausgeführt werden. Als das Herz meiner anatomischen Puppe wieder ein normales EKG aufzeigte, die Intubation korrekt ausgeführt war, hatte ich die Prüfung bestanden und war mit den Nerven fix und fertig. Gaby rettete ihren Kandidaten ebenfalls und wir waren ab sofort zertifizierte Lebensretter. Glücklicherweise mussten wir die Kunstgriffe in der Praxis nie anwenden.

Eines der Höhepunkte des ersten Jahresdurchganges war unser Ausflug nach Garmisch-Partenkirchen in die dortige Beautyklinik eines namhaften Operateurs, der weit über die Grenzen unseres Landes hinaus für seine Faceliftings berühmt war. Dr. Bräutigam war er Mentor gewesen und unter seinem Adlerblick führte unser Chef bei drei, separat angereisten Patientinnen die Königsklasse der Ästhetischen Operationen durch. Das war zu einem Zeitpunkt, als ich diese Eingriffe bereits genießen konnte und die traumhaft schönen Ergebnisse allemal.

1998 steckte voller Überraschungen und Neuigkeiten, die ohne einen geduldigen und liebenswürdigen Chef kaum zu meistern gewesen wären. Es war ein aufregendes Jahr, unvergesslich mit auch skurrilen Eindrücken: Patient erwachte aus der Narkose, schaute die Anästhesistin und mich an und fragte: „Wie war ich denn so?" Wir, wie verabredet gemeinsam: „Großartig."

Und gar nicht so ganz selten gab es zum Abschluss des Tages ein Glas Sekt mit dem rasch zur Tradition gewordenen Toast: „Auf noch bessere Zeiten."

Irgendwann war da dieser Traum

Nächste Woche ist schon Ostern sagtest du am Abend zu mir
schön gab ich zurück
ein paar Tage ganz zu Hause mit dir war es gleich in dieser
Nacht oder in der nächsten jedenfalls irgendwann war da dieser Traum
Weidenzweige wollte ich zum Osterfest schmücken dazu malte
ich 12 Eier an
ließ sie zum Trocknen liegen
kam später wieder vorbei
doch indessen war etwas geschehen
und selbst im Traum dachte ich ich träum
an Stelle der Eier sah ich Handgranaten stehen
Ich spürte Lust
meine Finger zuckten ich konnte nicht widerstehen nahm sie in
die Hand holte aus und warf und traf und warf ich sah ver-
hasste Gebäude brennen
und fühlte Triumph und Jubel im Schlaf
da wurde ich geschüttelt unser Kind rief meinen Namen ich erwachte und sah es an eben sagte es hatte ich einen schlimmen
Traum
stell dir vor jemand schmiss eine Bombe die fing ich auf
und rannte mit ihr davon ich habe genau gefühlt, dass ich sterben musste wer hat das nur getan

Ich weiß nicht
komm zu mir und schlafe schnell wieder ein hier bist du
sicher ich bin ja bei dir es kann dir nichts geschehen sagte ich
und fühlte mich entsetzlich verlogen klein und ohnmächtig

Die Geschichte zu dem Gedicht

„Irgendwann war da dieser Traum"

Hinrichtungen, ganz gleich aus welchem Grund, darf es meines Erachtens aus grundsätzlichen Erwägungen nicht geben. Sie sind nicht nur extrem unfair, weil der Delinquent wehrlos ist, sie lassen sich auch nicht mit dem vereinbaren, was sich unter einem allgemein gültigen Menschenrecht versteht: Anspruch auf körperliche und geistige Unversehrtheit. Weshalb? Der Mensch lebt nur einmal. Und dieses Leben sollte er ausleben dürfen unabhängig davon, ob er gut oder kriminell ist. Stellt ein Mensch für andere eine Gefahr dar, dürfen wir ihn davor bewahren, prügelnd, raubmordend oder aus welchem Grund auch immer zu Übergriffen neigend, seine Gewalttaten auszuleben. Darüber hinaus kann nichts geduldet werden. Die Baader-Meinhoff-Gruppe war am Anfang, soweit es die Öffentlichkeit erfahren konnte, noch gemäßigt in dem Sinne, dass sie zwar lautstark und wortgewaltig attackierte, argumentierte und reglementierte, jedoch weit davon entfernt war, lebensbedrohende Signale auszusenden. Zu diesem Zeitpunkt hatte ich sie lieb und konnte mich wunderbar mit ihrer Kritik und ihrer Zielsetzung identifizieren. Leider hielt der Zustand nicht lange an. Die Andreas Baader Befreiung war mit einem Verletzten ein Desaster, weswegen Ulrike Meinhoff spontan für sich entschied, mit in den Untergrund zu gehen.
Die bundesrepublikanischen sechziger Jahre waren durch Alt-Kader Besetzungen in Behörden und Ämtern geprägt. Woher sollten auch ganz plötzlich neue Menschen genom-

men werden, die glaubhaftere Vertreter für ein entnazifiziertes Deutschland gewesen wären? Die Nachkriegsgeneration drückte noch die Schulbank oder stand mitten im Studium. Das Jahr 1967 kam und dem beherzten Vorgehen junger Leute und Studenten war es zu verdanken, dass zumindest ein Teil der Republik-Bevölkerung wachgerüttelt wurde und sich den ungelösten Problemen der ersten Nachkriegszeit stellte. Im Verlauf einer Demonstration gegen den Schah-Besuch, wurde am 2. Juni 1967 der gebürtige Hannoveraner Student Benno Ohnsorg von einem Polizisten in West-Berlin erschossen. Sein bis heute ungesühnter Tod forcierte die Studenten-Bewegung, aus der heraus sich wenig später die Baader-Meinhoff-Gruppe bildete. Zerschlagene Fensterscheiben sind das Eine, aber Hinrichtungen tolerieren – ging meinerseits überhaupt nicht. Das war private Kriegsführung gegen das Establishment. Mit einer bestehenden Ordnungsmacht muss nicht jeder einverstanden sein. Es kann protestiert, auch mit Nachdruck demonstriert werden und eine starke politische Opposition sollte diejenigen Menschen vertreten, deren Wahlstimmen nicht den Regierungsparteien zukommen. Radikale Randgruppen sind Terroristen und dazu zählte die sich aus der Baader-Meinhoff-Gruppe gebildete RAF. Ich habe mich schnell und leichten Herzens von meiner anfänglichen Sympathie befreit.

Verwandlungen

Märchen

Und es geschah zu einer Zeit als die Tür des Menschenreiches zum Tierreich noch nicht fest verschlossen war, also im 4. Anlauf der Evolution, auf der damaligen bewohnten Erde, die von der Nachwelt den Namen Atlantis bekommen sollte.

Aus nicht mehr nachvollziehbaren Gründen, darüber waren sich alle Mitglieder des Komitees einig, geriet eine junge Menschenseele in den Uterus einer Äffin, die bereits auf zwei Beinen gehend geistig hoch entwickelt war. Das Komitee und voran ihre Frontfrau Avira beschlossen augenblicklich, niemals diese bedauernswerte Seele aus dem Blick zu verlieren.

Das Affenpaar war über die Schwangerschaft hoch erfreut und erlebte sich in Glücksgefühlen und freudiger Erwartung auf die Niederkunft. Sie hatten ein behagliches Nest im dichten Blätterwald eines hohen Baumes errichtet. Hier würden sie nächtigen und sich bei lauernder Gefahr verstecken. Es gab in diesem Teil des Waldes keine Wildtiere mehr, die machtvoll genug waren, es mit den großen Menschenaffen aufzunehmen. Gefahr ging vielmehr von den Menschen selber aus, die in der unmittelbaren Umgebung lebten. Und weil diese Menschen jene Affen fürchteten, hatten sie schon 100 Jahre früher den Hass auf sie verinnerlicht. Erbarmungslos machten sie Jagd auf die Tiere, die ihnen unterlegen waren und sie niemals von ihrer Unterwürfigkeit überzeugen konnten. Fest hielt sich der Glaube, die Affen seien Bestien, denen ungebratenes Menschenfleisch vorzüglich mundete.

Die atlanteischen Zoologen hatten die Bevölkerung vergebens über den Vegetarierstatus der Tiere aufgeklärt. Und immer neue Gerüchte über vergewaltigte Frauen durch Affenmännchen heizten die Gemüter zusätzlich an. Nein, die Menschen kannten keine Gnade. In diese Atmosphäre zwischen freudiger Erwartung und immerwährender Gefahr wurde das Baby Val hineingeboren. Val entzückte die Eltern durch seine rasche Auffassungsgabe. In Situationen, in denen andere Affenbabys possierlich aber begriffsstutzig ihre ersten Lebensmonate verbrachten, schien der kleine Val bereits im Voraus zu wissen, worauf seine Eltern hinauswollten. Dank seiner Affengestalt war er rasch ein begnadeter Kletterer und fand ganz allein in das sichere Nest zurück, wenn ihm die Nahrungssuche zu langweilig wurde, weil er noch an der Brust der Mutter hing.

Jahre vergingen. Aus Val wurde ein junges Affenmännchen, dem seine Eltern oft etwas seltsam erschienen. Sie aßen sich auf der Stelle satt, an der sie Futter gefunden hatten und dachten nicht daran, sich eine Frucht mit heim zu nehmen. Val machte das gerne. Eines Tages, der Weg zu der neuen Futterstelle war weit gewesen, kam ihm die Idee, ein Behältnis zu fertigen, das viele Früchte aufnehmen konnte. Während seine Eltern schwatzten und aßen, knotete Val Lianen zu einem Netz zusammen. Das Gebilde war weder kunstvoll noch formschön, hielt aber die Last einer Menge Obst aus. Seine Eltern betrachteten es staunend, aber es gab in der Affensprache weder ein Wort dafür, das den Nutzen hätte beschreiben können, noch dem Gegenstand einen Namen verleihen konnte.

Val spürte immer häufiger ein nagendes Gefühl in seinem Herzen, das er sich nicht erklären konnte. Er war nicht traurig und ließ seinen Kopf nicht hängen, wie es die Eltern taten, wenn eine gute Futterstelle am Folgetag restlos abgeerntet war, sondern es war ein Bohren und Ziehen, das er selbst als Sehnsucht bezeichnet hätte, wenn ihm das Wort dafür bekannt gewesen wäre. Während seine Eltern lebten und meistens fröhlich miteinander schnatterten, musste Val pausenlos denken.

Eines Tages, das junge Affenmännchen hatte genügend Vorräte für sich gesammelt, machte er seinen Eltern deutlich, nicht mit ihnen zu gehen, sondern den Tag am Nest zu verbringen. Dann war er eine kurze Zeit alleine, als er vollkommen unbekannte Geräusche hörte. Erst waren sie fern, dann kamen sie näher, was war das, was seine Augen sahen, Affen? Das konnten keine Affen sein. Sie bewegten sich auf zwei Beinen, waren unterschiedlich groß und trugen kein Fell. Direkt unter Vals Baum blieben sie stehen und breiteten im Gras etwas aus, was das Gras bedeckte. Dann wurde ausgepackt.

Val staunte und bebte vor Erregung. Die, es mussten jene sagenhaften bösen Menschen sein, ließen sich nieder und griffen zu den Sachen, die auf dem nicht mehr Gras standen, schoben sich Dinge in den Mund, die Val noch nie gesehen hatte. Und sie sprachen in einer nicht Affensprache, die in Vals Ohren seinen Nachahmungstrieb beflügelte. Leise murmelte er Worte nach: Mama, Papa, guten Appetit, schmeckt es dir und er ahnte, worum es sich handeln konnte. Er tauchte ein in eine Welt, wie er sie sich nie hätte vorstellen können. Nach dem Essen wurde es still und die Menschen taten es den Affen gleich, ließen sich auf ihre Rücken nieder und schlossen die Augen. Bald wurde das

Mädchen wieder munter und nahm etwas in die Hand, das Val auch noch nie gesehen hatte. Es setzte sich damit gegen den Baumstamm als Halt und tat was?

Val erkannte mit seinen scharfen Augen von oben Gebilde, die er in Wirklichkeit schon gesehen hatte: Bäume, Vögel und immer standen andere winzige Gebilde darunter und das Mädchen sprach Worte wie: Baum, Vogel, Mann, Frau, Haus, Garten. Val merkte sich jede Kleinigkeit. Dann war Aufbruch und das Mädchen vergaß das Gebilde unter dem Baum. Val fühlte sein Herz heftig klopfen, als er es an sich nahm. Dann saß er damit im Nest und tat es dem Kind gleich, zeigte auf den Baum und sagte: Baum. Es ging ganz mühelos. Als eine gute Zeit verflossen war, wusste Val, dass der Gegenstand in seinen Händen ein Buch war. Sollte er das Buch seinen Eltern zeigen? Auf einmal hatte er Angst. Nein, er würde es lieber verstecken, wer weiß, vielleicht würden sie es ihm kaputtreißen, wie sie es immer machten, wenn sie etwas nicht gebrauchen konnten, was zerstörbar war. Instinktiv fühlte er, dass er sein Buch vor Regen bewahren musste und versteckte es in einer Baumhöhlung. Von diesem Tage an arbeitete er sich Seite für Seite voran. Er hatte ein System entwickelt aus den von ihm gehörten Worten, den Bildern und der Schrift eine Übertragung auf die anderen Symbole und Gegenstände abzuleiten. Die bildlosen Texte weiter hinten im Buch konnte er zwar lesen, jedoch woher sollte er wissen, was ein ‚Kindergeburtstag' war oder ein ‚Rauschen des Windes', diese Dinge waren für ihn abstrakt und hätten einer Erklärung bedurft.

Eines Tages, es war noch recht früh am Tag, hörten sie unbekannte Geräusche, die sie nicht einordnen konnten. Ein

Trupp Männer erschien mit seltsamen Sachen. Val wusste augenblicklich, dass sie sich in großer Gefahr befanden und machte den Eltern Zeichen zum Fliehen. Mutter und Vater hingegen fühlten sich in dem großen Baum wohl und sicher. Schließlich hielt er es nicht mehr aus und hangelte sich beinahe lautlos davon. Da fiel ihm sein Buch ein, nein, das konnte er nicht zurücklassen. Er drückte sich an den Männern, die noch immer standen und redeten, vorbei. Immer wieder hörte er das Wort „Baum". Irgendetwas hatten sie mit einem Baum vor. Wie sollte er das den Eltern klarmachen, um sie doch noch für die Flucht zu gewinnen? Unbemerkt erreichte er die Stelle, wo sein großer Schatz verborgen lag. Er hatte eine Idee. Mit dem Buch zwischen den Zähnen erklomm er erneut den Baum seiner Eltern, die ihn sofort heftig umarmten. Sein Vater wollte ihm das Buch wegnehmen. Val machte eine Abwehrbewegung und dann sagte er: „Mutter, Vater, Mann, Mann, Mann ..." Weiter kam er nicht. Die Eltern kreischten voller Entsetzen hell auf, wie konnte ihr Sohn wie Menschen sprechen? Die Männer unter dem Baum waren sofort voller Aufmerksamkeit, hatten etwas in der

Hand und zielten damit auf die Affen. Es knallte laut und Vater und Mutter fielen getroffen zu Boden. Sie waren sofort tot. Ohne noch einmal zu überlegen ergriff Val die Flucht und lief um sein Leben. Die Männer dachten nicht daran die Verfolgung aufzunehmen. Sie waren vor Ort um Bäume zu fällen.

Als Val merkte, dass er allein war und niemand hinter ihm herlief, hielt er inne. Wohin sollte er sich wenden? Da gab es einen guten Tagesmarsch entfernt einen schönen Platz mit einer Lichtung, einem Strand und Wasser, das zum

Trinken gar nicht schmeckte. Aber er hatte sich in die Wellen gelegt und einen unglaublichen Genuss verspürt, sich darin so zu bewegen, das ein Untergehen unmöglich machte. Da wollte er hin.

Viele Jahre vergingen. Val lebte ein einsames Leben. Hin und wieder tauchten Menschen am Strand auf, denen er nicht über den Weg laufen wollte. Von dort, wo er sie beobachtete, konnte er nicht einmal ihre Sprache hören, sie waren viel zu weit entfernt. Sich im Wasser zu bewegen, war sein einziges Vergnügen, dem er sich jeden Tag, meistens am späten Vormittag, lange und ausgiebig hingab. So auch an jenem Tag.

Vorsichtig hatte er zuerst den Strand nach Menschen abgesucht, dann war er zügig bis zum Wasser gegangen und hatte sich voller Freude in die Wellen gestürzt. Weit schwamm er hinaus. Als er sich irgendwann umschaute, war der Strand von einer Menschengruppe bevölkert. Val beschloss einen großen Bogen zu schwimmen, so dass ihn die Menschen auf große Entfernung als ihresgleichen betrachten würden. Er sah, wie ein kleines Mädchen unbemerkt von der Gruppe mit einem Luftkissen, Wort und Gebilde kannte er aus dem Buch, ins Wasser ging. Eigentlich wollte er so schnell wie möglich aus dem Wasser und hinein in seinen Wald, doch etwas hielt ihn zurück, ein Gefühl, das er sich nicht erklären konnte. Die Kleine paddelte mit erstaunlicher Geschwindigkeit hinaus aufs Meer und die Menschengruppe hatte ihre Abwesenheit immer noch nicht bemerkt. Da, was passierte? Der Verschluss des Luftkissens hatte sich geöffnet, die Luft entwich und das Mädchen konnte nicht schwimmen.

Val zögerte keinen Moment und mit kräftigen Zügen näherte er sich der kleinen Gestalt, die hilflos im Wasser zappelte, um nicht kläglich unterzugehen. Sie schrie ein Wort, er kannte es nicht. Sie ging unter, Val war bei ihr, tauchte und zog sie an die Oberfläche, sie prustete, sie lebte, er barg sie und schwamm mit ihr an Land. Jetzt hatte die Menschengruppe sie entdeckt, große Männer gingen ihnen entgegen. Kaum konnte Val stehen, als ihm das Kind aus den Armen gerissen wurde. Da, ein Mann stand mit einem Gerät da, das kannte er von den Männern im Wald, es hatte seine Eltern getötet.

Er hob die Arme in die Höhe und rief dem Mann zu: „Luftkissen pffff!"

Augenblicklich senkte der Mann das Gerät und fragte ihn, ob er sprechen könnte. So jedenfalls deutete es Val und sagte: "Buch." Aufgeregt sprachen die Menschen aufeinander ein. Schließlich, es war vielleicht die Mutter des Mädchens, die auf ihren Arm deutete und wissen wollte, wie er heißt. „Arm." Und sofort ging die Befragung weiter und er benannte, was er benennen konnte – Sonne, Wasser, Baum, Mann, Gesicht, Nase – es dauerte. Dann hatten die Menschen begriffen, dass er Gegenstände benennen konnte, jedoch keine sprachlichen Zusammenhänge herzustellen vermochte. Er wurde zum Essen eingeladen und erregte großes Erstaunen, als er nur zu den vegetarischen Beilagen griff. Er schüttelte entsetzt mit dem Kopf, als ihm ein gebratenes Teil auf den Teller gelegt wurde. Inzwischen hatte sich das kleine Mädchen furchtlos an seine Seite gesetzt und streichelte immer einmal wieder seine Hand. Val genoss das Gefühl von Freude. Das Essen war vorbei und Val verstand, dass sich die Gruppe für sein Buch interessierte. Er machte eine Handbewegung zum

Mitkommen und das kleine Mädchen, sein Vater und der Mann mit dem Tötungsgerät folgten ihm voller Neugierde.

Val führte sie in den Wald, es ging rechts ab, dann links ab und wieder rechts, verwirrender ging es nicht, nie würden die Menschen diesen Weg erneut nachvollziehen können. Auf einmal tauchte seine Hütte auf. Zwar äußerst primitiv gefertigt mit einem Eingang ohne Tür und ohne Fenster, aber mit einem dichten Dach. Innen drin fand sich eine Lagerstatt aus Moos und weichen Blättern, tatsächlich ein Tisch aus lauter Ästen und ein ebensolcher Stuhl. An der Wand hing ein Bücherregal auf dem ein einziges Buch stand.
Das Mädchen und die Männer staunten, wie konnte ein Affe solcherdings bewerkstelligen? Val nahm sein Buch, zeigte es und die Männer blätterten es durch. Sie konnten ihn nicht dazu befragen, wie er es geschafft hatte, die vielen Begriffe richtig auszusprechen und sie beschlossen, weil sie auch in ihrem Alltag Lehrer waren, ihm, dem Affen das Verstehen beizubringen. Es wurde Zeit zum Strand zurückzukehren und als sie ihn erreicht hatten, nahm der Vater seinen Zeitmesser ab und gab ihn Val. Er tippte auf die Zahl 5 und sagte: „Morgen um 5 Uhr nachmittags hier."
Das konnte Val falsch verstehen, ahnte der Mann mit dem Tötungsgerät. Sie setzten sich in den Sand und nach gar nicht so langer Zeit wusste Val, dass ein Tag 24 Stunden hatte und er nicht beim ersten Mal 5 hier zu sein hatte, sondern erst wenn der Zeiger ein zweites Mal die 5 erreichen würde.

So geschah es ab dann beinahe jeden Tag. Und kaum war ein Jahr vergangen, da hatte Val den Wortschatz eines gebildeten Menschen erreicht. Er las viele Bücher, die sie ihm brachten, lernte Geographie und Mathematik und auch am Anfang des zweiten Jahres war er immer noch sehr glücklich über das viele Neue, das er erfahren durfte. Aber eines Morgens erwachte er mit dem Bewusstsein, dass er nichts von seinem Wissen jemals würde anwenden können.

Er beschloss, ohne Abschied von den Menschen zu nehmen, die ihm enge Vertraute und Freunde geworden waren, fortzugehen. Er packte die Weltkarte in seinen Rucksack, Werkzeug und Handwerksmaterial und sein altes Buch, an dem er hing. Ziellos setzte er einen Schritt vor den nächsten, weil er gar nicht wusste, wohin er sich wenden sollte. Seine Freunde hatten in letzter Zeit viel über dramatische Klimaverhältnisse in den meisten Gebieten von Atlantis berichtet. Wohl tausende Personen seien bereits auf das ferne Festland geflohen und hartnäckig hielt sich das Gerücht, dass Atlantis untergehen würde. Wie sollte er, Val, dorthin gelangen und wie konnte er seinen Affenkörper menschlicher gestalten? Das Fell musste fort, Lange schon war er in Besitz von Kleidungsstücken, die er anlegte, wenn die Freunde kamen, ihm wegen seines Felles im Übrigen viel zu warm waren. Er hoffte in eine Gegend zu kommen, in der bestimmte Pflanzen gedeihten, die er zur Herstellung einer Enthaarungscreme brauchte. Und eine weitere musste er zur Förderung des Bartwuchses brauen. Gegen Abend lichtete sich der Wald und er kam an einen kleinen See, der mitten in einer prächtigen

Wiese mit Pflanzen aller Art lag. Die wollte er sich am Morgen genau ansehen. Er richtete sich zur Nacht ein und schlief nach dem langen Fußmarsch baldigst ein.

Am Morgen stand die Sonne schon hoch am Himmel und Val aß einige Früchte und machte sich alsbald auf die Suche nach seinen Ingredienzien. Und er fand alles, war er für seine Salben brauchte. Eine Woche später war das Fell fort und im Gesicht war ihm ein prachtvoller Bart gewachsen, der auch die kleinsten Spuren seines Affengesichtes verbarg. Er sah aus, wie ein ganz normaler atlanteischer Mann. Er packte erneut seine Utensilien zusammen und zog als Val Valius aus Atlantis fort um eine neue Erde zu finden.

Er ging viele Tage, vielleicht Wochen, als er eines nachmittags von fern menschliche Stimmen hörte. Er schritt kräftig aus und dann sah er eine riesige Menschengruppe, alle, wie er angetan mit Rucksäcken und Reisegepäck. Er hörte Kinder weinen und Alte ächzen und schloss zu ihnen auf. Schweigend setzte er mit ihnen den Marsch fort. Sie benahmen sich, als hätten sie ein Ziel. Keiner fragte ihn etwas und es wurde überhaupt so gut wie nicht gesprochen. Es war ihm recht, über seine Existenz keine Rechenschaft ablegen zu müssen. Er war einer von ihnen auf der Flucht. Irgendwann schienen sie einen wichtigen Teil ihres bevorstehenden Zieles erreicht zu haben. Die große Menschengruppe stand vor eine Furt durch das Meer, die sie nebeneinander gehend nur zu viert passieren konnten. Drüben, auf der anderen Seite war ein Land, das sich Ägypten nannte. Als der letzte Mensch seinen Fuß auf der sicheren Seite hatte, brach der Sturm, der sich schon Stunden vorher angekündigt hatte, los und die Furt verschwand im Meer. Der letzte Landweg nach Atlantis war versunken und Val dachte an seine Freunde, wie es ihnen wohl gehen mochte.

Die Ägypter freuten sich nur über die reichen Atlantier, die auf ihren schicken Yachten ankamen und Gold, Schmuck und andere Kostbarkeiten mit sich führten. Die vielen Hungerleider waren ihnen lästig und sie setzten alles daran, sie wieder aus ihrem Land zu vertreiben. Val schaute sich die Weltkarte an, wohin konnte er gehen? Kurz entschlossen ging er zum Hafen und schaute sich die vielen Schiffe an, die vor der Reede lagen. Immer wieder wurde er angesprochen, ob er auf Arbeitssuche wäre. Ein offenbar atlanteisches Schiff zog ihn magisch an. Er blieb davor stehen und wartete. Irgendwann erregte er die Aufmerksamkeit des Kapitäns, der ihn anrief und fragte, ob er mit nach Atlantis kommen wollte. Val wusste nicht, weswegen er bejahte. Was wollte er auf dem Stück Erde, das dem Untergang geweiht war, wollte er den vielen Menschen glauben, die sich hier in Sicherheit gebracht hatten. Weswegen war er von dort geflohen, um nun zurückzukehren? Am nächsten Tag in aller Frühe legten sie ab und segelten bei gutem Wetter dem Teil Atlantis entgegen, das noch bestand. Sie fuhren wohl an die 36 Stunden, dann hatten sie ihr Ziel erreicht und erschraken heftig. Eine unübersehbar große Menschenmenge stand am Hafen und wartete darauf abgeholt zu werden. Wenn sie hier anlegten, würde unweigerlich ein Chaos ausbrechen. Das musste der Kapitän verhindern.

Er drehte ab und rasch ging es eine Weile wieder aufs Meer hinaus. Dann drehte der Kapitän das Ruder herum und einen weitläufigen Bogen nehmend suchten sie eine andere Stelle zum Anlegen. Val sah den Strand und wusste sofort, dass es sich um seine alte Bucht handelte. Der Kapitän ließ den Anker ab und sie wateten an den Strand, auf dem sie voneinander Abschied nahmen.

Val hatte eine unbestimmte Vorstellung davon, wo der Ort lag, in dem seine Freunde leben mussten. Zügig setzte er seine Schritte, um noch vor Sonnenuntergang bei den Menschen anzukommen. Wenig später erreichte er den Eingang des Städtchens. Es gab statt Straßennamen ausschließlich Zahlen, wie es später die New Yorker übernehmen sollten und es war ein Kinderspiel, die Adresse der Familie zu erreichen, dessen Tochter er einst gerettet hatte. Sie waren tatsächlich daheim und ihre Freude über Vals Ankunft war riesengroß, auch wenn sie ihn im ersten Moment nicht erkannt hatten, so stark hatte sich sein Aussehen verändert. Dann aber berieten sie lange und jede Möglichkeit abwägend, was am gescheitesten zu tun wäre. Val machte überhaupt keinen Hehl daraus, dass sie in Ägypten nicht willkommen waren. Jedoch waren alle anderen Länder viel zu weit entfernt und niemals würden sie dort mit einem Floß ankommen. Die einzige Möglichkeit, Atlantis zu verlassen war von der Stelle aus, die einstmals durch die Furt mit dem Festland verbunden gewesen war. Als sie fortzogen, waren sie zu siebt und zu siebt erreichten sie 14 Tage später ihr Ziel. Ein Floß wurde gebaut und es reichte gerade mal für 6 Menschen. Val schüttelte den Kopf. Er würde bleiben. Sie sollten übersetzen und ihn anschließend holen. So geschah es. Als die Menschen vielleicht 300 Meter von Atlantis entfernt waren und Val nur noch ein winziger Punkt in der Ferne, erbebte die Erde und die Insel versank.

Das Komitee, voran ihre Frontfrau Avira, begrüßte Val mit großer Wärme und Herzlichkeit. Mit dem Untergang Atlantis war die vierte Evolutionsstufe beendet. Die Tür zum

Tierreich war ab sofort für menschliche Seelen fest geschlossen. Und Avira würde Val nicht aus den Augen verlieren. Sie war gespannt, was er in der Zukunft noch erleben würde.

Falldreher

Angst kannte sie nicht, wenn sie alleine in ihrem Haus war. Warum auch? Die Fenster waren durch Jalousien gesichert, die Haustür hatte eine neunfache Verriegelung und zusätzlich eine altmodische Türsicherung mittels Metallkette. Der Wintergarten vor dem Wohnzimmer mit der Hebe-Schiebetür, nein, hier gab es keine Sicherung. Die Einbrecher müssten die Scheiben einschlagen, erst die des Wintergartens, dann die zum Wohnzimmer. Das würde sich ohne erhebliche Geräusche nicht vollziehen. Nachbarn gab es schon, könnten die das Einschlagen des Glases in ihren Wohn- oder Schlafzimmern hören?
Nicht unbedingt, wenn die Schläge abgepolstert erfolgen würden. Spätestens um 23 Uhr ging kein Hundehalter mehr auf einen letzten Gang mit seinem Tier durch das Dorf. Ab dann herrschte Ruhe. Eine nahezu unvorstellbare Stille, die durch absolut gar nichts unterbrochen wurde. Es gab keinen zweiten Ort, den sie kannte, der sich ihr durch eine annähernd ähnliche Tonlosigkeit ins Bewusstsein geschrieben hätte. Früher war sie nie ganz allein gewesen. Der Sohn noch im Hause wohnend und wenn der zufällig dann auswärts übernachtete, wenn ihr Mann für einige Tage auf einem Lehrgang war, gab es noch ihren Vater im Anbau. Nicht, dass er sie hätte im Falle eines Falles schützen können, weil er erstens schwerhörig war und zweitens mit Hilfe eines Schlafmittels ohnehin nichts von seiner Umgebung wahrnahm. Nein, ein Mehr an Sicherheit hatte sie auch früher nicht genossen. Dennoch kam dem Eindruck des Nichtalleinseins das Empfinden einer gewissen Geborgenheit ursprünglich nahe. Heute war es anders:

Der Sohn lange schon erwachsen und ausgezogen, der Vater verstorben, sie war wirklich zum ersten Mal vollkommen auf sich selbst gestellt.

Wer wusste davon, dass ihr Mann nicht da war? War die Garage zu oder stand sie offen? Sie hatte überhaupt nicht darauf geachtet. Jeder, der an ihrem Haus vorbeigefahren war, hätte entdecken können, dass ein PKW fehlte. Der große Wagen weg, das typisch kleinere, sich als Zweitauto selbst enttarnende Fahrzeug stand dort, repräsentativ für eine Frau. Also; Mann fort, Frau da. Sie hatte die Tür bereits nachtgesichert. Sollte sie noch einmal aufschließen und die vielleicht offene Garagentür zumachen?

Das würde ihr jetzt keinen Vorteil mehr bringen, weil ein möglicher Einbrecher das Ergebnis bereits gesichtet hatte. Doch, Unsinn, wenn sie jetzt die Garage verschloss, konnte der Ganove mutmaßen, der Hausherr sei heimgekehrt. Andererseits würde er jetzt, es war bereits 23 Uhr durch, vielleicht am Ortsausgang wartend und von dort die Straße überblickend, sehr wohl festgestellt haben, dass eben kein Fahrzeug die Einfahrt genommen hatte. Sie beschloss, bevor sie weiter das Für oder Wider abwog, im Wintergarten eine Zigarette zu rauchen.

Draußen war es nachtschwarz, kein Stern am Himmel, wie am Tage auch keine Sonne geschienen hatte. Die kleinen Fenster als Rauchabzug geöffnet, ließen kein Geräusch herein. Es war wie immer. Wo hatte sie eigentlich die Schlüssel für die Türen hingelegt? Irgendwo hochgelagert in einen Schrank, wo das vierjährige Enkelkind nicht hingreifen konnte. Er liebte es, sich einzuschließen. Ermahnungen waren in der Altersstufe zweckfrei, also hatten ihr Mann und sie alle Schlüssel aus den Türen entfernt und ja, sie glaubte jetzt genau zu wissen wo, in das obere

Regalfach des Abstellraumes gelegt. Das waren keine Einheitsschlüssel. Angenommen, sie würde sich in der Küche einschließen müssen, könnte sie sich im Vorfeld nicht irgendeinen der vielen gegriffen haben. Sie müsste dann, wenn sie aufgeraucht hatte, alle Schlüssel der passenden Tür neu zuordnen. Das würde sie sofort in Angriff nehmen. Was sollte sie jetzt mit der Garage machen? Der Gedanke war auch noch nicht zu Ende gedacht. Nein, die Schlüssel hatten Priorität. Das würde einige Zeit in Anspruch nehmen, es waren immerhin 7 Türen. Wie lange würde sie dazu brauchen, bis alle ausprobiert waren? Vielleicht sollte sie sich doch zuerst um die Garagentür kümmern? Sie stand vor der Haustür und die kleinen Butzenscheiben wiesen ihr genau die Dunkelheit draußen auf, die sie aus dem Wintergarten kannte. An der Haustür gab es einen Bewegungsmelder, der ansprang, wenn sich ihm im Abstand von etwa zwei Metern etwas Größeres näherte. Eine Katze beließ ihn in Ruhestellung. Sie musste aufschließen, dann die Tür öffnen und dann die wenigen Meter bis zur Garage gehen, den Griff packen und das Tor herunterziehen.

Für diese, vielleicht wenigen Sekunden, hätte sie keine Kontrolle darüber, was sich möglicherweise dann genau in ihrem Rücken zutrug. Ein flinker Mensch könnte rein theoretisch genau diesen Zeitraum nutzend von der Hausecke zur Tür hineinspringen. Das war ein unerhörtes Risiko. Den Feind im Haus zu haben? Dann nutzt eine geschlossene Garage überhaupt nichts mehr. Auf der anderen Seite, was sollte der Mensch ohne Transporter bei ihr stehlen wollen?

Bargeld gab es so gut wie nicht. Ein wenig Schmuck, ja, aber sonst? PC, Fernseher, die echten Teppiche, die konnte er nicht zu Fuß die ganze Straße hochtragen. Unmöglich. Wenn er es aber nicht auf bewegliche Werte, sondern auf Meuchelmord abgesehen hätte, wäre die sich ihm bietende Situation ideal. Sie kehrte der Haustür endgültig den Rücken zu. Die Schlüssel, dann eben die jetzt und auf der Stelle. Sie lagen tatsächlich auf dem Regalteil, den sie in Erinnerung gehabt hatte. Was sie jetzt brauchte, war ein vernünftiges System. Sie legte alle Schlüssel auf den Wohnzimmertisch, nahm dann drei an sich und begann mit der Küchentür. Alle drei passten nicht. Die Gästetoilette im Flur bei der Haustür. Eins, zwei, ah, der dritte. Draußen sprang der Bewegungsmelder an. Sie stand in der Dunkelheit und starrte auf die Tür. Niemand schaute von außen durch die Butzenscheiben. Sollte sie nachsehen? Es war windstill. Was mochte der Auslöser für den Bewegungsmelder gewesen sein? Es gab hier keine streunenden Hunde. Es wird doch kein Mensch so dumm sein, sich einer Enttarnung durch das plötzlich anspringende Licht auszusetzen? Beherzt ging sie an die Tür, späte durch die Butzenscheiben. Ein Reh schaute sie an und ergriff, sobald es sie erblickte, die Flucht. Weiter mit den Schlüsseln. Sie hatte nur noch zwei in der Hand. Sie holte sich einen dritten vom Tisch. In die Flurtür passte keiner von denen. Der Abstellraum, einer passte. Was war das schon wieder für ein Geräusch draußen? Als ob ein Auto vorgefahren sei. Richtig, der Bewegungsmelder war auch angesprungen. Wer konnte das sein? Mitternacht war vorüber. Ihr Mann? Wieso kam jetzt ihr Mann nach Hause? Geplant war Brandungsangeln mit anschließender Übernachtung auf Fehmarn. Sie schloss ihm die Tür auf.

„Du bist noch wach?" „Ja, ist was passiert?" „Das glaubst Du nicht. Wir hatten unsere Angelsachen aus dem Wohnwagen genommen und unten am Strand aufgebaut, als wir ein seltsames Geräusch hörten. Langer Rede, kurzer Sinn, hatte nicht in kürzester Zeit jemand den Wohnwagen aufgebrochen und Betten und Küchenutensilien gestohlen? Wir sahen den Kleintransporter noch abfahren, konnten uns die Nummer merken. Dann haben wir unten am Strand unsere Sachen wieder zusammengepackt und sind zur Polizei gefahren. Peter ist auf Fehmarn geblieben. Ich bin nach Hause. War hier alles in Ordnung? Warum hantierst du mit den Schlüsseln rum?" „Nur wegen der richtigen Zuordnung. Ja, alles ist bestens."

Am nächsten Morgen, als ihr Mann die Zeitung reinholen wollte, rief er ins Haus:
„Wir haben heute Nacht bei offener Tür geschlafen und außerdem steckte mein Schlüssel von außen."

Aufgesessen

„Endlich Urlaub, endlich Freiheit, endlich Süden. Cunit, ich komme!" Karin jubelte.

Ferien im Juli in Cunit bedeuteten Sonne von früh bis spät, große Hitze bis in die Nacht und Schlaf unter sich drehendem Ventilator. Leichte Frische am Morgen, herrlich ein Gang zum Einkauf in die Altstadt, dann ein erstes Bad im Meer, ein Spaziergang am Ufer entlang. Kochen für das Mittagessen, Siesta mit Buch und kurzem Schlaf und dann um 17 Uhr das Hauptereignis des Tages, das Spiel mit den silbernen Kugeln: Pctonqua.
Eigentlich ein Macho-Spiel, das Karin liebt, wie nichts Zweites, was immer sie sich an Vergnügungen vorstellen kann. Sie kennt die Jungs vom Platz seit 25 Jahren. Damals wurde sie mit Argwohn und typischer katalonischer Herablassung behandelt. Karin gab nicht auf und überzeugte durch Reden, Spielen und Selbstbewusstsein. Heute ist sie ihnen nicht nur selbstverständliche Freundin, sondern, ganz gleich unter welchem Kapitano sie antritt, auch äußerst geschätzter zweiter Schießer. Das bedeutet, sie legt nicht vor, das machen andere Spieler, vielmehr tritt sie dann in Aktion, wenn zum Beispiel der Kapitano, der immer erster Schießer ist, seine Kugeln vergeigt hat. Dann gibt er ihr den Befehl: „Tiro", also Schuss und sie wird dann mit einem vielmundigen „bona bola" geehrt, wenn ihr das Herauspfeffern der feindlichen Kugel gelingt und im schönsten Wurf ihre Kugel dann an feindesstatt liegt.
Dann geht ihr das weite Macho-Frauenherz auf und kein Joint der Welt ist besser als dieses Highgefühl. Und immer

gibt es Zuschauer auf den Bänken rund um den Platz. Das sind ehemalige Spieler, die wirklich überhaupt nicht mehr können, aktive Spieler, die bei der Mannschaftsauslosung nicht mehr eingeteilt werden konnten und Nicht-Spieler, die jedoch alles besser wissen und nicht die kleinste Kleinigkeit ohne bissige Kommentare belassen. Aber, sie lassen sich auch durchaus von Sympathie tragen und applaudieren, wenn ein bravouröser Schuss abgegeben worden ist.

Nach dem Spiel gibt es Abendeinladungen und wenn sie alle 20 Familien durchhat, ist der Urlaub auch vorbei. Karin wohnt immer im gleichen Apartmenthaus mit Balkon und Blick aufs Meer. Die Wohnung ist geräumig, bietet 2 Schlafzimmer, eine Küche, der es an nichts mangelt und im Übrigen etwas plüschig ist. Da sie puristische Innenarchitektur nicht leiden kann, bieten sich ihr Bilder, mit denen sie gut leben kann.

Sie ist enttäuscht: Im Foyer sitzt nicht der Concierge, den sie seit Jahren kennt und mag. Manuel sei muerte, tot, sie mag es überhaupt nicht glauben. Manuel tot, ihr Apartment noch nicht beziehbar, erst am späteren Abend. Und nun? Ihren Koffer könnte sie in einem Kellerraum unterbringen. Nichts einfacher als das. Gut, es ist 16 Uhr.

Also, umziehen im Keller, Bikini an, darüber ihr kurzer schwarzer Rock, Top und ab an den Strand. Schwimmen, in der Sonne ausruhen und um 17 Uhr auf an den Platz. Matte, Handtuch, die Kugeln mit. Ja, selbstverständlich sei er bis 20 Uhr im Dienst und würde ihr die Schlüssel für Haus und Wohnung übergeben. Ob sie nicht lieber ihre Handtasche abgeben wolle, wenn sie an den Strand ginge, man wisse ja heute nie. Ach, nein danke, die behält sie bei sich. Der neue Concierge heißt Martin, wie ungewöhnlich, ist er von hier? Nein, er sei Andalusier. Na, da wird er in dieser Ecke nichts zu lachen haben.

Sie geht an den Strandabschnitt, den sie immer aufsucht und sieht bekannte Gesichter. Grüße, reden mit diesem und jenem, kommt endlich ins Wasser, genießt und darf noch ein wenig durchatmen, bevor sie die erste Kugel wirft. Sollte sie vorher doch noch üben? Wie mag der Platz sein? Bestimmt trocken, dann wird natürlich Manolito mit dem Gartenschlauch kommen und ihn wässern. Das macht den Boden unberechenbar und der erste Wurf ist ein Vabanquespiel erster Güte. Vergeigt man den, ist Skepsis die Ernte. Nicht von den Mitspielern, wohl von den Bankgästen, unter ihnen sind immer eine Reihe unbekannter Gesichter, die Karin als einzige Frau von vornherein mit ungläubigem Argwohn betrachten. Sie straft sie mit Missachtung, aber Pepe bellt die Lästerer schon kräftig an. Jo, besser ein paar Würfe vorher probieren, Gefühl für den Boden bekommen.

Von Manolito bekommt sie die erste Umarmung und um kurz nach 17 Uhr vom ewig letzten Jose-Maria die letzte. Es ist so schön, beinahe wie nach Hause kommen. Das Spiel läuft gut, nicht super, aber dafür, ein ganzes Jahr nicht gespielt zu haben, befriedigend. Sie ist zufrieden und nimmt Jose-Marias Abendeinladung dankend an. Bis 21 Uhr wird sie sich eingerichtet haben.

Was ist das? In der Concierge-Loge sitzt ihr guter Manuel und strahlt sie an, kerngesund und heil vom Kopf bis zu den Füßen. Sie ist heftig erschrocken. Was soll sie ihm erzählen? Soll sie ihm sagen, dass er vor gut drei Stunden für tot erklärt worden sei. Jetzt fragt er sie tatsächlich von wem sie den Schlüssel zur Wohnung erhalten habe. Nein, ihr Koffer stehe im Keller, das Apartment sei nicht fertig gewesen. Wer ihr das gesagt habe. Ja, ein Mann hier. Das muss ein Irrtum sein, er hat extra für sie auf dem Tresen ein nicht zu übersehenes Schild gestellt mit der Bekanntmachung, dass er kurz zum Zahnarzt sei und in spätestens einer halben Stunde wieder vor Ort. Sie möchte jetzt schnell ihren Koffer sehen. Manuel übrigens auch. Sie eilen nach unten, suchen, finden nichts. Karins Koffer ist weg und damit ihre gesamte Garderobe und oben auf dem Koffer lag ihr Schlüssel, auch der Autoschlüssel. Sie kann sich nicht vorstellen, dass der noch dasteht, wo sie ihn geparkt hat.

Besuch auf der Polizeistation des Ortes. Die Herren machen ihr keine Hoffnung auf Auffindung ihrer Sachen. Großartig. Sie meldet sich bei Jose-Maria ab. Nein, sie würde diesen Abend allein verbringen, ihr steht der Sinn nicht nach sorglos heiterer Plauderei.

Sie muss sich noch Waschutensilien besorgen. Die Geschäfte schließen um 21 Uhr. Ohne Auto muss sie die Wegstrecke zu Fuß zurücklegen. Weit ist es nicht, jedoch unbequem, weil sie auch noch Wasser mitnehmen muss. Wie konnte es dazu kommen? In welcher Verfassung ist sie heute Nachmittag angekommen? War sie überspannt von der Autofahrt? Weswegen ist sie nicht bei Carlos vorbeigegangen und hat sich nach Manuel erkundigt? Carlos und Manuel treffen sich mehrfach am Tage zum Rauchen zwischen Conciergeloge und das von Carlos betriebene Restaurant an der anderen Hausseite gelegen.

Karin mag Manuel. Weswegen hat ihr sein Tod so wenig bedeutet? Carlos hätte womöglich gewusst, dass Manuel beim Zahnarzt war und kein fremder Mensch ihn vertrat. Vielleicht wäre der dreiste Diebstahl auf diese Weise verhindert worden. Sie hat auch die Jungs auf dem Platz nicht auf Manuel angesprochen. Unverständlich, unverzeihlich, unverhältnismäßig Sie hat Manuels Tod ignoriert. Was soll sie überhaupt noch hier? Sie kann sich im Ort nicht mit Kleidung eindecken, einen Laden mit Koffern gibt es auch nicht. Sie hat kein Anrecht mehr darauf, hier eine Ferienfeier zu frönen. Sie spürt ihre Enttäuschung über sich selbst, wie einen Mühlstein im Herzen und ein heißes Schamgefühl. schießt ihr in den Kopf, lähmt ihren Körper. Karin kehrt um, bestellt sich ein Taxi nach Barcelona zum Flughafen. Cunit wird sie niemals wiedersehen.

Hexe Malu

Malu lebte in einer Zeit, in der das ganz schreckliche und hexenverfolgende Mittelalter zwar vorüber war, aber die Moderne noch nicht ganz begonnen hatte. Die Menschen waren belesener und geschulter, lange nicht mehr so ängstlich und auch nicht mehr so rasch ins Bockshorn zu jagen wie noch knapp 100 Jahre zuvor. Leider waren sie aber immer noch abergläubisch genug, Hexen nicht unbedingt in ihrem Lebensraum zu dulden, nein, sie lieber in einem Wald wissen wollend um heimlich dort bei ihnen Mittel gegen Sodbrennen, Kinderlosigkeit oder Schlafstörungen gegen gute Münzen einzutauschen.

Malu war für eine Hexe mit nur 150 Jahren noch recht jung und wunderschön. Sie hatte lange gekräuselte blonde Locken, blaue Augen, eine gerade Nase und einen Erdbeermund von der Mutter geerbt. Francoise Villon hat ihn für die Ewigkeit in einer Ballade festgehalten. Figurenprobleme waren an ihr nicht sichtbar, Brüste und Gesäß, wie von der heutigen ästhetisch plastischen Chirurgie geformt, die Taille eine Freude und die Beine gar eine Zier für sich.

Das machte sie zu einer geschickten Kosmetikerin und wenn Zinnober, ein ihr ergebenes Eichhörnchen einen Besucher ankündigte, wurde sie flugs zum hässlichen alten Weib mit Warzen im Gesicht und grauen filzigen Haaren. Nur Gerlinde Hagedorn, eine hoch aufgeklärte, äußerst belesene und überdurchschnittlich intelligente Apothekerwitwe kannte Malus wahre Identität und war ihr von Herzen zugetane mütterliche Freundin, obgleich sie mit ihren gerade 60 Jahren die eigentlich jüngere von ihnen war. Malu ging häufig zu ihr in die Stadt um in der Nacht ihre Rohstoffe aus der Apotheke zu vervollständigen, weil sich nicht alle Heilkräuter und Pflanzen im heimischen Wald finden ließen, die sie für ihre Tinkturen, Tees und Mixturen brauchte. Der jetzige Apotheker staunte häufig nicht schlecht über die Wünsche der ehemaligen Chefin, die als Auftraggeberin Malus fungierte, fragte aber nicht weiter nach, weil er sich für gänzlich andere Dinge des Lebens interessierte. Es gab in dem Städtchen nicht ein schönes Mädchen im heiratsfähigen Alter, das er gerne an seiner Seite gehabt hätte. Wenn er nicht gerade angestrengt arbeiten musste, dachte er darüber nach, wie und woher er eine Frau bekommen konnte. Er war ein hübscher Mensch mit weichen sympathischen Gesichtszügen, die Kundige als einen Botticelli-Engel erkannten und einer tadellos schlanken Figur. Er lehnte Fleischgerichte ab und ernährte sich von Obst, Früchten, Getreide, Bohnen und hin und wieder von einem Fischlein, das er nicht verachten mochte. Wer wollte einen solch merkwürdigen Gatten am heimischen Tisch haben? Er hatte bereits die 30 überschritten und sehnte sich nach einer Kinderschar, die er lieben und verwöhnen durfte.

Es war ein Tag wie jeder beliebige im dichten Sommerwald. Malu spazierte durch ihren Garten und suchte Gemüse für das Mittagessen, als plötzlich Zinnober seltsam aufgeregt auf ihren Arm sprang und ihr etwas von einem Kindchen, einem ganz kleinen Baby noch, erzählte, das hilflos weinend am Waldrand lag, bekleidet und in eine Decke gehüllt. Malu eilte dem Eichhörnchen nach und schon bald hörte sie das Greinen des Kindes, das ihren Schritt beschleunigte. Ein wenig verweint, aber rosig frisch lag es im Gras und als Malu das Bündel anhob, beruhigte sich das Baby und ließ sich leicht tragen.

Glücklicherweise war sie eine Hexe und noch auf dem Weg zu ihrem Haus aktivierte sie ihre Milchdrüsen und konnte daheim das Kind problemlos stillen. Satt und zufrieden schlief es ein. Damit hatte sich allerdings die Zauberei erledigt. Sie konnte weder Windeln noch Kleidung herstellen. Stoffreserven gab es bei ihr auch keine. Es half nichts, sie musste in die Stadt. Sie zog ein schwarzes Witwenkleid an, legte sich eine schöne Kette um den Hals und trug einen doppelten Ring als Zeichen ihrer Witwenschaft. Den rechten Ringfinger schmückte ein prächtiger Aquamarin. Ihre langen Haare band sie zu einem gefälligen Knoten und auf dem Kopf saß ein schwarzes Schleierhütchen. Aus dem Spiegel blickte ihr eine äußerst wohlhabende Großbürgerfrau entgegen, die gerade den Gatten beerdigen musste. Gerlinde Hagedorn würden staunen, sie und das Baby jedoch mit offenen Armen aufnehmen. Ihr Gepäck bestand aus einem sehr ansehnlichen Bündel, das eine große Summe an Gold- und Silbermünzen barg. Sie trug schwer daran.

Frau Hagedorn stellte Manu als reiche Witwe eines ferneren Verwandten vor und niemand hatte Probleme, die Hexe als das zu akzeptieren, was ihnen über sie gesagt wurde. Der frauenlose Apotheker verliebte sich auf der Stelle in die schöne Frau und als er hörte, dass auch Manu keinerlei Fleischnahrung für sich duldete, sah er seine Chance reifen, sie nach angemessener Trauerzeit umwerben zu dürfen.

Und so vollzog es sich, dass das Baby Rosalinde wuchs und zu einem Kleinkind reifte, die Witwenkleidung der Vergangenheit angehörte und aus Manu und dem Herrn Apotheker, der Christian Kühn hieß, ein Ehepaar wurde. Sie kauften sich ein schönes Stadthaus in der Nähe der Apotheke und das Glück las ihnen jeder von den Augen ab. Manu war Mutter und Ehefrau und immer noch Hexe in einer Art Familienpause, die vom großen Hexengremium durchaus freundlich geduldet wurde, weil auch für den Hexennachwuchs gesorgt werden musste. Und dazu war es am einfachsten, wenn eine an Nachwuchs Interessierte für ein menschenlebenlang die Position einer Bürgerfrau bezog. Hexen brauchten keine Ehemänner. Sie konnten ihre Leibesfrucht alleine durch Wunsch heraufbeschwören, aber eine gute und umsorgte Kindheit mit einem liebevollen Vater war auch für Hexenkinder der beste Weg in ihre anspruchsvolle Zukunft.

Manu und Christian wurden alle 2 Jahre erneut Eltern und die Kinderschar wuchs und wuchs. Mit unfassbarem Staunen stellten die Stadtbewohner fest, dass auch die Mutter von bereits 7 Kindern nicht einen Tag älter aussah, als bei ihrer Ankunft und ihre Figur litt unter keiner Schwangerschaft. Schön und schlank half sie ihrem Mann auch jeden Tag viele Stunden in der Apotheke und was immer sie herstellte, verkaufte sich gut und schnell, weil es wirkte und dem Leib oder der Seele nützte.

In keiner Stadt der Welt gab es auch nur einen Ort, an dem nicht auch Neid und Misstrauen blühten und bald machte eine üble Nachrede die Runde, dass es sich bei Manu um eine Hexe handeln müsste, weil keine normale Bürgersfrau so schön und schlank die vielen Schwangerschaften durchstehen konnte. Als Christian Kühn die Beleidigungen über seine Frau zu Ohren bekam, erlitt er einen schlimmen Schreck, bestätigten sie doch seine eigene Mutmaßung, dass mit seinem geliebten Weibe eine Klitzekleinigkeit nicht stimmen konnte.

Wie oft in den vergangenen Jahren hatte er heimlich darüber gestaunt wie schwerelos leicht sich bei Malu Graviditäten und Geburten vollzogen. Nie hatte sie auch nur einmal geklagt, nie hatten sich auch nur winzige Komplikationen eingestellt. Und tatsächlich schaute sie nicht einen Tag älter als vor vielen Jahren aus. Die Kinder sahen den Eltern sehr ähnlich. Die Mädchen kamen der Mutter nach, die Jungen schauten wie der kleine Christian aus. An seiner Vaterschaft konnte er keine Sekunde zweifeln. Und doch, Misstrauen war gesät und blieb. Rosalinde, das Findelkind, bildete unter der Kinderschar eine Ausnahme. Sie wuchs zu einem hübschen Kind heran, nicht besonders schlau, aber auch nicht dumm. Ihre Geschwister hingegen waren alle von ausgesuchter Schönheit und der Hauslehrer hatte manchen Albtraum, weil bereits der erst vierjährige Knabe klüger als manches Kind von 8 Jahren war. Die Hexenkinder erkannten sich als Hexenkinder und Rosalinde blieb für sich und war ausgeschlossen. Nicht etwa, weil sie von den Geschwistern schlecht behandelt wurde, nein, sie spürte ihre Ausgeschlossenheit durch die Innigkeit der Liebe der anderen zueinander.

Malu liebte Rosalinde, wie ihre eigenen Kinder und weil sie eine Hexe war, wusste sie, dass von dem Findelkind zusammen mit dem Stadtgespräch eine langsame aber stetig wachsende Gefahr ausging, die für das Familienleben unsäglich peinigend werden konnte. Es half nichts, sie musste sich mit ihrem Gremium beraten. Rosalinde war bei einer Freundin, ihr Mann noch in der Apotheke beschäftigt, als sie es in mitten ihrer Kinderschar sitzend, anrief. „Ihr müsst die Stadt verlassen. Zieht weit weg von hier, wo noch nie jemand von euch gehört hat." So lautete die Botschaft.

Unterdessen war Apotheker Kühn zu einer ähnlichen Feststellung gelangt und kaum mit seiner Gattin allein, beriet er mit ihr die gemeinsame Flucht. In den Norden sollte es gehen, wo seit einer guten Weile keine Hexen mehr verfolgt wurden. Bereits am nächsten Tag setzte der tapfere Christian das Gerücht in Umlauf, in der Hansestadt Lübeck ein Erbe antreten zu müssen. So wurden die Apotheke und das Wohnhaus zusammen mit der Einrichtung verkauft und mit leichtem Gepäck setzte sich die Familie nach herzzerreißendem Abschied von Gerlinde Hagedorn in die Postkutsche.

In der Hansestadt angekommen bot sich die größte Apotheke der Stadt zum Kauf und Christian Kühn schlug in den Handel ein. Das dazugehörige Wohnhaus wurde vermietet und die Familie selbst zog es vor die Tore der Hansestadt, wo die Großbürger ihre eitlen Villen hatten. Unbeachtet und unbelästigt vergingen Jahre des Friedens.

Rosalinde wusste seit guter Zeit, dass Malu sie als Findelkind gefunden hatte und der Gram über ihre unbekannte Herkunft nagte an dem jungen Mädchen. Weswegen sollte sie dankbar sein? Sie war in eine Hexenfamilie geraten, die sie sich freiwillig niemals ausgesucht hätte. Das hübsche, aber farblose Mädchen blühte unter ihren Rachegedanken förmlich auf. Bis auf Christian Kühn, den Rosalinde mochte und der auf Malu reingefallen war, wollte sie die Familie auslöschen. Sie mischte unter den Gemüseeintopf „Wolligen Fingerhut", der einen Elefanten getötet hätte. Sie verschloss sich der Mahlzeit, indem sie behauptete, ihr sei schlecht. Christian Kühn, der mittags nicht nach Hause kam, war auch nicht in Gefahr.

Der Eintopf wurde von ihren Stiefgeschwistern und Malu mit Appetit verspeist und nichts, aber auch nicht eine winzige Kleinigkeit passierte. Hatte sie sich geirrt? Hatte sie ein harmloses Kraut in den Eintopf gemischt, das niemandem schaden konnte? Es konnte gar nicht anders sein. Am Abend ging der Apotheker in die Küche und freute sich über den Rest des Mittagsmahles. Er rief Rosalinde zu sich, von der er gehört hatte, dass ihr am Tage übel gewesen sei. Das Mädchen und er aßen mit gutem Hungergefühl den gesamten Rest auf. Keiner sah die beiden vom Tisch fallen.

Malu und ihre Hexenkinder trugen Christian Kühn in sein Bett und riefen einen Doktor der Medizin, der nur noch seinen Tod feststellen konnte und der Witwe artig kondolierte. Die heftige Trauer um ihn, sollte nie wieder ganz aus Malus Herz weichen.

Rosalinde dagegen wurde in einem tiefen Loch in der Erde versenkt, wo kein Hund sie jemals wieder ausgraben konnte. Fortan galt sie in Lübeck als vermisst gemeldetes gefallenes Mädchen. Dennoch trauerte die Familie auch um sie.

Und was machten Malu und ihre Kinder in den Folgejahren? Es galt viel zu lernen und zu erforschen. Bald, vielleicht in nur 100 Jahren, und was bedeuten gerade einmal 100 Jahre in einer Hexenexistenz, würde die Zeit für gewaltige pharmazeutische Unternehmen reif sein. Auf deren Gründung galt es sich vorzubereiten.

Moderne Hexen gingen im Wald ausschließlich spazieren.

Verbindungen

Prolog

Ein Hochhaus am Rande Lübecks zwischen Stadtpark und Ausfahrt nach Schlutup. Beate und Franziska saßen, wie so häufig am Nachmittag, zusammen im 3. Stock in Beates Wohnung beim Kaffee. Sie kannten sich ihr Leben lang. Sie hatten Liebhaber aber zu einer festen Bindung kam es nie. Beide Frauen waren bis zu ihrer Pensionierung vor 2 Jahren engagierte Lehrerinnen und danach in der Flüchtlingshilfe und in einer Laienspielgruppe aktiv. Politisch fest in der Sozialdemokratie verwurzelt, waren sie freiheitsliebende Denkerinnen, weder prüde noch vorbehaltlich gegenüber sexuellen Vorlieben oder religiösen Ausrichtungen. Als überzeugte Feministinnen spielte Gott, ein männlicher gar, in ihrem Leben keine Rolle. Sie pflegten ihren Atheismus wie ihre Haare, Beate blond, Franziska braun, und ihre Figuren sahen trotz guten Essens immer noch formschön aus.

Bemerkenswert war ihr Wissensdurst bezogen nicht nur auf die großen Fragen der Zeit, sondern auch auf das Leben ihrer Freunde und Nachbarn. Frei jeglichen Schamgefühls wurden Situationen und Personen wie auf dem Seziertisch auseinandergenommen und im Anschluss entweder begraben oder wieder zusammengeflickt auf ein Podest gestellt. Informationen besorgten ihnen ihre dankbaren Opfer, die verwöhnt von exklusiven Mahlzeiten vor ihnen ihr Innerstes nach außen wendeten.

Beate und Franziska

„Wenn Du uns jetzt noch von deinem Schlehenschnaps ein Gläschen spendierst, meine Liebe, wird der Nachmittag noch einmal so rund." „Gerne, Franziska. Dabei lässt es sich trefflich auf den neuen Nachbarn anstoßen." „Spanne mich nicht auf die Folter! Du hast ihn gesehen?" „Selbstverständlich, was denkst Du von mir." „Und, raus mit der Sprache, wie sieht er aus, wie ist er, hast Du mit ihm sprechen können?" Beate schenkte Gläser voll, hob ihr Glas Franziska entgegen. Die beiden Frauen stießen an und tranken. „Also, er heißt Dietrich Gerber, ist bestimmt noch keine 35 Jahre jung, blonde kurze Haare, blaue Augen und ungefähr 185 cm groß, schlank. Er kommt gerade aus dem Urlaub im Süden und ist gut gebräunt. Franziska, er sieht fabelhaft aus und freundlich war er. Warte, ich habe ihn gefragt, wo er vorher gewohnt hat. Stelle dir vor, er kommt aus Hamburg. Er sagte wörtlich: „Ich habe mich von meiner Bank, der OSTA, direkt an der Alster gelegen, nach Lübeck versetzen lassen, weil mir diese Stadt ganz großartig gefällt und das Meer ist jetzt auch noch ein gutes Stück näher gerückt."
„Beate, kein gutaussehender junger Mann lässt sich nach Lübeck versetzen. Hamburg hat Klasse, bietet für jeden Geschmack etwas und außerdem verdienen die Leute mehr Geld als hier." „Du meinst, es war Flucht?" „Richtig. Er ist vor einem, einer oder irgendetwas Entnervendes davongelaufen. Und wir werden herausfinden, was es war."
„Franziska, verträgst Du einen weiteren Schlehenschnaps? Wir wollen noch einmal auf die vor uns liegende aufregende Zeit anstoßen."

Sie tranken und unter der anregenden Wirkung der Schlehen und des Alkohols wurde die vertrauensbildende Taktik der nächsten Tage festgelegt, die eine Mischung aus Zurückhaltung, zufälligen und ganz und gar unbeabsichtigten Begegnungen mit Dietrich Gerber und schließlich eine Frustrationsbekundung mit zaghaft vorgetragener Einladung zum Abendessen beinhaltete. Diesen Part sollte Beate als Nachbarin allein erfüllen. Franziska würde unterdessen die notwendigen Spionagetätigkeiten ausüben, die Bankbesuche in Lübeck und Hamburg vorsahen und Auskundschaften der Einkaufsgewohnheiten des neuen Nachbarn. Diese Rolle lag ihr vorzüglich, weil sie früher über viele Jahre an der Schule die Theatergruppe geleitet hatte und heute die Laienspielgruppe und sich selbst als durchaus respektable Schauspielerin und Regisseurin verstand.

In dieser Zeit würden sie sich ausschließlich in Franziskas Wohnung treffen, um eine unbeabsichtigte Begegnung mit Herrn Gerber aus dem Wege zu gehen. Im Übrigen waren sie gegenseitig jederzeit über whats app verbunden, eine Errungenschaft, die von beiden Frauen exzessiv genutzt wurde, weil sie keinerlei Vorbehalte oder gar Schwierigkeiten in der Nutzung modernen Technik kannten. Bei Beate und Franziska landete jede Person und jede Begebenheit im www. Gleich morgen sollte Franziska die Bank in Hamburg aufsuchen.

Dietrich

- Es ist besser so -
Ja? Schon möglich, abwarten. Zumindest kannte ihn hier keiner. Er hatte die Chance sich hier so darzustellen, wie

er gerne sein wollte. Er müsste in Lübeck nicht den Opportunisten spielen und nicht den Angeber, der montags den Kollegen von seinen Wochenendabenteuern erzählt. Beide Rollen hatte er bis zum Überdruss satt, weil sie ihn immer weiter von den Schritten fortbewegt haben, die er ursprünglich gehen wollte.

Morgen, an seinem ersten Arbeitstag, würde er sich frisch ausgeschlafen, sympathisch und bescheiden, aber nicht ohne Selbstbewusstsein darstellen. Den Anfang dazu hatte er heute auf dem Flur gesetzt. Seiner Nachbarin hat er in der Rolle gefallen.

Seine neue Vorgesetzte war eine Frau, Ingke Kohl-Kramer und hatte ein facebook account. Wenn das Foto nicht geschönt war, ließe sie sich als attraktiv bezeichnen. Dietrich waren gutaussehende Menschen recht. Es war einfacher mit ihnen. Wenn sie sich als bösartig entpuppten, verzieh er ihnen leichter. Wenn sie sich als liebenswürdig herausstellten, gab es zwischen außen und innen keinen Widerspruch. Dietrich hatte sich schon mehr als nur einmal gefragt, ob dieser, beinahe automatisch ablaufende psychologische Mechanismus sich auch so vollziehen würde, wenn er makelhaft wäre. Die Frage blieb unbeantwortet, weil er sich nicht in den Zustand eines mit äußerlichen Makeln behafteten Menschen hineinversetzen konnte. Sein ehemaliger Vorgesetzte in Hamburg hatte unregelmäßige Gesichtszüge, kleine Augen und eine unsportliche Figur mit deutlichem Bauchansatz.

Er mochte ihn nie lange ansehen, weil sich seine Augen an gar nichts Schönem festhalten konnten. Er muss auf ihn unstet, oberflächlich und irritierend gewirkt haben, weil er seine Vorschläge zu Arbeitsoptimierungen überstürzt formuliert hatte, im Voraus wissend, dass sie allein aus dem

Grunde abqualifiziert wurden, da sie primär mit Arbeit verbunden gewesen wären. Und Herr Güttchen war der intensivste Arbeitsverweigerer auf Gottes Erdboden. Fest hielt er an einmal eingespielten Routinen, von denen niemand auch nur einen Millimeter abzuweichen hatte. Er spielte seine Rolle als Dauerüberlasteter hervorragend, weil er der Chef war und keine Einblicke in sein passwortgeschütztes Aufgabengebiet duldete. Dietrich war ein vorzüglicher Analytiker und war zu dem Schluss gereift, dass dieses Areal mehr als übersichtlich bei der bestehenden Aufgabenverteilung in der Bank sein musste. Vorbei. Vorüber die Zeit der Zweifel und der daraus resultierenden Ersatzaktivitäten. Hoffentlich war er auch seine Altlast los. Wenn sie ihn hier finden würde, ja was dann? Daran mochte er überhaupt nicht denken.

Er überlegte, ob er seine Nachbarin auf ein Glas Sekt einladen sollte, was er sogleich als zu früh, zu aufdringlich wieder verwarf.

Ingke Kohl-Kramer

Noch eine Stunde, dann war Feierabend. Morgen würde der neue Mitarbeiter anfangen. Sie begriff nicht, welchem Umstand sie seinen Wechsel von Hamburg nach Lübeck zu verdanken hatte. Kollege Güttchen hatte ihn als äußerst aufgeschlossen Menschen, was immer das seiner Meinung nach war, geschildert. In der Vorstandsetage hatte Güttchen den Ruf eines soliden Arbeiters, was nichts anderes bedeutete, dass er praktisch kaum Fehler machte und die Bank nicht durch eigenwillige Kreditbewilligungen in Verlegenheit brachte.

Die werden jedoch durchaus dann verziehen, wenn hohe Anlagenverkäufe und Kundenzugewinne für einen exzellenten Plus-Stand des jeweiligen Bankfilialleiters sorgen. Sie konnte sich eines guten Rufes sicher sein. Als sie vor 10 Jahren, die Filiale übernahm, hatte sie gerade 4 Mitarbeiter, jetzt waren es 9, der 10. würde morgen beginnen und es gab die jeweils 2 Auszubildenden im ersten, zweiten und dritten Lehrjahr.

Das Bankkapital war stetig gewachsen und ihr kulturelles Engagement durch Ausstellungen örtlicher Künstler und Autorenlesungen brachten ihr regelmäßig eine geneigte Presse. Dazu hatte sie es von Anfang an verstanden, persönliche Kundenkontakte zu entwickeln, ihre Sommerfeste waren berühmt. Jetzt war sie 48 Jahre alt, geschieden und die beiden Töchter außer Haus. Laura studierte in Leipzig Jura und Karen hatte ihr Referendariat in Flensburg an einer Grundschule begonnen. Ihr Verhältnis zu den Mädchen war nicht unproblematisch. Sie galt als diejenige, die den Vater durch übermäßigen Arbeitsehrgeiz vergrault hatte. Ob Laura und Karen ihr Leben ehefreundlicher würden gestalten können, bliebe abzuwarten. Ingke hielt nichts von durch Einsamkeit überlagerte Freizeiten. Sie war als zweite Vorsitzende im Kunstverein aktiv, ging mittwochs regelmäßig zur Damengymnastikgruppe ihres Sportvereins, belegte seit Jahren einen nicht endenden Französisch-Kursus am Dienstagabend und donnerstags um 19 Uhr 30 ging sie zur Chorprobe. Dadurch hatten sich zahlreiche Kontakte ergeben, die sie eifrig pflegte und mit denen sie regelmäßig über whats app oder E-Mails in Verbindung stand. Hinzu kamen ihre Aktivitäten auf Facebook und Twitter, die ihr das Gefühl vermittelten, kaum mehr Zeit für sich selbst zu haben, die sie in Wahrheit auch nicht wollte, weil grübeln und reflektieren können ihr Alleinsein unterstrichen hätte, das sie vehement ablehnte. Sie spielte nach außen und vor sich selbst die allseits interessierte, sportliche und gesellschaftsfähige Geschäftsfrau, die ihre wenige Freizeit dringend zur Erholung brauchte.

Seit ihrer Scheidung vor 6 Jahren waren Ingke natürlich auch Männer begegnet, die sich an ihr interessiert zeigten. Umgekehrt war nichts zu machen gewesen. Ein Märchenprinz hatte sich unter ihnen nicht befunden.

Heute war Montag und Versammlung des Kunstvereins.

Am anderen Morgen in der Bank

Dietrich war überpünktlich um 8.50 Uhr an seinem neuen Arbeitsplatz erschienen. Er war allein und die Breite Straße noch ziemlich leer. Einige Geschäfte öffneten um 9, viele erst um 10 Uhr. Er wartete wohl bereits gute fünf Minuten als eine Frau lächelnd auf ihn zukam, die er auf den ersten Blick als Ingke Kohl-Kramer erkannte. Ihr Facebook-Profil war nicht geschönt.

„Sie müssen Herr Gerber sein, Ingke Kohl-Kramer, herzlich willkommen. Lassen Sie uns schnell reingehen, es ist ungemütlich heute Morgen." „Guten Tag, Frau Kohl-Kramer, ja ich bin es. Danke."

Hatte er sie auch angelächelt oder nur an ihr Bild gedacht? „Kommen Sie, ich zeige Ihnen ihren Schreibtisch. Die Kollegen kommen a la minute. Ich werde sie gleich allen vorstellen und im Anschluss bitte ich Sie zu mir, damit wir uns ein wenig kennenlernen."

Die Bank öffnete in einer halben Stunde und bis dahin begrüßte er viele neue Gesichter und erfuhr Namen, die er sogleich wieder vergaß. Seine unmittelbare Kollegin mit dem angrenzenden Schreibtisch hieß glücklicherweise Müller, den konnte er sich merken. Dann saß er seiner neuen Chefin in ihrem Büro gegenüber.

„Herr Gerber, was sie in Hamburg gemacht haben, geht aus ihrer Personalakte hervor. Entsprach das ihren Interessen und möchten sie hier auch auf diesen Gebieten tätig sein?" „Die Kreditabwicklung ist heutzutage wenig befriedigend." „Aber ich bitte Sie, das ist doch eine sehr kreative Tätigkeit, oft spannend und dankbarkeitsbezogen." „Nicht, wenn sie keinen Ermessensspielraum haben." „Das ist zutreffend. Wir verfügen hier über ein Budget, das uns erlaubt, auch immer wieder ungewöhnliche Projekte zu unterstützen. Eingebracht hat uns das den Ruf der Kundenfreundlichkeit. Und Kundenfreundlichkeit zieht neue Kunden an.

Eine andere Frage, auf welchem Gebiet würden Sie gerne hier tätig werden?" „Verzeihung, auf welchem Gebiet ich tätig sein möchte, wenn ich gefragt würde, oder deswegen gefragt werde, meine Interessen kennenzulernen?" „Herr Gerber, kann es sein, dass Sie auf ihrem letzten Arbeitsplatz nicht viel Freude hatten? Und Sie auch noch nie gefragt wurden, was Sie gerne machen möchten?" „Bei intensiver Betrachtung meiner beruflichen Vergangenheit, möchte ich diese Frage zögerlich bejahen." „Gut, also raus mit der Sprache!" „Ich habe Freude am QM." „Qualitätsmanagement?" „Ja. Ich habe noch während meiner dualen Ausbildung an der Uni einen Extrakurs belegt und die Qualifikation zum QM-Beauftragten erworben. Ich konnte bedauerlicherweise meine Kenntnisse nie umsetzen. Ich bin aber immer auf dem Laufenden geblieben."

„Das ist doch großartig. Hier können und sollen Sie das. Wir haben ein Handbuch und die Sekretärin pflegt es auch. Schauen Sie es sich an, es gibt sicher Dinge, die wir optimieren können." „Sehr gerne. Und wo denken Sie mich hauptamtlich einzusetzen?" „Es ist immer ein Kollege, eine Kollegin krank oder im Urlaub oder beides. Ich würde Sie gerne als Springer einsetzen. Das wird Sie beim QM zusätzlich unterstützen, wenn Sie die unterschiedlichen Arbeitsplätze auch aus eigener Erfahrung kennen." „Ich freue mich, vielen Dank. Das ist immer mein ganz großer Arbeitsplatztraum gewesen." „Dann wünsche ich Ihnen viel Glück und gutes Gelingen. Wenn es Probleme geben sollte, habe ich für jeden Mitarbeiter jederzeit ein offenes Ohr. Wir wollen heute nach Dienstschluss ihren Einstand mit einem Glas Sekt und kleinem Imbiss feiern. Dabei stellen wir den Kollegen ihre künftige Funktion vor. Würden Sie heute die Kasse übernehmen? Der Kollege hat sich krankgemeldet." „Selbstverständlich."
Dietrich war entlassen und konnte sein Glück nicht fassen.

In der Travelmann Straße

Beate klingelte ungeduldig an Franziskas Haustür. Kurz zuvor hatte ihr die Freundin ihre Ankunft über whats app gemeldet.
„Komme schon. Ich sehe Dir an, wie gespannt Du auf meine Erlebnisse bist." „Ich kann Dir auch noch eine Kleinigkeit erzählen, aber Du bist zuerst dran."
Die beiden Frauen ließen sich in gegenüberstehende Sessel nieder und Franziska, immer noch in ihrer Maske mit dem grauen Pagenkopf angetan, begann. „Ich war um 11 Uhr in der Bank und sah mich dort auffällig suchend um,

bis ich, wie ich es wünschte, von einer Mitarbeiterin angesprochen wurde. Ob sie mir helfen könne? „Ja, vielleicht,
ich suche den jungen Mann, der mich neulich hier so
freundlich bedient hat."

„Ach, den Herrn Gerber meinen Sie." Ja, der habe die
Bank verlassen und sei nach Lübeck gegangen. Ob sie
wisse weswegen?

Beate, ich hatte bei meiner Frage das gute Gefühl, eine
konstruktive Antwort zu erhalten, weil die Frau reden
wollte. Jedenfalls sagte sie, Herr Gerber und der Chef hätten Dauerspannungen gehabt und der Jüngere sei deswegen gegangen, weil er keine Chance sah, innerhalb der
nächsten Zeit eine Änderung des Arbeitszustandes herbei-
zuführen. „Das ist nicht schön", sagte ich, „wissen Sie welche Art Spannungen es waren? Er hatte auf mich einen
sehr kompetenten Eindruck gemacht."

Das sei er mit Sicherheit auch gewesen. Es gab Probleme
bei der Umsetzung des Qualitätsmanagement-Handbu-
ches, das vom Chef strikt abgelehnt worden war, weil er
sich am intensivsten weigerte, nach den angestrebten Zie-
len zu arbeiten.

Und sonst sei nichts vorgefallen? Hinter vorgehaltener
Hand könne sie mir noch sagen, dass Herrn Gerber die
Hamburger Luft auch rein privat zu heiß geworden sei. Er
habe viele Liebschaften gehabt und eine der Frauen habe
ihn regelrecht verfolgt. Was sagst Du jetzt?"

„Liebe Franziska, die Sache mit den vielen Liebschaften ist
interessant, hätten wir uns jedoch auch selber denken
können. Die beruflichen Informationen habe ich heute am
Spätnachmittag von Herrn Gerber persönlich erfahren.
Deine whats app kam, ich bin raus und der Fahrstuhl kam
nach oben. Wer stieg aus? Mein neuer Nachbar, strahlend

und mit einer leichten Sektfahne. Wir sagten uns „Hallo"
und ich weiter mit: „Sie haben ja eine ganz prächtige
Laune. War ihr erster Arbeitstag eine Freude für Sie?" Da
sagte er, ja, es sei fantastisch gelaufen, die Chefin das genaue Gegenteil seines alten in Hamburg und die Kollegen
und Kolleginnen durchweg sympathisch. Er könne endlich
auf seinem Arbeitsgebiet, dem Qualitätsmanagement, tätig werden, was ihm in Hamburg strikt verweigert worden
sei, weil der Chef einen Routinebetrieb gepflegt habe und
Bestrebungen QM-Maßnahmen zu erfüllen rundweg mit
der Begründung ablehnte, sie würde nur zur betrieblichen
Unzufriedenheit führen. Daraufhin wünschte ich ihm einen schönen Abend und bin in den Fahrstuhl gestiegen.
Zumindest haben wir beide keine Widersprüchlichkeiten
zu verkünden."
Franziska saß mit der Miene offensichtlicher Unzufriedenheit da und schwieg.
„Was gefällt Dir nicht?" „Ich hatte mir mehr erhofft. Das
Ergebnis ist unspektakulär. Kein Skandal, keine wutent-
brannten Auseinandersetzungen. Schade, nicht wahr?"
„Es ist der Anfang, warte ab, was wir noch erleben werden.
Gehst Du morgen in die Bank?" „Was wäre die Alterna-
tive? In Erfahrung werde ich dort nichts bringen. Und ihn
lediglich auf seinem Arbeitsplatz zu sehen, wäre keine Sensation." „Das stimmt, Franziska. Was wissen wir über
seine neue aufgeschlossene Chefin?" „Ich weiß nicht einmal den Namen." „Das kriegen wir raus, komm, lass es uns
googeln."
Die beiden Frauen ließen sich vor dem PC nieder und gaben OSTA-Bank Lübeck ein.
„Sie heißt Ingke Kohl-Kramer. Jetzt geben wir ihren Namen ein. Na, da schau her, das ist nicht wenig. Sie ist im

Kunstverein tätig, hat jede Menge Presse, ein Facebook-Profil, geh mal auf Facebook, Franziska. Ja, da haben wir sie. Schau an, sie sieht sehr gut aus. Durchgestylt, würde ich sagen." „Weißt Du, an wen sie mich erinnert?" „Kann sein, Beate, an Madame Macron?" „Exakt, liebe Franziska. Die Haare, die Gesichtsform, schau, hier ist ein Ganzfoto von ihr auf einer Vernissage aufgenommen, zierliche Figur." „Wie alt schätzt Du sie?" „Im Alterschätzen bin ich schwach. Auf jeden Fall unter fünfzig."
Beate und Franziska sahen sich glücklich an. Doch kein verlorener Tag.

Dietrich

Welch ein gelungener Einstieg. Eine sehr schicke, fortschrittlich denkende Chefin, ein relativ junges Kollegenteam, eine luftige, gut gelaunte Arbeitsatmosphäre und er mittendrin mit Aufgaben, die ihm lagen. Keine mühsam, in einer winzigen Küche zubereiteten Häppchen, sondern sehr feine, von einem Catering gelieferte, elegante Sektkelche und keine Plastikbecher verhießen beste Partielaune zu seinem Einstand.
Keine schrägen Blicke, keine verunsichernden Fragen, nur welche zu seiner Befindlichkeit, ob er sich schon ein wenig in Lübeck eingelebt hätte, er mit seiner Wohnung zufrieden sei. Vor lauter Glücksgefühl hatte er vergessen, sich etwas zum Essen einzukaufen. Sein Kühlschrank war leer, noch einmal in die Stadt? Er googelte nach Discountern in seiner Nähe und wurde schnell fündig. Sein Wagen parkte direkt am Haus und er traute seinen Augen nicht und sein Herz erfuhr einen eisigen Schreck:
Daniela! Sie stand an seinem Auto und späte durch die

Scheiben. Wie hatte sie ihn so rasch finden können? Er hatte so sehr gehofft, dass ihm eine erneute Konfrontation erspart bleiben würde. Nein, jetzt nicht. Nicht heute und nach diesem schönen Tag. Er ging zurück ins Haus. Dietrich hatte keinen Hunger mehr. Daniela, was konnte er tun? Er hatte sie vor 3 Jahren in einer Theaterpause vor der Tür beim Rauchen kennengelernt und war sofort mit ihr ins Gespräch gekommen. Das persiflierte Klassikdrama gefiel ihnen beiden so gut, dass sie sich dazu verabredeten, das Ende des Stückes bei einem Glas Wein zu verarbeiten. Dietrich fühlte sich durch die anregenden Gespräche zu der jungen Frau, die so gar nicht seinem Typ entsprach, hingezogen.

Er hätte es gerne bei einer Freundschaft belassen, aber als er dennoch eines Tages mit ihr im Bett landete, ahnte er bereits, einen unguten Fehler gemacht zu haben. Daniela war von diesem Moment an fest davon überzeugt, in ihm den Mann fürs Leben gefunden zu haben und fühlte sich als Frau geliebt. Es gelang Dietrich nicht diesen Irrtum aufzuklären. Sie ignorierte alle seine Bemühungen, die darauf abzielten, ihr zu erklären, dass zum Beischlaf überströmende Liebe absolut unnötig ist. Eine Aussprache folgte auf die nächste. Nach acht Endlosdiskussionen war Dietrich mit den Nerven fertig und es war das erste Mal in seinem Leben, dass er einer Frau sehr unfreundlich und drakonisch verordnete, ihn künftig in Ruhe zu lassen, weil er nichts mehr mit ihr zu tun haben wollte.

Danach schrieb sie ihm Hunderte E-Mails, whats apps, sprach ihm jeden Tag sein Telefon voll. Sie lauerte ihm vor der Bank und vor seiner Wohnung auf. Er fühlte sich terrorisiert und völlig unfähig, eine neue Beziehung einzugehen. Umzüge innerhalb Hamburgs hatten nicht geholfen.

Er hatte zuerst einen Psychologen aufgesucht, dann einen Psychiater und zuletzt die Polizei. Von allen hatte er die Ratschläge erhalten, sich total ignorant zu stellen, dann würde sich der Spuk, so war es in den meisten Fällen, von allein legen. Wenn nicht, ließe sich Annäherungsverbot erwirken, das Dietrich jedoch noch nicht wollte, weil er sich seiner Opferrolle insgeheim schämte.

Da sie ihn nicht bedrohte, galt es justitiales Eingreifen noch abzuwarten. Sein Entschluss, nach Lübeck zu gehen, geschah nicht zuletzt aus dem Grunde, weil Daniela beamtete Verwaltungskraft und daher ortsgebunden war. Er hatte seinen Telefonvertrag gekündigt, sich ein Prepaid Telefon gekauft, deren Nummer nur wenige kannten. Für kurze Zeit und durch einen Urlaub war es etwas ruhiger geworden. Und jetzt war sie hier. Er hatte noch kein Namensschild an seiner Wohnung angebracht und auch noch nicht unten an der Klingel. Dafür hatte er sich bei der Post ein Schließfach einrichten lassen. Er würde heute Nacht sein Auto umparken, aber wohin damit? Dietrich hatte Appetit auf etwas Alkoholisches, nur keinen Sekt, egal was sonst.

Seine Wohnung barg nichts. Seine Nachbarin sah wirklich sympathisch aus. Aber was sollte die Frau von ihm denken, wenn er sie um eine Flasche Wein bitten würde? Sie hatte ihn bei seiner Ankunft hier in allerbester Laune erlebt. Vielleicht war sie auch noch nicht heimgekehrt, sie wollte ausgehen. Draußen war es dunkel. Er schaute auf die Uhr, 20.15. Egal, er würde es versuchen. Trat auf den Flur, klingelte an der Nachbartür.

Bei Beate

Wer mochte das so spät noch sein? Franziska und sie hatten noch Abendbrot zusammen gegessen, danach war sie zurück zu ihrer Wohnung gefahren, weil sie die Fernsehserie nicht verpassen wollte. Da stand tatsächlich ihr neuer Nachbar vor der Tür und er sah nicht glücklich aus. Beate öffnete ihm.

„Entschuldigen Sie die Störung, ich..." „Sie stören doch nicht, kommen Sie rein, was kann ich für Sie tun, Sie sehen unerfreut aus." „Ja, genau so ist mir auch, absolut unerfreut." „Was ist in der kurzen Zeit seit heute Nachmittag geschehen, da waren Sie bester Laune. Wissen Sie was, nehmen sie Platz und mögen Sie einen Rotwein?" „Ich bin weit davon entfernt, ihn abzulehnen."

Beate ging in die Küche, holte eine angebrochene Flasche und schenkte ein.

„Auf gute Nachbarschaft." „Danke, auf gute Nachbarschaft." „Und nun erzählen Sie einer alten Frau, welche Laus Ihnen über die Leber gekrochen ist." Und Dietrich erzählte und konnte nicht mehr aufhören. Die Flasche war leer, eine weitere wurde geöffnet, inzwischen nannte er sie Beate und Beate ihn Dietrich. Und Beate war die beste Zuhörerin, die er je erlebt hatte.

„Hast Du ein Foto von ihr?" „Ja, auf meinem alten I-Phone ohne Simkarte. Willst Du sie sehen?" „Unbedingt." „Ich bin gleich zurück."

Er holte das Gerät und zeigte eine Daniela aus den Tagen der Freundschaft.

„Sie hat ein Gesicht, das eigentlich nicht unsympathisch ist, nicht übermäßig attraktiv, ihre Augen sind klein, ist sie blond oder täuscht es?" „Nicht gefärbt, sie mag nichts

Künstliches, so eher dunkelblond." „Mochtest Du ihr Aussehen?" „Es war mir nicht wichtig, wenn Du so willst. Ich wollte nichts von ihr. Sie war recht gebildet und wusste das lebhaft umzusetzen. Was mir allerdings früh aufgefallen ist, dass sie keinen Humor besaß, grundsätzlich alles wortwörtlich nahm und völlig charmefrei durchs Leben ging."

„Das passt haargenau zu dem Bild, das ich mir von ihr durch Deine Erzählung machen konnte. Es gibt diese Persönlichkeiten, die ohne Autisten zu sein, deren ganz bestimmte psychogene Strukturen im Kommunikationsverhalten verinnerlichen, was ein verbales „Ansieherankommen" fast unmöglich macht."

„Genauso ist sie, Beate, Du glaubst nicht, in wie vielen unterschiedlichen Erklärungsvarianten ich ihr klargemacht habe, dass aus uns nichts werden kann. Sie unterstellte mir Bindungsangst und Zukunftsangst und Angst vor Nähe, gar vor Sex. Ich konnte sie am Schluss nicht mehr ansehen, ohne Abscheu und Ekel zu fühlen. Die Frau kehrte alles um. Ich sagte ihr, sie müsse sich behandeln lassen, nein, ich sollte meine Ängste therapieren, bekam ich zur Antwort. Die Tatsache, dass ich sie nicht liebte und sie nicht wollte, kam als Erklärung für Daniela nicht in Betracht."

„Ja, ja, Stalker verhalten sich häufig wie die Verschwörungstheoretiker. Ihre Köpfe lassen objektive Erklärungen nicht zu. Da wird sich so lange eine Sicht auf die Welt zusammengebogen, bis sie scheinbar lückenlos ineinanderpasst."

„Ist das Dein Ernst, Beate, Du vergleichst Stalker mit Verschwörungstheoretikern?" „Zumindest in der Hinsicht, dass bei beiden Formen menschlicher Irritation eine Störung ihres Nucleus caudatus vorliegt." „Pardon, was ist das?" „Grob vereinfacht ist das Gebilde auch zuständig für Planungs- und Handlungskontrolle, sprich unter anderem für Skepsis. Aber jetzt meine Frage, hast Du Dir grundsätzlich überlegt, wie Du vorgehen willst, wenn Daniela Dich hier entdeckt?"

„Ich habe insofern vorgesorgt, dass meine Telefonnummer nur auserwählte Personen wissen, die meine Probleme mit Daniela kennen. Sonst habe ich nur die Bank angegeben. Und meine Adresse ist ein Schließfach bei der Post." „Dann ist der Schwachpunkt Dein Arbeitsplatz." „Eindeutig, ja."

Dietrich schaute auf seine Uhr, 23 Uhr 25. Höchste Zeit sich zu verabschieden.

„Beate, Du entlässt einen beruhigten und getrösteten Menschen jetzt auf der Stelle aus Deiner Wohnung. Ich bin sehr froh, den Weg heute Abend hier zu Dir gefunden zu haben." „Dietrich, ich denke nach und habe bestimmt die eine oder andere schlaue Idee für Dich. Ich wünsche Dir einen guten Schlaf." Sie verabschieden sich.

Karla Müller

Zur gleichen Zeit kam Dietrichs Kollegin, Karla Müller, bei sich zu Hause an. Beschwingt schloss sie ihre Wohnungstür auf. Welch ein bereichernder Abend lag hinter ihr. Genüsslich ließ sie noch einmal den Ablauf Revue passieren. Nach dem Dienst in der Bank war sie mit dem Eindruck heimgekehrt, einen netten neuen Kollegen bekommen zu haben, der ungewöhnlich gut aussah, sehr freundlich war und dennoch bescheiden ohne überzogene Selbstdarstellung auf Fragen geantwortet hatte. Wie wohltuend, hatte sie gedacht und er war unverheiratet.

Für sie würde er sich kaum interessieren. Sie war Karla Müller, das Mauerblümchen, so sah sie sich, wenn sie in den Spiegel schaute: Klein, aschblond, Pferdeschwanz, weil keine Frisur gut saß, Brille ja, ihr Gesicht gefiel ihr, es war gut geschnitten, die Nase gerade, volle Lippen. Trotzdem zu unauffällig. Sie wusste ihre graugrünen Augen nicht zu betonen, also ließ sie es. Ihre Figur war schlank, meistens trug sie Hosenanzüge und weiße Blusen in der Bank und zu Hause Jeans und Pullover.

Daniela war auch keine Schönheit, irgendwie passten sie zusammen. Das war nicht weiter wichtig, von Bedeutung war, dass sie sich sofort und auf der Stelle verstanden hatten. Karla lächelte vor sich hin, als sie an die Szene ihrer Begegnung vor Stunden bei dem Discounter in der Mühlenstraße dachte.

Daniela fuhr mit ihrem Einkaufswagen direkt und ziemlich heftig in den ihren. Die fremde Frau konnte sich ihr Missgeschick nicht erklären und fragte sie, ob ein Entschuldigungsgetränk willkommen sei. Karla fand das nett und weil sie sowieso am Abend nichts vorhatte, stimmte sie ohne Zögern zu.

Sie tranken zuerst ein Glas Weißwein in einer früh öffnenden Lounge, stellten wenig später gemeinsamen Abendhunger fest und brachen zu einem nahen Chinesen auf, deren Speisen sie beide liebten. Gestärkt ging es in die Lounge zurück, inzwischen längst beim „Du" angekommen und mit einer festen Verabredung für das kommende Wochenende.

Wie sie dann auf Dietrich Gerber zu sprechen gekommen sind, wusste Karla beim besten Willen nicht mehr zu sagen. Über Männerbekanntschaften und enttäuschte Hoffnungen fiel sein Name, stand auf einmal im Raum und löste sich nicht wieder auf. Natürlich erzählte Karla von dem neuen Kollegen, der so hieß. Ja, ohne Zweifel, das war ihr Verlobter, der aus Versagensangst die Beziehung zu ihr aufgekündigt hatte, sie aber immer noch begehre, da war sich Daniela einhundertprozentig sicher. Sie müsste nur die Chance haben, in Ruhe mit ihm reden zu können, dann würde alles wieder in Ordnung kommen. Karla zweifelte an den Worten der neuen Bekannten. Auf einmal war sie ganz misstrauisch. Das würde sie nicht unterstützen, sie würde alles daransetzen, eine erneute Verbindung zu verhindern. Alles war offen, alles war möglich. Das Leben lag bunt und interessant vor ihr.

In der Kleiderkammer der Asylbewerberunterkünfte an der Travemünder Allee

Beate war vor Franziska in der Kleiderkammer eingetroffen und hatte bereits eine Menge Herren-, Damen- und Kindergarderobe sortiert und auf drei Tische verteilt, als die Freundin eintraf.

„Guten Morgen, du bist früh dran." „Guten Morgen, Franziska, ich habe scheußlich geschlafen." „Gab es einen Grund?"

„Und welch einen. Gestern, es war nach 20 Uhr, klingelte tatsächlich Dietrich bei mir."

„Du sprichst von Dietrich Gerber?" „Ja. Stell Dir vor, er war unglücklich." „Ich dachte, am Nachmittag sei er in Hochstimmung von der Bank nach Hause gekommen."

„Franziska, was er mir erzählte, glich einer kleinen Horrorgeschichte. Willst du noch etwas fragen, oder soll ich erzählen?" „Ist er zu Dir gekommen, um sich auszusprechen, oder wollte er etwas anderes?"

„Eigentlich wollte er mich wohl um eine Flasche Rotwein erleichtern, die haben wir dann zusammen geleert. Nein, ich spürte sofort, dass er Redebedarf hatte. Soll ich jetzt?" „Beginne!"

Beate erzählte und Franziska vergaß das Arbeiten.

„Meine Liebe, da hast Du mir etwas Unerhörtes berichtet. Wir müssen uns mit der Frage auseinandersetzen, wie wir mit der Information umgehen wollen und welche Konsequenz sie nach sich zieht."

„Genau, Franziska, wir sind Wissende und keine Forscher mehr."

„Willst Du künftig auf weitere Recherchen verzichten, Beate?"

„Worin siehst Du Erkundigungsbedarf?"

„Du kennst die Geschichte aus seiner Perspektive. Er hat sich Dir sympathisch dargestellt, Ihr habt Wein miteinander getrunken, nennt Euch bei den Vornamen, duzt Euch gar. Das bedeutet, dass Ihr innerhalb von wenigen Stunden so viel Distanz zueinander verloren habt, wie es unter normalen Umständen des Kennenlernens eher in Wochen geschehen würde."

„Meine Person blieb unerwähnt. Sieh mich eher in der Rolle einer Priesterin. Dietrich sprach sich von einer Herzenslast frei und ich hörte zu."

„Sehr schön, Priesterin Beate, dennoch möchte ich allzu gerne die Weltsicht seiner Kontrahentin in Erfahrung bringen."

„Ein wahrlich reizvoller Gedanke, obgleich ich unserem Dietrich meine Mutmaßung über seine Dame nicht vorenthalten habe."

„Und die da wäre?"

„Sie hat eine autistisch anmutende Störung im Kommunikationsbereich."

„Gut, und der Auslöser dazu ist Dir auch bekannt?" „Bei ihr persönlich natürlich nicht. Grundsätzlich liegt eine ausgeprägte Egozentrik vor und ein hoher Mangel an Empathie, wie häufig bei sehr kleinen Kindern zu beobachten."

„Hast Du Dein Wissen aus den Deeskalationskursen?"

„Franziska, die waren überaus interessant." „Ich dachte immer, dass Fehlverhalten auf frühkindlich negative Erfahrungen basieren?"

„Ich bin mir nicht sicher, ob dem so ist. Dass sich Menschen nicht gesund entwickeln, wenn ihre Belastungsgrenzen überschritten wurden, also Extremfälle wie Missbrauch und Misshandlung, ist nachvollziehbar. Im Übrigen gilt, dass nicht jeder in sozialen Missständen großgewordene Mensch kriminell wird und nicht jede, sich in der Kindheit einmal vernachlässigt gefühlte Person eine psychische Auffälligkeit erwerben muss. Dann gäbe es eine vorhersagende Statistik, die über die künftige Bevölkerungsentwicklung konkrete Aussagen machen könnte."

„Dann glaubst Du, dass beispielsweise Egozentrik Veranlagungssache ist, Beate?"

„Ich möchte das keineswegs beschreien und gebe andererseits durchaus zu, dass ich Probleme mit Schuldzuweisungen habe."

„Es gibt aber sehr wohl in größter Häufigkeit Situationen des Fehlverhaltens, welche für Menschen Konsequenzen haben. Schau, wir stehen mitten drin. Unsere Flüchtlinge sind deswegen hier, weil Politiker und religiöse Gruppierungen korrupt, machtgierig und frei von Verantwortung sind."

„Franziska, du hast recht. Es wäre unangemessen pauschal zu denken. Das will ich auf keinen Fall tun. Der Krieg in Syrien ist eindeutig daran schuld, dass die Menschen fliehen mussten."

„Gut, Beate, hat nicht daher alles was wir erleben oder gar erleiden müssen eine unmittelbare Konsequenz auf unsere psychische Verfassung?"

Beate zögert einen Moment, dann sagt sie: „Aber selbstverständlich; es muss in der Auswirkung dann jedoch nicht eine negative Variante sein."

„Sondern?"

„Ich kann daraus lernen und wandle eine unangenehme Erfahrung in das Wissen „wieesbessergeht" um." Franziska lächelt leise:

„Das, meine liebe Beate, setzt voraus, dass Du objektivieren und abstrahieren kannst und damit unterscheidest Du Dich von der Persönlichkeit, die sich, gerade weil sie sich infrage gestellt sieht, die Schuld in der Fehlerhaftigkeit eines Systems oder eines anderen Menschen sieht." „Wird uns Frauen nicht das Übel nachgesagt, primär Fehler bei uns zu suchen und daher mit gesenktem Kopf durchs Leben zu gehen?"

„Da sprichst Du etwas sehr Spannendes an, Franziska, weil Fehler in der deutschen Sprache die gleiche Wortbedeutung wie Schuld haben. Mein Schüler macht Fehler, wenn er Frost klein und eisig großschreibt, das ist dann seine Schuld, weil er Substantive und Attribute nicht einordnen kann. Wenn er im Aufsatz jedoch das Thema verfehlt, kann das unter Umständen an seiner mangelnden Reife liegen, was bedauerlich ist nicht aber die Wortbedeutung von Fehler oder

Schuld in sich birgt."

Beate atmete tief ein und aus:
„Franziska, wir müssen arbeiten, in zehn Minuten schließen wir die Tür für unsere Kunden auf, die an ihrer Misere
gänzlich unschuldig sind."

Zur gleichen Zeit in der Bank

Karla Müller war angespannt, weil sie immer noch nicht
wusste, in welcher Form sie Dietrich Gerber ansprechen
sollte. Und das wollte sie auf jeden Fall. Wie sollte sie ein
Alleinsein mit ihm arrangieren, wie den ersten Satz formulieren? Sie konnte alles falsch oder alles richtig machen.
Das Telefon ihres Kollegen schellte, er hob ab: „OSTA-
Bank, Sie sprechen mit Dietrich Gerber." Schweigen.
„Hallo, kann ich etwas für Sie tun?" Schweigen. Er legte
auf. Sein Gesicht sah düster aus.
„Ein Fehlläufer, Herr Gerber?" „Ja, offenbar oder auch
nicht." „Ich glaube, wir sollten uns unterhalten. Ich denke,
ich habe da etwas für Sie."
Täuschte sie sich? Bestimmt nicht, er sah blasser als vor-
her aus. „In 10 Minuten ist Mittagspause, wollen wir eine
Kleinigkeit zusammen essen?"
„Gerne, Herr Gerber. Mögen Sie Fischbrötchen, hier ist
gleich ein Laden. Es gibt drinnen auch Sitzmöglichkeiten."
Dietrich nickte einverständlich. Sie orderten ihre Wünsche und fanden einen Tisch.
„Ich habe gestern Abend eine Begegnung mit einer Frau
Daniela Hütscher gehabt, die meiner Einschätzung nach
nicht auf Zufall beruhte."

„Um Himmels willen, nein, da können Sie ganz sicher sein. Wie ist das geschehen?" „Sie ist mit ihrem Einkaufswagen beim Discounter mit Schwung in meinen geknallt und war untröstlich über ihr Missgeschick. Sie lud mich auf ein Getränk ein. Ich fand sie sympathisch und habe ihre Einladung angenommen. Wir verstanden uns auf Anhieb blendend. Und irgendwann, wir redeten über Männerbekanntschaften, fiel Ihr Name. Da wurde mir schlagartig bewusst, dass der Abend kein Zufall war, sondern gesuchte Absicht. Ich hatte sie, bevor Ihr Name fiel, für das Wochenende eingeladen. Was soll ich machen?"

„Moment bitte, bevor wir überlegen, wie wir uns verhalten, was hat sie Ihnen über mich erzählt?" „Es wäre am Anfang eine ideale Beziehung gewesen und als es richtig schön zwischen Ihnen war, Sie ein Paar geworden wären, hätten Sie, Herr Gerber, Versagensängste entwickelt, die sie Ihnen nicht habe plausibel machen können. Wenn sie nur mit Ihnen reden könnte, würde sich wieder alles zum Guten wenden." „Frau Müller, ich danke Ihnen für Ihre Offenheit. Bei Daniela handelt es sich um eine Stalkerin, die mir seit über zwei Jahren mein Dasein vergällt. In zig Aussprachen ist es mir nicht gelungen, sie davon zu überzeugen, dass aus uns niemals ein Paar wird. Ich habe mir Rat und Hilfe gesucht. Das einzige, was ich zu hören bekam war: halten Sie sich konsequent von der Person fern." „Sind Sie ihretwegen nach Lübeck gezogen?" „Ich wollte mich beruflich auch verändern. Daniela war aber der Grund, weswegen ich das Bundesland wechselte. Sie ist als Beamtin ortsgebunden. Ich sah mich vor Verfolgung extrem sicher." „Haben Sie einen Verdacht, weswegen sie Sie so schnell ausfindig machen konnte?"

„Beamte sind untereinander vernetzt, das sind die soge-
nannten kleinen Dienstwege, die jeder Mitarbeiter einmal
nötig hat." „Ich verstehe. Was soll ich jetzt machen? Sie hat
meine Telefonnummer und Adresse." „Ich weiß es ehrlich
gesagt noch nicht. Kann ich es Ihnen zumuten, Sie für ein
Treffen mit meiner Nachbarin, die mir gestern Abend zur
guten Freundin geworden ist, zu gewinnen? Lassen Sie
uns keine Fehlentscheidung treffen, die dann nicht nur
mich, sondern auch Sie womöglich über eine unübersicht-
liche Zeitlänge in Atem halten könnte."
„Ich bin dazu bereit." „Gut. Und ich werde mich an Frau
Kohl-Kramer wenden, um Eventualitäten vorzubeugen.
Wer weiß schon, was in Danielas Kopf vor sich geht."
Auch damit war Karla Müller einverstanden. Wieder lag
kein einsamer Abend vor ihr.

Dietrich und Frau Kohl-Kramer

Dietrichs Herz klopfte laut. Er stand vor der Bürotür seiner Chefin. Ob er richtig entschied, wenn er sich an sie
wandte? Er klopfte und wurde aufgefordert einzutreten.
„Herr Gerber, gibt es Probleme, kann ich etwas tun?"
„Frau Kohl-Kramer, ich bin in einer großen Verlegenheits-
situation und halte es aus guten Gründen für erforderlich,
Sie von einer Sache in Kenntnis zu setzen." „Bitte, setzen
Sie sich. Sie sehen aus, als würde Sie von der Mafia verfolgt." „Von der Mafia nicht aber das mit der Verfolgung
trifft zu." „Ach du liebe Zeit, das sollte eben ein Scherz gewesen sein. Bitte, sprechen Sie." Dietrich mühte sich, eine
kurze und doch vollständige Schilderung der Situation
vorzutragen.

„Ich hatte inständig gehofft, dass sie meinen Umzug akzeptieren könnte und ihre Verfolgungen einstellen würde. Da sie jedoch am zweiten Tag meines Hierseins bereits vor Ort war, muss ich annehmen, dass sie unter Umständen etwas gegen mich plant. Das ist der Grund, weswegen ich Sie informiert habe." „Vielen Dank für Ihr Vertrauen. Ich muss gestehen, dass ich eine Gänsehaut bekommen habe. Wie furchtbar für Sie, dass Sie so etwas erleben müssen. Wenn ich das als Frau durchstehen müsste, ich hätte mir einen Bodyguard genommen, den ich dann nicht bezahlen könnte. Haben Sie keine Furcht?" „Ja, seit heute, seit mir Frau Müller Bericht erstattet hat. Ich glaube jetzt, dass sie sehr viel unberechenbarer ist, als ich je annehmen musste." „Als Ihre Vorgesetzte schlage ich Ihnen vor, einen offiziellen Aktenvermerk unseres Gespräches anzulegen. Falls Sie Ihnen beruflich auf irgendeine Weise einen Schaden zufügen will, sind diese Bedenken ausgesprochen und gesichert. Ist das auch für Sie eine Option?" „Großartig. Dann habe ich geschäftlich wenigstens den Rücken frei."

Dietrich fühlte sich eine Spur erleichtert. Frau Kohl-Kramers diktierte in seinem Beisein den Vermerk, der unterschrieben in seiner Personalakte abgelegt werden würde. „Haben Sie am Samstag um 20 Uhr etwas vor, Herr Gerber?" „Ja, mich in meiner Wohnung verstecken." Frau Kohl-Kramer lachte. „Das werden Sie nicht." Nein, stattdessen sollte er mit ihr auf eine Vernissage ihres Kunstvereins gehen. Das würde das erste Mal in den vergangenen zwei Jahren sein, dass er eine Verabredung hätte.

Abends bei Beate und Franziska

Dietrich hatte noch ohne zuvor in seiner Wohnung gewesen zu sein bei Beate geklingelt, wo ihm eine fremde Frau die Tür öffnete.

„Guten Tag, ist Beate nicht da?" „Sie müssen Dietrich sein, guten Tag, treten Sie ein, Beate ist im Bad." Und da kam sie schon in den Flur.

„Hallo, Dietrich, ist etwas geschehen?" „Ja, etwas Unglaubliches. Darf ich nachher mit einer Kollegin kommen, wir brauchen Rat und Hilfe." „Selbstverständlich. Wir werden kochen, könnt Ihr 19 Uhr 30 hier sein?" „Danke, gerne, bis dahin." „Bis dahin." Dietrich ging.

„Jetzt hast Du ganz vergessen mich vorzustellen, Beate." „Entschuldige, Franziska, daran habe ich im Moment nicht gedacht." „Auch egal, was wollen wir kochen?" „Spaghetti mit Scampi in Hummersauce und vorweg einen Tomatensalat mit Mozzarella. Das ist zur Nacht nicht zu schwer, was meinst Du?" „Vortrefflich. Hast Du alle Zutaten im Haus?" „Zufällig, ja." Die beiden Frauen gingen in die Küche und begannen das Essen zu richten.

Pünktlich zum verabredeten Zeitpunkt klingelte es an der Haustür. Dietrich stellte seine Kollegin vor und Beate Franziska. Nach dem Essen blieben sie beim Weißwein und nahmen in der Sitzecke des Wohnzimmers Plätze ein. Die Stimmung war gut und satt.

„Ich würde gerne ein wenig plaudern, aber bei Euch drückt der Schuh, Dietrich, willst Du berichten, was sich seit gestern zugetragen hat?" Fragte Beate und Dietrich erzählte.

„Eine unglaublichere Geschichte habe ich in meinem Leben noch nicht erfahren, jedenfalls nicht persönlich, höchstens in Form von Stalker-Storys in der Presse gelesen."

Franziska schüttelte den Kopf. „Ich habe mir anfänglich nichts dabei gedacht. Ich fand Daniela angenehm und wir unterhielten uns pausenlos über alle möglichen Dinge. Im Nachhinein, Dietrich, das fiel mir vorhin noch ein, finde ich es extrem merkwürdig, dass sie sich sozusagen bereits am ersten Abend mit Dir geoutet hat. Weswegen hat sie nicht eine Weile abgewartet. Diese Überlegung stelle ich in den Raum, was meint Ihr dazu?"

Karla schaute fragend in die Runde. „Ja, diese Frage sollten wir uns genau ansehen: Weshalb hat Daniela auf vertrauensbildende Maßnahmen zu praktisch 100 Prozent verzichtet? Wir dürfen uns auf keinen Fall einbilden, dass sie diesen Schritt unreflektiert vollzog. Offenbar wusste sie von Anfang an, was sie von Karla erwartete. Demnach hat sie auch einen Verrat ihres Outings entweder billigend in Kauf genommen oder ihn sogar gewünscht."

Beate schwieg. Dietrich sagte darauf: „Lasst mich dazu folgendes laut überlegen: Karla und Daniela weisen eine gewisse äußere Ähnlichkeit auf. Beide Frauen sind unverheiratet. Dann geht mir weiter durch den Kopf. Daniela konnte erahnen, dass die Solidarität mit einem Kollegen, selbst wenn er ganz neu im Team ist, größer als zu einer Zufallsbekanntschaft ausfällt. Ich denke auch, es war ein ganz bewusster Schritt. Jetzt müssen wir herausfinden warum und in welche Richtung er führen könnte." „Keine Ahnung", stöhnte Beate, „ich habe nicht einen Anhaltspunkt. Aber ich werfe noch eine Frage auf: Hat Daniela einen großen Freundeskreis?"

Dietrich, der sich angesprochen fühlte, schüttelte den Kopf. „Nicht, das ich wüsste. Es gab da wohl eine Freundin in ihrem Leben, deren Existenz Daniela ziemlich im Nebel ließ. Ich bin ihr nie begegnet, sie arbeitete irgendetwas in der Computerbranche. Sonst ist mir nichts zu Ohren gekommen."

„Hat sie Eltern, Geschwister oder andere Verwandte?" Wollte Karla wissen. „Ihre Eltern leben in einem kleinen Dorf im Schwarzwald. Ich konnte verhindern, dass sie mich dorthin einlud."

„Verstehe, Dietrich, weißt Du, ob sie sich großer Beliebtheit am Arbeitsplatz erfreut, hat sie sich dazu geäußert?"

„Ja, sie ging gerne auf ihr Amt und die Kollegen seien alle total okay, so bezeichnete sie ihren dortigen Zustand, was ich mir auch vorstellen kann,

weil sie beruflich bestimmt sehr strukturiert und effektiv ist."

Franziska rieb sich die Hände: „Ja sagt mal, wollen wir dann nicht versuchen den Spieß umzudrehen und etwas von ihren Kollegen über sie in Erfahrung bringen?"

„Nein, Franziska", sagte Beate, „das Unternehmen kann ich mir nicht glückhaft vorstellen, weil ich denke, die Frau hat zwei Gesichter: die patente Beamtin und die chaotische Privatperson."

„Chaotisch ist Daniela ganz gewiss nicht, Beate, der Eindruck hat sich mir nie vermittelt." „In Ordnung, Dietrich. Hast Du sie gefragt, ob sie vor Dir andere Beziehungen hatte?" „Ja, ich habe sie mal gefragt, ob sie schon länger Single sei und es sofort bereut. Sie erzählte mir, ihr damals Verlobter sei überfahren und der Täter nie ermittelt worden. Ich fand das etwas makaber."

„Makaber?" Echote Beate. „Das ist ja wohl mehr als nur ein wenig spannend, das ist eine Sensation. Franziska, Du fährst doch morgen nach Hamburg und versuchst über ihre Kollegen etwas in Erfahrung zu bringen, ganz gleich in welche Richtung es geht, alles kann von großer Bedeutung sein. Wann genau, Karla, bist Du am Wochenende mit der Frau verabredet?"

„Samstag um 14 Uhr, warum?" „Gut. Bis dahin müssen wir das Rätsel Daniela gelöst haben. Dietrich, hat sie den Namen der Freundin genannt?"

„Ja, warte mal, Beate, wir unterhielten uns über Hugenotten. In dem Zusammenhang fiel der Name der Freundin, Gages, Carolina Gages, als Beispiel für einen typischen Hugenottennamen." „Tres charmant, der ist doch ungewöhnlich. Lasst ihn uns googeln."

Und vier Köpfe saßen vor dem PC. Nichts, nicht die kleinste Kleinigkeit fanden sie.

„Eine Frau, die in der Computerbranche beschäftigt ist und in keinem der sozialen Netzwerke auftaucht – hm – findet Ihr das normal?"

Beate sieht ihre drei Mitstreiter zweifelnd an. „Vielleicht will sie privat nichts mit dem Internet zu tun haben." Meinte Karla. „Oder gerade deshalb, weil sie zuviel weiß und sich scheut, ihre Daten preiszugeben." Schlussfolgerte Dietrich. „Oder sie ist Hackerin und tritt nur anonym auf."

„Franziska, gar nicht dumm, auch daran sollten wir denken." Sagte Beate. Dann trat Schweigen ein, jeder dachte angestrengt nach.   Schließlich begann Dietrich: „Wollen wir noch einmal zusammenfassen, was wir an Fakten über Daniela haben.

Erstens, sie hat meinen Umzug nach Lübeck nicht dazu benutzt, die Verfolgung meiner Person einzustellen. Zweitens, sie hat die Bekanntschaft mit Karla herbeigeführt und sich mit mir ihr gegenüber geoutet. Das hat eine bisher uns verborgene Bedeutung und ist gleichfalls die zentrale Frage überhaupt: was bezweckt sie damit." „Es kann nur einen Sinn ergeben," sagte Karla, „sie will, dass wir uns über sie Gedanken machen. Entschuldigt, Beate hast du eine Kopfschmerztablette für mich?" „Aber sicher, du hast auch Kopfschmerzen?" „Du auch?" „Ja." „Ich auch." „Ich auch."

Alle hatten Kopfschmerzen. Beate holte aus dem Bad eine goldene Pillendose auf der von zierlicher Handschrift geschrieben „Aspirin" stand.

„Halt!" Bestimmte Dietrich. „Darin verwahrst Du Dein Aspirin?" „Ja, die Verpackung hat sich geändert und ich habe mich darüber geärgert, weil die einzelne Tablette so schwer zu entnehmen ist." „Die steht so offen zugänglich bei Dir im Bad?"

„Wie ein kleines Schmuckstück." „Passt mal auf. Ich bin kein Verschwörungstheoretiker, aber ich sage Euch, ich habe eigentlich nie Kopfschmerzen. Wieso haben wir alle heute Abend Kopfschmerzen und alle jetzt und nicht zu unterschiedlichen Zeiten? Am Essen kann es nicht gelegen haben. Was ist mit dem Wein?" „Das ist eine Sorte, die ich seit Jahren habe, Dietrich, was meinst Du, was mit ihm sein kann?" „Als wir kamen, standen 3 bereits geöffnete Flaschen in Kühlkörben auf dem Sideboard, das habe ich zufällig gesehen."

„Ja, für vier Personen eine gute Menge für einen langen Abend." „Die Flaschen waren nicht bewacht?" „Dietrich, worauf willst Du hinaus?"

„Das jemand hier in der Wohnung war. Stand die Haustür einmal offen?" „Ja, ich ließ die Haustür einen Spalt auf, als ich noch Müll zu den Containern brachte, das war kurz nach 19 Uhr."

Gab Franziska zu. „Ich habe übrigens Ibuprofen in der Handtasche, wenn davon einer will?"

Keiner wollte. „Du glaubst allen Ernstes, Dietrich, dass Daniela hier in der Wohnung war, dem Wein einen Stoff zusetzte, der Kopfschmerzen hervorruft und das Aspirin gegen ein anderes Mittel austauschte?" „Klingt nicht logisch, Beate, oder?" Beate schüttelte den Kopf. „Ich nehme das Aspirin jeden dritten Abend zur Blutverdünnung ein. Kopfschmerzen kenne ich auch nicht mehr, seit mir der Arzt Betablocker verschrieben hat. Also mit dem Wein stimmt definitiv etwas nicht. Mit den Pillen? Die auszutauschen, ich weiß nicht, das hätte doch viel zu lange gedauert, oder?" „Ich halte die Kopfschmerzen nicht mehr aus, kann ich ein Ibuprofen haben?" Frage Karla mit kläglicher Stimme. Franziska hielt ihr die Packung hin und die anderen griffen ebenfalls zu. Beate holte Wasser und Gläser.

„Beate, weißt Du zufällig, wie viele Aspirin Du in der Dose hast?" Fragte Dietrich. „Ja, sechs, gestern Abend habe ich eine genommen."

Beate öffnete die Dose und zählte fünf. „Es sind nur fünf, ich bin mir aber ganz sicher, dass gestern Abend noch sechs übrig waren."

„Dann haben wir ein Problem. Woher kann jemand wissen, dass Du Dein Aspirin in dieser Dose im Bad aufbewahrst?" „Ich habe sie nur für mein Tagebuch fotografiert, das ich im PC führe." „Da wären wir bei Danielas Freundin. Was, wenn doch eine Hackerin im Spiel wäre? Was kann sie alles herausgefunden haben?"

Wollte Karla wissen. „So, es reicht jetzt," Franziska klang aufgebracht, „liebe Leute, was wir brauchen und zwar dringend, ist Hilfe. Das wird mir langsam eine Nummer zu groß. Wenn ich ehrlich bin, muss ich zugeben, dass ich

Angst habe, dass uns etwas Ernsthaftes passiert. An wen können wir uns wenden, ohne als paranoid gewordene Hansels ausgelacht zu werden?" Beate nickte ihr zu. „Im 4. Stock wohnt eine Frau Schultheiß, die Kripobeamtin ist und in der 8. Etage ist vorletzten Monat ein Pathologe eingezogen, ein Dr. Redlich. Soll ich schauen, ob ich beide jetzt für uns im Sinne von Nachbarschaftshilfe gewinnen kann?" Dietrich, Franziska und Karla nickten zustimmend. Beate erhob sich und ging hinaus in den Flur, holte den Fahrstuhl, fuhr in den 4 Stock und klingelte bei Frau Schultheiß an der Tür. Sie machte nicht auf, „Vielleicht, hat sie Dienst," dachte Beate.

Da ging das Licht im Treppenhaus aus und sie sah eine matte Beleuchtung aus der Wohnung dringen. Beate fand das sehr seltsam. Sie bediente den Lichtschalter im Flur und fuhr in die 8. Etage. Die Fahrstuhltür öffnete sich und ein Mann lag im Flur, am Kopf blutend, wie von einer Schusswunde verursacht, Dr. Olaf Redlich.

Beate fühlte ihr Herz rasend klopfen, wie hatte sie in ihrem PC-Tagebuch davon geschwärmt einen Arzt im Hause zu haben und ihre Hände zitterten als sie seine Halsschlagader nach Leben befühlte. Ja, Puls. Seine Wohnungstür war geöffnet. Sein Handy lag auf der Flurgarderobe. Fahrig wählte sie 112 und teilte der Einsatzleitstelle Adresse und Beweggrund des Anrufes mit. Sie konnte hier nicht fort. Sie musste auf den Rettungswagen und den Notarzt warten, Franziska, um Himmels willen, welche Handynummer hatte Franziska.

Unmöglich, sie bekam die Zahlen nicht zusammen. Aber ihre eigene müsste sich auf Olafs whats app Liste finden.

„Für alle Fälle" hatten sie die Nummern ausgetauscht. Beate wählte ihre Nummer. Ihr Handy lag auf dem Sideboard, Franziska musste das Klingeln hören und abnehmen. Nichts geschah. Wieder war das Licht im Flur ausgegangen. Auf dieser Etage wohnten ältere Leute, sie mochte bei denen nicht klingeln. Dann endlich schellte es von der Straße. Sie setzte die Sprechanlage gar nicht erst in Betrieb, drückte nur den Knopf für die Haustür unten.

Olaf wurde erstversorgt, Beate versprach sich um ihn im Krankenhaus zu kümmern und dann war sie zurück in die 3. Etage gefahren.

Die Tür stand offen. Eine Frau stand vor ihrer Schlafzimmertür, Franziska mit der linken Hand an den Haaren festhaltend und schrie laut immer wieder: „Komm raus Du Lump, sonst stirbt die Frau hier." Sie trug eine Handfeuerwaffe in der rechten Hand mit der sie ständig fuchtelte. Noch war Beate nicht entdeckt. Ihr Handy lag immer noch im Wohnzimmer und da standen auch die Flaschen. Sollte sie es wagen?

Ihr Herz raste schon wieder. Sie zog ihre Schuhe auf der Stelle aus, schlich ins Wohnzimmer, griff nach einer Flasche, zurück, sie schlich sich geräuschlos mit erhobener Flasche an. Die Frau drehte sich zu ihr um, Beate war mit einem letzten Satz bei ihr und schlug mit voller Wucht zu. Ein Schuss löste sich, traf Beate, wo? Sie spürte nichts.

Franziska schrie wie am Spieß, die Tür öffnete sich, Dietrich und Karla traten in den Flur. Daniela, sie war es, lag auf dem Boden und blutete stark aus der Stirnpartie. Lebte sie? Beate sackte zusammen.

Epilog

Beate erholte sich von ihrer Schussverletzung in der Schulter ebenso wie Dr. Olaf Redlich, der Pathologe, sich von seiner.
Frau Schultheiß hatte an dem Abend tatsächlich Dienst und wirklich nur vergessen, das Licht auszuschalten.
Daniela Hütscher wurde in die Psychiatrie eingewiesen. Dort gestand sie, ihren damaligen Verlobten, der sich von ihr trennen wollte, überfahren zu haben. Eine gewisse Carolina Gages blieb unauffindbar. Dietrich und Karla waren sich jedoch darin einig, dass Beates PC-Inhalt ausspioniert worden war. Beate auch, sie führte seit dem bemerkenswerten Abend kein Tagebuch mehr im www. Als die Kriminalpolizei die Nachbarn Beates zu dem Lärm, der ihnen keineswegs verborgen geblieben sein konnte, befragten, erklärten sie es mit den häufigen Theaterproben, die in jener Wohnung stattgefunden hatten.

Franziska und Beate gingen auf eine längere Kreuzfahrt, auf der sie ihre künftigen Aktivitäten aus den neu gewonnenen Aspekten des Lebens gründlich überdenken wollten.

Ach ja, Karla Müller hatte sich mit Dr. Olaf Redlich angefreundet, um den sie sich an Beates statt gekümmert hatte, weil jene selbst im Zimmer neben diesem Patienten lag. Und Dietrich? Er war tatsächlich mit Frau Kohl-Kramer, die er inzwischen Ingke oder noch häufiger mein Häschen nannte, in die Vernissage gegangen. Vielleicht wird es unbekannte Zeugen geben, die uns irgendwann mitteilen, was aus dieser Paarkonstellation geworden ist.

Und was war aus den verdächtigten Weinflaschen und Pillen geworden? Dem Wein war eine Menge Sulfit zugesetzt und das Aspirin hatte Daniela in ein Muskelrelaxans getauscht.

Winter trifft Sommer

In der Parallelwelt DL 1052 K71

Prinzessin Leonida von Winter aus dem Fürstenge-
schlecht der von Winters und auf dem Schloss der Adels-
familie der von Winters lebende letzte Erbin ihrer Familie
beschäftigte sich, wann immer dazu Zeit war, intellektuell
mit der Herstellung von Sahnekaramell-Bonbons. Wenn
in ihrer Freizeit ihr Kopf nicht an Sahnekaramell-Bonbons
dachte, überlegte er sich Variationen der Pfeffer-Fasanen-
sauce oder stellte Denkübungen zur Optimierung eines
Gemüsefonds an. Kurz um: Leonidas Welt war auch die
der Haute Cuisine, ein Erbe ihrer Eltern.
Bereits an dieser Stelle wird sich die aufgeweckte geneigte
Leserschaft fragen, weswegen Leonida das Universum der
hohen Kochkunst in Gedankenspielerei aufsuchte, anstatt
sich in die Küche zu begeben, um dort mit dem Chef de
Cuisine eifrigen Ernst an praktischer Materie zu üben? Sie
durfte es nicht. Auf dem Planeten DL 1052 K71, von den
Einheimischen Doklaneus genannt, war der Adelsschicht
die reine Theorie vorbehalten. Die von ihnen gelieferten
Hypothesen griffen die Bürger auf und analysierten, expe-
rimentierten, verwarfen oder erstellten, je, zu welchem Ergebnis sie kamen. Auf diese Weise wurde nicht nur Politik
betrieben, sondern auch Gesetze erlassen, Medikamente
gefertigt, Bauten erstellt und Kochrezepte in Menus ver-
wandelt. Diese Gewaltenteilung hatte sich als korruptions-
resistent erwiesen und die Doklaneuten waren stolz und
glücklich über ihr funktionierendes System.

„Na dann ist doch alles gut!" – wird die Leserschaft rufen und sich heimlich fragen, weswegen es auf dieser Grundlage bereichernd sein könnte, darüber eine Geschichte zu erzählen. Ganz einfach: Weil es ein bemerkenswertes Ereignis gibt, worüber zu berichten lohnt.

In Duklaneus durften die Adligen außer Toilettengänge, essen und trinken, sportive Übungen, die ihrer Gesunderhaltung dienten und Liebesleistungen nichts, wirklich gar nichts alleine ausführen. Den Bürgern hingegen war das Halten einer Dienerschaft untersagt. Das war für viele Haushalte ein gewisses Ärgernis. Statt über eine persönliche Putzfrau oder Kinderfrau verfügen zu dürfen, mussten Dienstleistungswünsche an Firmen delegiert werden, die jeweils darauf spezialisiert waren, entsprechende Ansprüche zu erfüllen. Komfortabel war das nicht. Und die Doklaneuten waren dazu entschlossen, das Thema noch einmal wieder auf die Prioritätenliste für die nächsten Parlamentsdebatten zu setzen.

Eines Tages geschah folgendes. Fürst von Winter hatte gegen eine hohe Summe, man flüsterte etwas von 1,2 Millionen Doklaniden, Justelus Sommer, einen auf dem ganzen Planeten begehrten 3-Sterne-Koch von einem Luxushotel abgelöst, der nun eingetroffen war und von der Familie im großen Empfangssaal begrüßt wurde. Leonida sah den Mann, der Mann sah sie, kurz begegneten sich ihre Augen und sie wussten, dass sie sich liebten, begehrten und zum Ehepartner wollten.

Grundsätzlich war das nicht ausgeschlossen. In der Regel wurde dann aus dem Adligen ein Bürger, weil es unendlich viel schwieriger war, aus einem Bürger einen Adligen zu machen. Und so hatte schon manch ein adliger Mann oder adlige Frau die Heirat mit einem Bürger als persönlichen

Befreiungsschlag erlebt, endlich normale Handlungen des Lebens selbständig verrichten zu dürfen. Umgekehrt war es eine unerhörte Mühsal. Menschen, die es gewohnt waren zuzufassen und Hand anzulegen, konnten die Rolle des Adligen kaum spielen ohne unverhältnismäßig unglücklich darüber zu werden. Ein Leben, das sich ausschließlich im Kopf abspielt, musste von Kindheit an trainiert sein. So ließen bereits 3-jährige Kinder ihre Erzieher für sie nach ihrer Regie spielen und übten sich auf diese Weise in höchster Genauigkeit ihrer Wortwahl und Vergabe exakter Anweisungen.

Da Leonida die letzte Nachfahrin der von Winters war, kam für sie der Wechsel ins Bürgertum nicht infrage. Wenn demnach eine Ehe zustande kommen sollte, musste der höchst bedauernswerte Justelus Sommer auf dem Weg ein echter von Winter zu werden, darin reifen, alle, beinahe alle Tätigkeiten einzustellen und im Gegenzug in höchster Präzision artikulieren lernen, weil sich unter keinen Umständen Missverständnisse oder gar Fehler aufgrund sprachlicher Unzulänglichkeiten in seiner künftigen Existenz als Adliger einstellen durften.

Leonidas Eltern hatten die künftige Ehe gebilligt, weil sie kluge und liberale Denker waren und dazu reich genug, um die hohe Ablösesumme zu verschmerzen. Sie stellten Justelus Sommer Sprachlehrer zur Verfügung, er bekam darüber hinaus einen Coach für adlige Lebensführung und Bedarfsäußerung, sowie eine Fachkraft für Gedächtnistraining und theoretischer Allgemeinbildung. Dazu musste er ein komplettes theoretisches Pharmazie-, Medizin- und Biochemie-Studium absolvieren, um nach dem Tod des jetzigen Fürstenpaares das große Pharmaunternehmen, aus dem ein Teil ihres Einkommens stammte, gemeinsam mit Leonida weiter durch Hypothesen unterstützen zu können. Das Geschlecht der von Winters lieferte seit Generationen neue Forschungsansätze für die Behandlung diverser Krankheiten und Gebrechen. Die Haute Cuisine war ihre Liebhaberei, die ihnen reichen Zuspruch und Lob der fürstlichen Gäste einbrachte.

Die Doklaneuten lebten ihre Sexualität in größter Freizügigkeit aus, die in aller Regel niemandem schadete und keinem wehtat und insbesondere auch vom Adel deswegen gepflegt und genossen wurde, weil ihnen in den Stunden der Liebe keine Dienerschaft behilflich zur Seite stand. Ihre Schlafräume waren solange Tabuzone, bis sie für allgemeine Tagesverrichtungen gerufen wurde. Justelus und Leonida genossen ausgiebig ihre junge Liebe, die, wer mag sich darüber wundern, noch vor Beendigung der umfangreichen Ausbildung des Bräutigams von einer Schwangerschaft gekrönt wurde. Augenblicklich wurde das Studiumspensum verdreifacht und Justelus lernte Tag und Nacht. Und dann waren alle Prüfungen überstanden, die Hochzeit gefeiert und das Paar sah dem Ende seiner Zweisamkeit entgegen und sann über Namen für beiderlei Geschlecht nach.

Einmal im Jahr, es war der 15. Juvo, wurde auf Doklaneus der Tag des „Sozialen Miteinanders" mit großem Pomp gefeiert. Adel und Bürger veranstalteten Grill-Partys auf allen offenen Plätzen und Parks auf dem ganzen kleinen Planeten, der in etwa eine Landfläche von der Größe Europas und dem halben Russland aufwies.

Leonida fühlte sich bereits am Morgen nicht sehr wohl und so kam es, dass das Paar ganz und gar alleine im

Schloss zurückblieb. Prompt setzten gegen Mittag die We-
hen ein und kurze Zeit später erblickte die kleine Aphrosia
das Licht der Welt. Der junge Vater hatte seiner Frau erfolgreich bei der Geburt geholfen und eilte darauf in die
Küche, um ihr eine kräftigende Mahlzeit zu bereiten. Vergessen war die Adelsprüfung. Er wurde von den ersten
Festheimkehrern erwischt und denunziert. Justelus sah
sich der Standesverletzung angeklagt und musste eine
Verteidigung für sich finden. Ein früherer Gast von ihm
und großer Liebhaber seiner Kochkunst war ein vielbe-
schäftigter, weil sehr guter, Rechtsanwalt, mit dem er nach
Küchenschluss so manches Glas Wein getrunken und die
Nacht verschwatzt hatte. Enoch Lenz eilte auf der Stelle
seinem alten Freund zur Seite und versprach ein feuriges
Plädoyer zu seiner Entlastung zu halten. Und das kann in
etwa so geklungen haben:
Hohes Gericht.
Der Angeklagte ist in allen Punkten vom Vorwurf der Standesverletzung freizusprechen. Ich begründe: Der Tag des
„Sozialen Miteinanders" wurde erstmals in einer Urkunde
aus dem Jahre 912 erwähnt. Darin heißt es: Am 15. Juvo
aber solle der Bürger adelig sein und der Adlige bürgerlich.
Dieser Rollentausch wird beiden Ständen den nötigen gegenseitigen Respekt für ein volles Jahr gewähren.
In den vielen Jahrhunderten danach geriet diese Anord-
nung in tiefste Vergessenheit. Aus dem Rollentausch wurden gemeinsame Grillpartys, auf denen die Bürger darauf
verzichteten, sich von den Adligen, die zwei linke Hände
hatten und auch das Grillfeuer nicht entfachen konnten,
bedienen zu lassen. Da diesem Gesetz offiziell jedoch nie
widersprochen wurde, ist seine juristische Gültigkeit bis

heute vorhanden. Einzig der Angeklagte, Justelus Sommer, verheirateter von Winter, hat sich an die alte Verfassung gehalten und sie am Tag des „Sozialen Miteinanders" erfolgreich umgesetzt.

Der verehrten Leserschaft sei versichert, dass an jenem Abend Justelus und Enoch nicht nur ein Glas Wein zusammen leerten aber dafür ihr Redefluss bis zum frühen Morgen nicht verebbte.

Der schwarze Wagen

Es war spät und dunkel geworden. Nach 20 Uhr. Das konnte passieren, wenn auswärtige Patienten eine ästhetische Operation gleich am Beratungstag abschlossen. Der Abendverkehr hatte sich aufgelöst. Sie fuhr um den Lindenteller auf den ZOB zu. Die Ampel stand auf rot. Vor ihr ein Wagen. Schwarz, ein Bassarito, kostete mindestens hunderttausend Euro, Lübecker Nummer. Es gab reiche Leute in der Stadt. Sie hatte kein Gefühl für teure Autos. Interessierte sie einfach nicht. Sie war kein Neidmensch. Grün. Es ging weiter. Unvermittelt überkam sie ein ganz seltsames Gefühl, das sie noch nie hatte. Sie folgte dem Bassarito, statt rechts abzubiegen. Er zog sie an. Was sollte das? Sie wollte das nicht. Ein Seitenstreifen. Mit äußerster Willensanstrengung drosselte sie das Tempo und parkte schließlich ein. Schweiß stand ihr auf der Stirn. Der schwarze Wagen war verschwunden. Was war das, was hatte das Fahrzeug mit ihr gemacht? Unmöglich, das gehabte Gefühl zu erklären. Nur niemanden ein Wort davon erzählen.

Am nächsten Morgen hatte sie das eigentümliche Erlebnis vergessen. Es war Freitag und mittags war Arbeitsschluss. Sie fuhr über die Autobahn zurück, weil sie in Reinfeld noch eine Besorgung machen musste. Flüchtig registrierte sie den Stand ihres Benzintanks. Es würde für den Abend zur Lesung nach Segeberg und Montag zur Arbeit gerade reichen.

Der Nachmittag verlief mit der Banalität des Putzens. Einerlei, sie machte es eben, weil es getan werden musste und freute sich auf die Lesung. Ihr Mann wollte sie nicht begleiten und sie tröstete ihn für das Alleinsein mit der

Nachricht, dass sie spätestens um 21.30 wieder zu Hause sein würde.

Nach spannender Lesung, Erwerb des Buches, das sie sich signieren ließ und Austausch von Freundlichkeiten mit anderen Besuchern, die sie kannte, ging sie in Richtung Markt, wo ihr Auto stand. Sie registrierte, dass es erst 20 Uhr 45 war und in 25 Minuten würde sie zu Hause sein. Die Straßen waren leer und zügig war sie auf freier Strecke. Und dann sah sie ihn, den schwarzen Wagen, er fuhr langsam und sie nahm den Fuß vom Gas. Das konnte kein Zufall sein, was wollte diese Luxuskarosse um diese Zeit hier auf der einsamen Straße? Nein, sie neigte nicht zu Panikattacken und sie hatte noch niemals einen Verfolgungswahn gehabt. Natürlich war das rein zufällig. Dennoch fühlte sie ihre Hände feucht werden und ihr Herz klopfte schneller. Sie konnte in diesem Tempo nicht weiterfahren. Entweder bog sie bei nächster Gelegenheit ab oder sie musste den Bassarito überholen. So what! Sie gab tüchtig Gas, näherte sich schnell dem Wagen, da zog er das Tempo an und sie fuhr unmittelbar hinter ihm. Es setzte sofort ein, dieses nicht zu beschreibende Gefühl, das sie da hinter ihm verharren ließ. Sie fuhr einfach nur weiter ohne noch in der Lage zu sein, einen klaren Gedanken zu fassen. Er bog ab, wo war das, die Strecke nach Oldesloe? Sie registrierte es randläufig, es interessierte sie überhaupt nicht mehr, sie wollte nur noch weiter hinter ihm herfahren. Er blieb immer auf Landstraßen, einsamen um diese Zeit. Fuhren sie inzwischen im Kreis oder südlich Richtung Hamburg? In ihrem Kopf spielte sich eine einzige große Leere ab. Willenlos, wunschlos, dumpf. Zeitgefühl hatte sie nicht mehr.

Irgendwann verlangsamte sich ihr Auto von allein, blieb schließlich stehen. Das Benzin war alle. Der Bassarito vor ihr war verschwunden. Sie kurbelte die Scheibe runter, sog die Nachluft ein. Schweiß brach ihr aus allen Poren und sie zitterte wie im Fieber. Ihr Kopf war wieder klar. Es war fast 23 Uhr. Ihr Telefon war wie immer auf lautlos gestellt. Es standen 5 Anrufe auf dem Display. Wie um alles in der Welt konnte sie erklären, was ihr geschehen war? Sie war nicht einmal in der Lage ihren Standort anzugeben. Draußen war es absolut finster. Wolken verdeckten Mond und Sterne. Zum ersten Mal, seit sie dieses Auto hatte, es mussten gut 8 Jahre sein, rauchte sie drinnen eine Zigarette, weil sie nicht auszusteigen wagte. Sie war nicht beim ADAC. Wer konnte sie orten? Die Polizei. Sie musste die Polizei anrufen. Etwas anderes kam nicht infrage. Danach würde sie sich dann bei ihrem Mann melden. Sie rauchte auf und rief den Notruf. Es wurde ein seltsames Gespräch: Sie nannte ihren Namen und Telefonnummer und gab an, um 20 Uhr 45 vom Markt Bad Segeberg in Richtung Neuen Görs gestartet zu sein, schilderte das Treffen mit dem schwarzen Wagen und ihre anschließende Willenlosigkeit unter dem sie dem Bassarito folgte bis ihr das Benzin ausging. Nein, sie könnte absolut nicht annähernd sagen, wo sie sich befinden würde. Nun gut, sie würden es schon richten.

Das Telefongespräch mit ihrem aufgeregten Ehemann war komplizierter und endete mit einem, „ja, bis irgendwann". Es kam die Polizei von Ahrensburg. Sie gaben ihrem Auto einen guten Schuss „Super" und circa zwanzig Minuten später saß sie verstört und mit den Nerven am Ende auf deren Dienststelle. Sie waren freundlich und ziemlich neutral. Niemand sagte, er würde ihr nicht glauben. Ein

Bassarito von ihrem angegebenen Nummernschild existierte nicht. Sie unterschrieb das Protokoll und durfte gehen. Mitternacht war vorüber.

Sie ging zu ihrem Auto, stellte den Navigator ein und ließ sich von ihm leiten. Auf der Wache hatte sie einen Becher Kaffee getrunken, der jetzt seine Wirkung zeigte. Ihre Nerven hatten sich erholt. Es war kaum Verkehr und sie konnte ungestört ihren Gedanken nachgehen: Die gestrige Begegnung mit dem schwarzen Wagen konnte auf Zufall beruht haben. Die heutige auf keinen Fall. Wer wusste davon, dass sie die Lesung in Segeberg besuchen würde? Ihr Mann, ihr Chef, der gefragt hatte, was sie am Wochenende vorhatte und ein Patientenbegleiter eine Woche zuvor, der mitbekam, als sie sich die Eintrittskarte telefonisch bestellte. Er kam aus dem Wartezimmer, entschuldigte sich dafür, dass er das Gespräch mitgehört hatte und lobte darauf die Autorin. Schnell befanden sie sich in einem anregenden Geplauder bis die mit Botox behandelte neue Patientin hinzukam, um ihre Portion zu bezahlen. Wer war dieses Paar? Sie hatte ihr eine Hamburger Adresse angegeben. Es waren angenehme und sehr gepflegte gutaussehende Menschen, die sie im Kopf Richtung Geschäftsleute einsortiert hatte.

Aber während des Gespräches ging noch ein wahrscheinlicher Besucher des stationären Patienten vom Zimmer 2 durch den Anmeldebereich, der ihr nicht bekannt war. Der muss zur Kliniktür eingelassen worden sein. Rein theoretisch konnte auch er Zeuge ihres Telefonates mit der Buchhandlung in Segeberg gewesen sein. Sie hatte den Mann nie zuvor gesehen und er hatte sich ihr überhaupt nicht eingeprägt. Sie könnte weder etwas über seine Größe noch Haarfarbe sagen. Eigentlich sah sie ihn nur von hinten.

Schwarze Lederjacke. Ja. Das war alles. Der Patient im Zimmer 2 hatte erzählt, dass er Autohändler sei. Vorstellbar also ein Zusammenhang, der sich ihr jedoch überhaupt noch nicht auftat. Der Bassarito trug ein Nummernschild, das es nicht gab beziehungsweise eines, was noch nicht zugelassen war. Das ließe sich am ehesten mit einem Autohandel vereinbaren. Soweit, so gut. Was hatte sie sonst noch an Fakten?

Der schwarze Wagen musste ein Gas ausgestoßen haben, das ein Einatmender willenlos machte. Das Gas wirkte nur im unmittelbaren Nahbereich und dann allerdings sehr schnell. Scopolamin allein konnte ihre Folgsamkeit nicht ausgelöst haben. Dieses Gift ohne Zusatz hätte höchstens bewirkt, dass sie reaktionslos geworden wäre. Sie wollte aber den schwarzen Wagen nicht verlieren. Sie wollte unbedingt dranbleiben. Etwas anderes hatte sie nicht im Kopf gehabt. Für wen könnte ein solches Verhalten nützlich sein? Für die Armee? War sie unbekannterweise zur Armee-Testperson geworden? Und wenn, wessen Armee? Doch nicht etwa die des eigenen Landes? Irgendeine plausible Erklärung musste vorliegen.

Sie war zu Hause, Ihr Mann schlief und wachte auf. Sie erzählte ihm, was sie wusste und mutmaßte.

Als morgens kurz nach 8 Uhr das Telefon klingelte, lagen sie noch im tiefen Schlaf. Ihr Mann nahm ab, meldete sich und rief sie. Es war die Kripo Hamburg mit der Frage, ob gleich Beamte in Begleitung der Spurensicherung kommen könnten? Sie bat in 30 Minuten, dann sei sie bereit. Die Spurensicherung steckte ihre am Vortag getragene Oberbekleidung in Plastiktüten und nahm sich anschließend ihr Auto vor. Den Kommissaren schilderte sie noch einmal im Zusammenhang das erste und letzte Erlebnis mit dem Bassarito und teilte ihnen ihre Überlegungen zum Sachverhalt mit. Darauf berichteten die Beamten, dass zum gleichen Zeitpunkt, also Beginn Donnerstag und gestern, in Niedersachsen drei ähnlich gelagerte Vorfälle bekannt geworden waren. Einheitlich berichteten die betroffenen Autofahrer von schwarzen Bassaritos. Ihr wurde im Wiederholungsfalle der Situation empfohlen, sofort dem Fahrzeug auszuweichen.

An einem dunklen Montagmorgen, noch keine 6 Uhr, mag das Gefühlsempfinden beinahe fast aller Menschen gleich, nämlich relativ neutral sein. Betäubt noch von der Nacht war sie aufgestanden, hatte geduscht und sich ein Frühstücksbrot zur Mitnahme gerichtet. Im Auto stellte sie die Heizung hoch; es war empfindlich kühl. Sie fuhr aus dem Dorf heraus; still lagen die abgemähten und frisch gepflügten Felder rechts und links der Straße. Ein schwarzer Kleinwagen mit Lüneburger Kennzeichen vor ihr, fuhr sehr langsam. Sie würde ihn trotz der kurvigen Strecke überholen können. Auf einmal schoss ihr Blutdruck in die Höhe, ließ ihren Herzschlag schneller schlagen. Was war das hier? Ein deja vu vom Freitag? Nein, ein Kleinwaren war kein Bassarito, dennoch. War es klug weiterzufahren? Sollte sie umkehren? Sie würde kaum Zeit verlieren, wenn sie das tat und über eine andere Straße nach Lübeck fuhr. In der nächsten Feldschneise wendete sie und kehrte um. Ein anderes Fahrzeug kam ihr entgegen, ein Bekannter aus dem Dorf, Lichthupe auch von ihr zu ihm. Sie hatte sich die Telefonnummer des einen Hauptkommissars in ihr Handy programmiert. Sie wählte und als er sich meldete, schilderte sie ihm den Vorfall, gab das Kennzeichen des schwarzen Kleinwagens durch und verschwieg nicht, dass ihr ein anderes Auto nach dem Wendemanöver entgegengekommen war. Er bedankte sich, wünschte ihr gute Fahrt. Hatte sie die? Eher nicht. Hätte sie den Bekannten aus dem Dorf warnen sollen? Er war ein sehr schneller Fahrer, der sie jeden Tag beinahe an der gleichen Stelle überholte, weil sie beide immer zeitgleich auf der Strecke waren. Fast automatisch wendete sie noch einmal ihr Auto und fuhr auf die alte Straße zurück. Keine Spur von beiden Fahrzeugen. Sie fühlte sich beruhigt.

Am Nachmittag wurde sie von dem Hauptkommissar angerufen mit der Frage, ob sie das Autokennzeichen des Wagens wusste, das ihr am Morgen begegnet war. Das war ihr gut bekannt. Ob etwas mit dem Auto passiert wäre?

Nein, jedoch wurde eine Person aus ihrem Ort von seiner Arbeitsstelle und von der Familie als vermisst gemeldet und er wollte sich versichern, dass es sich bei dem von ihr gesehenen Fahrzeug um das dieses Mannes handelte. Das Herzrasen setzte bei ihr schlagartig ein. Das war einzig ihr Versagen. Sie hätte ihn um jeden Preis warnen müssen, auch auf die Gefahr hin, dass sie sich in seinen Augen lächerlich gemacht hätte. Wenn ihm etwas Ernsthaftes zugestoßen war, würde sie sich das nie verzeihen können. Sie sprach ihre Gedanken aus. Um Himmels willen, nein, das war gewiss kein Fehler. Wie hätte sie aufgrund eines absolut vagen Verdachtes andere Fahrer am Weiterfahren hindern sollen? Und es wäre überhaupt nicht erwiesen, dass der schwarze Kleinwagen überhaupt damit in Zusammenhang gebracht werden konnte. Und wenn doch? Das wollte ihr der Hauptkommissar nicht sagen.

Eine Woche lang passierte nichts und dann erfolgte die Aufklärung durch den Hauptkommissar, der sie erneut anrief. Ein bereits einschlägig vorbestrafter Chemiker hatte für eine Autoschieberbande einen Stoff entwickelt, der Personen gefügig machte. Die Rezeptur war umgehend höchster Geheimhaltungsstufe zugeordnet worden. Das Gasgemisch wurde an auserwählten Personen ausprobiert, die ausschließlich auf extrem ruhigen Straßen unterwegs waren. Wozu das Mittel im Einzelnen eingesetzt werden sollte, würden intensive Befragungen noch klären müssen. In ihrem Fall hatte tatsächlich der verhaftete Patientenbesucher seine Hand im Spiel gehabt. Der derzeit frisch operierte Patient gehörte ebenfalls der Bande an. Weder der Bekannte aus dem Dorf noch sein Fahrzeug wurden je wieder aufgefunden. Ein Zusammenhang mit dem schwarzen Kleinwagen aus Lüneburg, der gleichfalls verschwunden blieb, konnte deswegen nie festgestellt werden. Und dennoch war ihr gänzlich unklar, ob sie sich je wieder aus ihrer freiwillig übernommenen Schuldlast würde befreien können.

Grauen

Als ich die Hauptstadt Polpas des Landes Karahou betrat, schien die Sonne von einem fleckenlos blauen Himmel und stimmte meine Sinne sommerlich heiter. Der Flughafen klein, die Menschen freundlich, die Straßen mit ihren bunten Häusern karibisch anmutend. Mein Hotel direkt am Meer.

Abends saß ich draußen im Garten an der kleinen Bar und blieb nicht lange allein. Fünf Männer und Frauen an einem nahen Tisch zogen mich in ein Gespräch und alsbald befand ich mich in ihrer Mitte. Wir tranken Mojitos und scherzten, erzählten uns Reiseabenteuer, heitere und haarsträubende. Ein Mann mit schlohweißen Haaren und kalkweißem Gesicht beteiligte sich nicht an unseren munteren Gesprächen. Er sah jung aus, keine dreißig Jahre alt. Er wirkte auf mich nicht schwermütig, eher so, als hätte er kürzlich einen Dämon gesehen, der seine Seele umklammert hielt. Zuerst winkte er ab, als ich ihn zum Sprechen aufforderte. Schließlich bestellte er eine neue Runde Mojitos und sah uns der Reihe nach an:

Was ich erleben musste, glaubt mir am Ende kein Mensch. Ich kam wie Ihr am Flughafen an und stieg in ein wartendes Taxi. Ich nannte dem Fahrer mein Hotel und er fuhr los. Ortsunkundig wie ich war, stellte ich die Route, die er nahm, überhaupt nicht infrage. Die Fahrt führte kontinuierlich ins Landesinnere, weit weg vom Strand. Ich war in bester Ferienstimmung und dachte, ich hätte mich bei der Entfernungseinschätzung zwischen Flughafen und Hotel gründlich vertan.

Nachdem eine gute halbe Stunde vergangen war, fragte ich ihn, ob wir unser Ziel bald erreichen würden. Freundlich bejahte er. Nach einer weiteren halben Stunde sah ich vor mir eine hohe Mauer mit verschlossenem Tor. Schlagartig wurde mir bewusst, dass sich dahinter nicht mein gebuchtes Hotel verbarg und wollte nur noch aussteigen. Der Chauffeur hielt unmittelbar vor dem Eingang, und jetzt wollte ich in hoher Panik die Autotür öffnen und rausspringen. Vergebens, die Tür war gesichert, ging nicht auf. Das Tor glitt auf, die Fahrt wurde fortgesetzt. Zu meiner großen Verblüffung glich hinter der Mauer die gesamte Anlage einer Hotelluxusklasse, was mich restlos überzeugte, nicht in das Zentralgefängnis Karahous eingewiesen worden zu sein.

Vor dem Hoteleingang hielt mein Fahrer und wie von Zauberhand ließ sich die Wagentür jetzt ungehindert öffnen. Er entlud aus dem Kofferraum mein Gepäck und ich gab ihm ohne zu zögern ein gutes Trinkgeld. Drinnen erwartete mich eine prächtige Halle mit imponierender Rezeption und professionell freundlichem Personal. Mir wurde ein Zimmerschlüssel übergeben mit den üblichen Informationen zu Essenszeiten und einer herzlichen Bitte, den hier üblichen Fünf-Uhr-Tee nicht auszulassen. Ein Hotelboy brachte mich auf mein Zimmer, das jeden Luxus aufwies, und leicht entnervt, wie ich war, schenkte ich mir, sobald ich allein war, ein Glas Sekt aus der bereits geöffneten Flasche ein. Ich trank einen Schluck und noch einen von der hervorragend temperierten Flüssigkeit und fühlte mich etwas entspannter.

Draußen auf dem Balkon blickte ich auf eine gepflegte Rasenfläche mit großzügigen Blumenrabatten und in einiger Entfernung auf einem großen Pool. Es war gerade 18 Uhr und gähnend leer. Wo waren die Feriengäste? Bereits in der Halle war mir das aufgefallen; kein Mensch hielt sich dort auf. Vielleicht waren alle Urlauber auf dem Fünf-Uhr-Tee?

Wieder überkam mich ein Panikgefühl. Ich musste unbedingt mit jemandem reden mit einem Freund oder meiner Mutter, ja, ihr wollte ich sagen, dass ich gut angekommen sei. Mein Handy hatte kein Netz. Auf dem Nachtisch stand ein Telefon. Es war tot. Wo um alles in der Welt war ich hier gelandet? Wenn ich in diesem Zustand an die Rezeption gegangen wäre, hätte ich mich möglicherweise blamiert. Ich trank ein weiteres Glas Sekt und noch eines und beruhigte mich langsam wieder ein wenig. Ich verließ mich auf meine Kontaktfähigkeit. Es würden sich beim Abendessen oder danach sicher Berührungen mit den anderen Gästen ergeben, die meine Bedenken zerstreuen konnten. Ich öffnete meinen Koffer und brachte meine Waschutensilien in das Luxusbad. Duschen wollte ich, mich umziehen und dann auf das abendliche Buffet warten. Können Sie sich vorstellen, dass ich mich nicht dazu entschließen konnte, meine Garderobe in den Schrank zu verbringen? Ein Hinterkopfgefühl sagte mir, ich sollte abreisebereit bleiben.

Als ich in das Restaurant trat, fiel mir auf, dass es keine Kinder gab. Nein, ein geübter Reisender war ich nicht, aber gab es nicht Hotels ausschließlich für Erwachsene? Ich hatte davon gehört. Ich hatte aber eines mit Animationsangeboten auch für Kinder gebucht. Ich sah mich um. Ich wollte einen Platz neben einer Einzelperson haben, mit der sich ins Gespräch kommen ließ. Eine junge Frau saß allein und ich fragte sie, ob ich mich zu ihr setzen dürfte.

Sie schien durchaus erfreut, obgleich sie mir kaum ein müdes Lächeln schenkte. Ich bestellte mir ein Bier und bediente mich an dem großartigen Buffet, das keine Wünsche offenließ.

Meine Tischnachbarin stocherte an einer Tomate herum und trank zügig aus ihrem Weinglas. Ich fragte sie schließlich, ob ihr unwohl sei. Oh ja, sehr unwohl. Hier stimmte etwas nicht. Gestern war sie zum ersten Mal auf dem Fünf-Uhr-Tee gewesen. Es sah aus wie ein riesengroßer Spaß und die das Publikum anfeuernden Animateure stellten die Aktion auch genauso dar. Auf dem Weg zum großen Saal musste ein schmaler, etwas glitschiger Grat passiert werden. Eine Frau stürzte ab und verschwand in einem Boden, der sich öffnete, als ihr Körper ihn berührte und war weg, blieb verschwunden. Ihr Mann suchte nach ihr. Er war äußerst erregt und beschimpfte das Personal. Dann wurde er von einigen, sehr kräftig aussehenden Männern isoliert und sie habe bisher weder ihn noch seine Frau wieder zu Gesicht bekommen.

Ein ähnlicher Vorgang spielte sich auch heute ab. Ein Mann glitt aus und war verschwunden, blieb verschwunden. Da müsse ein System dahinterstecken. Das sei unheimlich und überhaupt nicht tolerierbar. Schlimm sei auch, dass niemand telefonieren könnte. Ein Techniker der beauftragten Telefongesellschaft noch nicht angekommen. Sie wären hier an diesem Ort gänzlich von der Außenwelt abgeschlossen.

Ich trank mein Bier, Appetit hatte ich nicht mehr. Im Kopf drehten sich hundert Fragen, mit welcher sollte ich beginnen? Ob sie habe beobachten können, dass Reisende mit ihren Koffern wieder zum Tor hinausgefahren seien, wollte ich wissen. Darauf hätte sie nicht geachtet. Dann wollte ich von ihr erfahren, was andere Urlauber über diesen Ort dachten. Sie meinte, die Stimmung sei bedrückt, es würde etwas Unheimliches hier lauern, das niemand in Worte kleiden könnte. Weswegen dann alle hier blieben, wollte ich wissen. Logisch wäre es doch, dass sich alle Reisende zusammentäten und gemeinsam zum Tor hinaus spazieren müssten. Niemand wagte offenbar laut das Wort an andere Urlauber zu richten, zum Beispiel zu den Essenszeiten, wenn der Saal recht voll war.

Und wie wahr, auch ich spürte eine mir eigentlich fremde Scheu, auf einen Stuhl zu steigen und zum Boykott dieses Hotels aufzurufen. Stattdessen bestellte ich mir ein weiteres Bier und meine Tischnachbarin und ich tranken uns mutig für die bevorstehende Nacht.

Am nächsten Morgen war ich hungrig und bediente mich reichlich am Frühstücks-Buffet. Meine Tischnachbarin vom Abend davor konnte ich nicht sehen. Nach dem Frühstück ging ich an den Pool, sonnte mich in der Sonne, genoss die Wärme und das Gefühl des Wohlbefindens. Wohin war mein kritischer Verstand gerückt? Im Nachhinein kann ich meine Haltung nicht nachvollziehen. War es die Annahme einer Unwahrscheinlichkeit, dass in einer so luxuriösen Umgebung etwas nicht stimmen konnte? War ich geblendet? Das Mittags-Buffet war eine Sensation; ich fühlte mich verwöhnt.

Und dann ging es auf 5 Uhr zu und es herrschte allgemeiner Aufbruch zu dem wohl traditionellen Tee. Ich sah den glitschigen Grat, setzte ein paar Schritte und rutschte aus, konnte mich nicht halten, fiel seitlich runter, der Boden tat sich auf, ich verschwand. Zwei Männer hielten mich fest und ein dritter gab mir eine Injektion, die mich vollkommen bewegungsunfähig machte. Ich konnte sehen, hören, riechen, atmen, mehr nicht. Meine gesamte Muskulatur war lahmgelegt.

Ich bekam eine Angst, wie ich sie nie im Leben kennengelernt hatte. Mein Herz klopfte, als wollte es zerspringen. Vielleicht war ein Herzinfarkt jetzt genau das richtige. „Wer weiß, was sie mit dir anstellen, welche unvorstellbaren Qualen dir bevorstehen? Du hast nicht einmal die geringste Chance, deinem Leben ein Ende zu setzen, bevor es völlig unerträglich für dich wird." Das hatte ich im Kopf. Wozu sollte es nützlich sein, mich in einen solchen Zustand zu versetzen? Sie trugen mich in einen Hof, legten mich ab und ließen mich allein. Nicht lange. Ich hörte, wie irgendwo etwas hochgezogen wurde. Was konnte es sein, ein Gitter? Vielleicht. Kurze Zeit darauf hörte ich ein Rascheln und Fiepsen und das Kratzen auf Beton vieler kleiner Füße. Und dann sprang eine große weiße Ratte auf meine Brust und sah mir direkt in die Augen.

„Mein Fritzchen", dachte ich, „Du schaust aus, wie mein Fritzchen." Meine Augen müssen ihn angestrahlt haben. Ich war im Augenblick voller Freude. Als Jugendlicher hatte ich eine Ratte gehalten, die ich über alles geliebt habe.

Im nächsten Augenblick wurde mir bewusst, was dieses Szenarium praktisch bedeutete. Sie hatten mich hier abgelegt, damit die Ratten mich auffressen konnten. Absurderweise dachte ich daran, dass das Fegefeuer eine freundliche und humane Einrichtung im Gegensatz zu dieser nicht enden wollenden Qual in völliger Bewegungslosigkeit gewesen sein musste. Ich konnte meinen eigenen Angstschweiß riechen.

Die Ratte saß auf mir und schaute mich weiterhin unverwandt an. Sie war das Leittier. Wenn sie den ersten Biss ausführte, hatte ich mein Todesurteil. Wie lange mochte es dauern, bis ich tot war? Ich konzentrierte mich auf den Blick der Ratte und hielt stumme Zwiesprache mit ihr. Ich sagte ihr, wie sehr ich Ratten mochte und selber eine gehabt hätte, die Fritzchen hieß. Fritzchen lebte gern bei mir. Wenn er es nicht gemocht hätte, ich hätte ihn freigelassen. Fritzchen ließ sich von mir kraulen und streicheln. Er liebte es, auf meiner Schulter zu sitzen und seinen kleinen Kopf an meinem zu reiben. Inzwischen war es auf dem Hof sehr ruhig.

Alle Ratten standen in Erwartungshaltung um uns herum. Ein falscher Gedanke von mir, dachte ich, und ich wäre geliefert. Dennoch sprach ich stumm und zärtlich weiter auf die Ratte ein. Dann näherte sie sich meinem Gesicht mit ihrem spitzen Schnäutzchen und leckte mir meine Wange mit ihrer rauen Zunge. Darauf sprang sie entschlossen von meiner Brust, fiepste laut und der ganze Rattenschwarm verschwand. Die zwei Männer kamen, hoben mich auf und trugen mich fort. Wohin? Ich fühlte wieder eine Injektion. Danach schlief ich sofort ein.

Aufgewacht bin ich hier, in diesem Hotel, das ich auch gebucht hatte. Ich sah mich im Spiegel: meine braunen Haare waren weiß geworden. Meine Kleidungsstücke hatten sie sorgfältig in den Schrank verbracht, meine Waschutensilien genauso drapiert, als hätte ich es selbst getan. So, liebe Leute, das war meine Geschichte. Er trank einen Schluck des warm gewordenen Mojitos und schwieg.

Ich sah in tief betroffene Gesichter. Keiner mochte das Schweigen brechen. Es war in der Tat ein zu unglaubliches Geschehen. Wie sollten wir anderen damit umgehen? Der Kellner kam und fragte, ob er noch eine Runde Mojitos bringen sollte. Gleichzeitig bejahten wir und das Schweigen war gebrochen.

Er war jetzt den dritten Tag hier im Hotel, berichtete er uns, zur Polizei zu gehen hätte er bislang einfach nicht gewagt. Eine so große Hotelanlage musste selbstverständlich den Behörden bekannt sein. Und was hätte es zu bedeuten, dass doch offensichtlich immer wieder Menschen auf Nimmerwiedersehen verschwinden würden. Weswegen war das nie in der Presse erwähnt worden? Ob es nicht sein könnte, meinte eine der Frauen, dass der Spuk gerade begonnen hätte? Vielleicht war das Hotel bis dato ein ganz normales Haus im Landesinneren gewesen? Absolute Luxusklasse für ein Klientel mit Wunsch nach Anonymität und Abgeschlossenheit? Ein Geheimtipp für die Prominenz aus aller Welt. Warum nicht? Der Gedanke kam uns nicht abwegig vor. Und wenn wir geschlossen zur Polizei gingen und Anzeige erstatteten?

Diesen Vorschlag eines der Männer wollte die zweite Frau nicht vorschnell in Erwägung ziehen, gescheiter würde sie es finden, im Internet das mysteriöse Hotel zu recherchieren und lieber die Presse einzubinden. Darauf wandte ich ein, dass ein solches Vorgehen seitens der hiesigen Justiz als unfreundlicher Akt und darüber hinaus als Vereitelung zur Aufklärung einer Straftat aufgefasst werden könnte. „Und wenn wir als ersten Schritt das Hotel ausfindig machen würden und Erkundigungen darüber einholten", wollte die erste Frau von uns wissen. Dieser Vorschlag gefiel letztlich allen am besten und wir beschlossen, gleich am nächsten Morgen nach dem Frühstück mit der Recherche zu beginnen.

„Hier ist der Flughafen", sagte der Weißhaarige, „von hier aus beträgt die Fahrzeit zu dem gesuchten Objekt eine volle Stunde bei einer Fahrgeschwindigkeit zwischen 50 und 95 km/h. Das konnte ich gut beobachten, nachdem ich erstmals skeptisch wurde, weil der Strand immer weiter fortrückte. Die Fahrt führte geradewegs ins Landesinnere."
Wir luden uns Google-Maps auf den Laptop und verfolgten mit den Augen die Möglichkeiten der Straßenverläufe. „Wenn das Taxi immer auf der Hauptstraße geblieben ist, Ihr keine kleinen Straßen eingeschlagen habt, müsste es genau dieser Punkt hier sein", resümierte ich und überschlug im Kopf die bis zum Objekt zurückgelegten Kilometer, klickte das mögliche Areal an und stellte auf Google-Earth um. Mitten in der Wald-Hügellandschaft, direkt an der Straße lag ein großes Gebäude. Das konnte unser gesuchtes Hotel sein.

Wir beschlossen, uns zwei Autos zu mieten. Erstens deswegen, weil wir sechs Personen waren und zweitens aus Sicherheitsgründen. Die Anmietung der Leihwagen war schnell getätigt und wir fuhren den kurzen Weg zum Flughafen, um von dort die Landstraße zu erreichen, die uns direkt zu unserem Ziel führen sollte. Die Fahrt verlief reibungslos und tatsächlich, wir waren nicht ganz so schnell wie derzeit das Taxi, standen wir nach einer Stunde und fünfzehn Minuten in sicherer Distanz vor unserem Ziel. Der Weißhaarige neben mir fröstelte merklich bei einer

Temperatur von mindestens 45 Grad im Wagen, der keine Klimaanlage aufwies.

„Und jetzt?" Fragte er mich. „Wir stellen die Autos geschützt hier ab und machen Fotos rund um den Bau." „Alle gemeinsam? Keiner bleibt bei den Autos zurück? Ich weiß nicht? Ich könnte mir vorstellen, dass unser Kommen hier sehr wohl bereits beobachtet worden ist. Mir wäre es aus Sicherheitsgründen lieber, wir würden von hier ein Foto vom Hoteleingang schießen und dann sofort wieder zurückfahren, bevor etwas geschehen kann, womit niemand von uns rechnet."

Das Unbehagen stand dem Weißhaarigen im Gesicht geschrieben. Ich gab ihm recht, machte ein paar Fotos mit meiner Handy-Kamera und gab den anderen ein Zeichen zur Umkehr. Wir waren sechs Zeugen des Objektes, konnten wir es wagen, damit zur Polizei zu gehen? Nach eingehender Diskussion beschlossen wir zweigleisig fortzufahren. Drei von uns wollten Anzeige bei der Polizei erstatten, die restlichen Personen sollten sich an die Presse wenden.

Uns empfing ein Kriminalpolizist, der offen und freundlich unsere Geschichte anhörte. Warum wir jetzt erst gekommen wären? Der Weißhaarige wiederholte den Satz seiner Mutlosigkeit, ob der Unglaubwürdigkeit seines Erlebens.

Ja, das könnte er sehr gut nachvollziehen, schließlich sei das Haus als ausgesprochenes Prominentenhotel bekannt, das einen international hervorragenden Ruf bekleidete. Der Inhaber? Wer das sei? Über den wisse hier niemand eine Aussage zu machen. Aufgetaucht sei er hier noch nie. Der Direktor, natürlich würde jeder hier den Direktor kennen.

Ich verließ an dieser Stelle meine berufliche Deckung und stellte mich als Max Korff, Kriminalhauptkommissar der Kripo Lübeck vor. Mein Kollege sprang auf und hieß mich herzlich willkommen. Sein Name war Fuan Labo und er war gleichfalls Kriminalhauptkommissar.

„Fuan, ich neige zu der Annahme, dass der Spuk gerade begonnen hat. Oder habt ihr in den vergangenen Wochen Vermisstenanzeigen bekommen?" „Keine, die auch nur einen annähernden Hotelbezug hatte." „Fuan, können wir überprüfen, ob seit der vergangenen Woche im Hotel ein signifikanter Personalwechsel stattgefunden hat? Gibt es den alten, allen bekannten Direktor noch? Befinden sich dort im Augenblick Gäste, die über einen gewissen Bekanntheitsgrad verfügen? Ist den Taxifahrern ein neuer aufgefallen, den keiner von ihnen kennt? Sind diese Fragen abklärbar?"

„Schon, ja. Nur dazu müsste Anzeige erstattet werden und wenn, gegen wen? Gegen das Hotel oder gegen Unbekannt?"

„Moment", wandte der Weißhaarige ein, „nicht gegen Unbekannt. Das Hotel veranstaltet den Fünf Uhr Tee, auf dem Weg dahin verschwand ich und die Personen vor mir."

Mein Kollege nickte mit dem Kopf und dachte nach. Dann sah er mich an: „Was meinst Du, wollen wir dem gastlichen Haus heute Nacht einen kleinen Besuch abstatten?"

Ob das eine gute Idee war? Ich bin kein Feigling und ein sehr guter Kriminaler, aber ich bin kein Abenteurer. Sollte ich meinem Kollegen das sagen? Natürlich war ich ängstlich. Ich hatte nicht die allergeringste Lust mich in meinem wohlverdienten Urlaub von Ratten auffressen zu lassen. Ich habe zu den Tieren kein Liebesverhältnis, wie der

Weißhaarige den sie vielleicht deshalb verschont haben; mich würden sie nicht verschmähen. Gänzlich gegen meinen Willen stimmte ich trotzdem zu. Ich saß in der Falle und musste wie ein Mann reagieren und nicht wie ein Jämmerling.

Fuan forderte unverzüglich einen Grundriss des Hotels an, der ihm per Fax wenige Minuten später überstellt wurde. Inzwischen hatte er mit dem Hotel telefoniert und feststellen müssen, dass der bisherige Direktor ausgeschieden sei und die Stelle noch vakant wäre. Sein bisheriger Stellvertreter hätte die kommissarische Leitung übernommen. „Sein Stellvertreter ist ein undurchsichtiger Mensch. Er spielte in der Öffentlichkeit nie eine Rolle, blieb immer im Hintergrund. Er war auch nie auf den Prominentenfotos zu sehen. Es wurde sogar darüber gemunkelt, dass er der Hotelinhaber ist und die Fäden im Hintergrund zieht. Schau, hier ist ein Bild von ihm."

Vielleicht fünfzig, dachte ich, volle, aus der Stirn zurückgekämmte schwarze Haare, Augen, dunkel, die in eine andere Richtung sehen, gut geschnittene schmale Nase, die Lippen eher voll. Ein attraktives Gesicht, das keinen Grund zum Verstecken hat. Ich legte es zur Seite und gemeinsam mit Fuan studierte ich den Grundriss. Der Weißhaarige half uns. „Hier ist der Raum, wo der Fünf-Uhr-Tee ausgeschenkt wird." Wir sahen uns die Etage tiefer an. Da mussten wir hin.

Vor freilaufenden scharfen Hunden brauchten wir uns nicht fürchten. Wachen, wie viele Wachen mochte es geben? Mit unserer Ausrüstung war die Mauer kein Hindernis. Wir nahmen einen Seiteneingang für Lieferanten und befanden uns rasch im Keller des Hotels. Kein Mensch war uns bis dahin begegnet. Kein Labyrinth, deutliche Beschriftung der Flure und wohin sie führten. Und dann standen wir vor einem Eingang mit der Kennung: „Privat". Fuan untersuchte das Schloss, versuchte es aufzubekommen. Es war ausgeschlossen. Ohne massive Gewalteinwirkung war ein Eindringen nicht möglich.

Sie standen so plötzlich hinter uns, dass wir sie nicht wahrgenommen hatten: „Security, mitkommen." Mehr sagten sie nicht. Sie waren zu dritt. Einer ging vor uns, zwei folgten mit gezogenen Waffen. Sie führten uns zu einem Fahrstuhl, mit dem es in den dritten Stock ging. Wir gingen einen Flur entlang bis zu einer Tür ebenfalls mit der Aufschrift „Privat". Der Mann vor uns klopfte, eine Stimme sagte „Herein."

Und im nächsten Moment standen wir, trotz der gut zwei Stunden nach Mitternacht, vor einem elegant gekleideten Herrn, den wir sofort als den kommissarischen Hoteldirektor erkannten. Er bat uns höflich Platz zu nehmen. „Da Sie offenkundig keine Hotelgäste sind, erlaube ich mir die Frage, welche Absicht Sie in mein Haus geführt hat?" Fuan zog an seiner Halskette und zeigte seine Dienstmarke.

„Fuan Labo, Kriminalhauptkommissar." „Es ist mir eine Ehre, aber dennoch meine Frage: Hätte Ihr Besuch nicht zu einer etwas passenderen Zeit stattfinden können?" „Wir bitten für unser Eindringen um Entschuldigung. Mein deutscher Kollege, Max Korff, und ich haben eine Wette abgeschlossen, die beinhaltete, ihr Haus ungesehen betreten und wieder verlassen zu können. Diese Wette habe ich hiermit verloren. Können wir für Sie und Ihr Hotel etwas tun, damit Sie sich in Zukunft noch sicherer fühlen können?"

Für Sekundenbruchteile sah ich offensichtliche Verblüffung in den Augen des stellvertretenen Direktors. Dann lachte er seine Erheiterung laut heraus. „Eine wirklich charmante Lüge, Herr Labo, aber da ich Geistesgegenwart zu schätzen weiß, wollen wir es dennoch dabei belassen. Meine Mitarbeiter, die Sie ja inzwischen kennengelernt haben, werden Sie zum Haupteingang führen und danach auf die Straße."

Wir hatten nichts erreicht und waren lediglich um die Erfahrung reicher, dass ein Eindringen in das rattenverdächtige Areal des Hotelinneren nur durch Gewaltanwendung machbar sein würde. Da unsere Gemüter aufgebracht waren, konnten wir nicht schlafen und Fuan lud mich in seine Wohnung auf einen Drink ein. Wir saßen auf seinem Balkon und schauten in die rätselhafte Dunkelheit, die unserem Zustand entsprach.
„Die Gesundheitsaufsicht würde uns auch nicht weiterhelfen. Die geht in die Küche und da, vor Vorräte gelagert werden." „Ja, Fuan, daran habe ich auch schon gedacht und es verworfen. Es sind bisher drei Personen verschwunden. Die müssten doch allmählich vermisst werden. Jeder Urlaub geht einmal zu Ende."
„Wir haben noch zwei Optionen: der Weißhaarige müsste am Flughafen nach seinem Taxifahrer Ausschau halten und jemand sollte beim Hotel darauf warten, dass Hotelgäste den geschützten Bereich verlassen." „Ja, diese Punkte wollen wir gleich in der Morgenbesprechung aufgreifen. Das Hotel muss rund um die Uhr beschattet werden und wir müssen den besagten Taxifahrer finden, wenn es ihn überhaupt noch gibt."

Die drei von uns, die den Kontakt zur hiesigen Presse aufgenommen hatten, berichteten über große Betroffenheit ob der Geschichte bei dem Chefredakteur. Auf gar keinen Fall werde er darüber berichten, ließ er uns wissen, bevor keine Verifikation erhoben wäre. Natürlich sei es journalistisch eine spannende Sache, die er keineswegs aus den Augen verlieren wollte. Er telefonierte einen jüngeren Mann herbei, den er als Mori Lan vorstellte. Wenn wir wollten, sollte er uns begleiten und später auch die Artikel über das Geschehen verfassen.

Somit saßen wir jetzt zu siebt in der Morgenbesprechung. Zusammen mit Mori würden die beiden Frauen die Hotelüberwachung übernehmen, der Weißhaarige, Fuan und ich wollten den Taxifahrer am Flughafen ausfindig machen. Die restlichen von uns sollten einen Ferientag genießen. Nach dem Abendessen dann erneutes Zusammentreffen im Garten auf einen Mojito.

Der Tag vor dem Flughafen in flirrender Hitze verlief ermüdend und schleppend. Wir hatten alle Taxifahrer befragt; keiner konnte uns über einen neuen Kollegen Auskunft geben. Gegen Abend tauchte ein neues Gesicht unter den Fahrern auf. Ein älterer Mann, der, wie er uns berichtete, mit Touristen heute einen Ausflug rund um die Hauptstadt gemacht hatte.

Er wirkte vergnügt, es muss für ihn ein gutes Geschäft gewesen sein. Und er schließlich bejahte unsere Frage. „Ein kackfrecher Kerl, nie gesehen hier, fährt mit seinem Wagen ganz nach vorn und schnappt mir einen Fahrgast weg, der schon bei mir einsteigen wollte. Einmal habe ich den gesehen und nie wieder. Das wäre ihm auch nicht gut bekommen." Ob er uns den Mann beschreiben könnte, fragten wir ihn. Konnte er. Und außerdem noch hätte er auf dem rechten Unterarm eine auffällige Tätowierung gehabt: eine Ratte.

Wir saßen im Garten, Mori und die zwei Frauen waren immer noch nicht aufgetaucht. Fuan telefonierte schließlich mit seiner Behörde. Wenig später erschien eine Streife und er und ich stiegen dazu.
Eine gute Stunde später hatten wir die Stelle erreicht, von der aus der Observation erfolgen sollte. Wir sahen das Auto stehen, stiegen aus und dann erblickten wir, das, was von Mori und den Frauen übrig war: drei teilweise bis aufs Skelett abgenagte Körper. Uns überfiel ein maßloses Grauen. Wir stoben zurück zum Polizeiwagen, der Fahrer entleerte seinen Mageninhalt während der Fahrt. Erst eine halbe Stunde später wagten wir zu halten. „Ich kann die Spurensicherung nicht allein dort hinschicken. Wir haben keinen Anhaltspunkt, ob die Leichen dort wieder abgelegt worden sind oder sie am Auto massakriert wurden. Max, was können wir tun?" „Wir brauchen mindestens eine Hundertschaft an Polizeikräften und darüber hinaus Biologen, Zoologen, die sich speziell mit Ratten gut auskennen."

So geschehen im ersten Morgengrauen. Alle Einsatzkräfte trugen Kampfanzüge und Atemschutz, einschließlich Fuan und ich. Niemand von uns wusste, was uns hinter dem Tor des Luxushotels erwartete. Unsere Nerven waren angespannt. Nach dem Fund der drei Leichen waren wir auf jedes Bild gefasst.

Zwei Männer enterten die Mauer, um uns von innen das Tor zu öffnen. „Ratten", hörten wir sie durch die Sprechanlage sagen, „wir können unmöglich das Tor öffnen, alles voller Ratten, hier schon. Die Männer mit dem Betäubungsgas sollen kommen, rasch jetzt."

Fuan und ich kletterten auf die Mauer. Was wir sahen, war unvorstellbar, Türen und Fenster des Hotels standen offen und überall, wohin wir sahen waren Ratten, unzählige. Mit Hilfe des Betäubungsgases kämpften wir uns zum Hotel vor. Und ringsum Leichen, angefressen, skelettiert. Gab es Überlebende?

Ja, einige Hotelgäste, die sich fest verbarrikadiert hatten und der Taxifahrer mit der Rattentätowierung. „Die Ratten sind uns irgendwann über den Kopf gewachsen. Der Herr wollte sich nicht von ihnen trennen. Wir konnten sie nicht mehr ernähren. Der Herr hat uns zu den Menschenopfern gezwungen. Wir waren keine Gesetzesbürger, er hatte uns vollständig in der Hand. Das war noch immer nicht genug Fleisch. Da hat er die Türen geöffnet, hat sie freigelassen. Sie haben ihn nicht geschont. Da war letzte Woche ein Mann, den wollten sie nicht. Der Herr hat gesagt, der sei etwas ganz Besonderes, der sei ein Rattengott, der müsse am Leben gelassen werden. Ich glaube, der Herr war am Ende nicht mehr bei Sinnen." Das glaubten wir auch von dem stellvertretenden Hoteldirektor, der in Wahrheit der Besitzer war.

„Wer hat die Leichen draußen wieder abgelegt und warum?" Wollte Fuan wissen.

„Das war ich, ich wollte eine Warnung nach draußen schicken. Ich wollte, dass das hier ein Ende findet."

Fuan, der Weißhaarige und ich sind beste Freunde geworden. Drei Jahre liegt das Ereignis zurück. Wir treffen uns jedes Jahr hier, gedenken der Toten und der Grauen, trinken Mojitos und stoßen auf das Leben an.

Vom einstigen Hotel ist heute nichts mehr zu sehen. Die Tropen überwucherten auch die letzten Spuren.

Annerose

Sie stand vor dem Spiegel und Tränen liefen ihr über das Gesicht. Sie hatte heute Geburtstag. Sechsundfünfzig war sie geworden. Kein Grund zur Panik. Es war auch nicht das Alter, das sie bedrückte, es war ihr Gesicht. Ihr Wangengewebe war in den Kieferbereich gerutscht, die Kinnpartie wirkte verwaschen, tiefe Nasolabialfalten zogen die Lippenwinkel nach unten. Ihre einst schönen und strahlend blauen Augen lagen halb verdeckt unter den gesunkenen Oberlidern und schienen sie im Spiegel beinahe böse anzublicken.

Annerose hatte bis vor sechs Jahren ein durchweg sonniges Leben geführt. Das Leben einer Dame, das Leben einer geliebten und respektierten Ehefrau an der Seite eines wohlhabenden und tüchtigen Mannes. Das Leben einer Mutter ihrer unkomplizierten Tochter. Das Leben einer den Gatten unterstützenden Geschäftsfrau, die sich mit Aktien und Anlagen ebenso gut auskannte, wie mit der Buchhaltung und Geschäftskorrespondenz.

Dann kam dieser furchtbare Sonntag. Sie hatten im Garten gegrillt. Die Tochter war nach dem Essen zu Freunden gegangen. Annerose wollte die Abwäsche in den Geschirrspüler verbringen. Als sie in den Garten zurückkehrte, lag ihr Mann seltsam verdreht im Liegestuhl und war nicht ansprechbar.

Sein Schlaganfall veränderte ihr ganzes bisheriges Leben, das nunmehr aus Pflege und Mühsal bestand. Einstige Freunde zogen sich zurück. Niemand stand ihr zur Seite. Die Tochter ging nach der Schule zum Studium in eine entfernte Stadt. Sie war allein mit einem schwer kranken

Mann. Nach drei Jahren starb er. Sie war voller Trauer, ganz unfähig, sich dem Dasein wieder anzunähern.

Und jetzt stand sie vor dem Spiegel und haderte mit ihrem Leben. Sie wollte sich wieder lebendig fühlen, sie wünschte sich ihr Gesicht zurück. Nein, sie musste nicht wie eine junge Frau aussehen, aber diese schrecklichen Hängebacken sollten weg und die Augen wollte sie wieder als ihre erkennen können. Auf der Stelle vereinbarte sie einen Termin in der Schönheitsklinik ihrer Stadt. Die Zeit bis zum verabredeten Eingriff verbrachte Annerose mit Stöbern in Ferienkatalogen und denen für Sommergarderobe. Sie hatte eine weibliche Figur mit großen Brüsten und runden Hüften. Ihre Arme und Beine waren schlank und gut geformt und hätten auch zu einem androgyneren Körperbau gepasst. Die Natur wollte es anders. Als ihr Operationstermin auf morgen, sieben Uhr gerückt war, hatte sie eine Reise an die Algarve gebucht und ihre Garderobe aufgestockt. Natürlich fürchtete sie sich vor dem Eingriff, dennoch überwog ein Leidensdruck, der letztlich jedes Bedenken der Risiken außer Kraft setzte. Annerose überstand die Operation ohne die geringsten Komplikationen. Und als ihr am Tag darauf der leichte Druckverband abgenommen wurde und sie in den Spiegel blickte, den ihr der Operateur reichte, überwältigte sie das Gefühl fassungsloser Freude. Trotz der leichten Schwellungen und einem Bluterguss unter den Augen schaute ihr eine Annerose entgegen, von der sie sich vor der Operationsplanung bereits verabschiedet hatte: Die Augen wieder groß und offen und die Kinnpartie konturiert, die scharfen Nasolabialfalten gemildert. Es war nicht das Gesicht einer jungen Frau, sondern immer noch das einer reifen, aber zeitlosen Erscheinung.

Ihren Urlaubsort an der Algarve könnten Betrachter als eher schlicht denn aufregend bezeichnen. Ihr jedoch gefiel er wegen einer schönen Promenade und am Sonntag fand dort ein Flohmarkt statt, der insbesondere deswegen auffiel, weil die Aussteller, sämtlich superordnungsgetrieben, ihre Schaustücke so anboten, dass der bloße Anblick der Waren bei denjenigen Freude auslöste, deren Sinn für Chaos unterentwickelt war.
Als strukturierter Mensch hatte Annerose großes Vergnügen daran und konnte sich kaum an dem ganzen Kitsch und Trödel sattsehen. Sie war am Samstag angekommen, hatte das Abendessen genossen und sich früh auf ihr Zimmer begeben. Entsprechend zeitig war sie am Sonntag erwacht und beobachtete von ihrem Balkon den Aufbau der Flohmarktaktiven. Noch ohne Frühstück schlenderte von einem Stand zum nächsten bis ihr heiß war und Körper und Geist eine Abkühlung im Atlantik verlangten. Spät erst ging sie in den Speisesaal, wo sie zu den letzten Morgengästen zählte.

Reizüberflutungen gab es keine im Hotel. Ein großer Pool und weitläufige Liegewiesen boten den Gästen ellenbogenfreien Umgang miteinander. Annerose lag unter einem Baum im Schatten und las einen Roman über die Romanze zweier Menschen, die ihre Kinder hätten sein können. Der Lesestoff langweilte sie, weil nicht ihre Generation betroffen war und auch deswegen, weil die jungen Ärztin von der Autorin Sätze in den Mund gelegt bekam, die eher gängige Dialektik bei Bildungsopfern hätten sein können, als zum

akademischen Nachwuchs einer kulturbewussten Gesellschaftsschicht gehörend. Um sie herum lagen viele ältere Ehepaare, die ebenfalls lasen und eine Frauengruppe, die unentwegt aufeinander einplauderte, immer wieder von lauten Lachsalven unterbrochen.
Annerose beneidete sie ein wenig, weil sie Spaß hatte und ihre Lebensfreude offen darbot. Sie hatte keine Freundin. Wie war das passiert? Wahrscheinlich, weil sie seit ihrer Jugend nie danach verlangt hatte. Ihr Mann und ein gemeinsamer Bekanntenkreis, meistens Geschäftspartner, hatten ihre Beziehungswünsche vollständig erfüllt. Das wollte sie, wieder nach Hause zurückgekehrt, ändern. Keine Isolation mehr und keine Einsamkeit. Vielleicht würde sie diesen Abend in Gesellschaft verbringen, vielleicht ein Ehepaar kennenlernen, ein wenig Musik hören. Ein Pianospieler sollte für Unterhaltung sorgen, so stand es im Veranstaltungskalender des Hotels.

Annerose wählte ein dunkelblaues Wickelkleid für den Abend mit halben Ärmeln. Das unterstrich ihre frauliche Figur und verdeckte, wie sie fand, gekonnt den Brustansatz, auf den sich keine Blicke sammeln sollten. Sie legte auf einen spektakulären Auftritt keinen Wert. Während des Abendbuffets saß sie allein am Tisch und auch später, in dem großen Gesellschaftsraum, wo das Piano stand, empfand sie ihre Einsamkeit als peinliche Niederlage. Woher sollten die anderen Menschen im Raum wissen, wen sie einmal dargestellt hatte und wie reich und erfüllt ihr Leben an der Seite ihres Mannes gewesen war. Nein, als Anhängsel musste sie sich nie betrachtet haben, dazu war ihre Zeit viel zu ausgefüllt mit vielen geschäftlich wichtigen Angelegenheiten, die sie ganz selbständig erledigt hatte.

Annerose fühlte Tränen und nippte rasch an ihrem alkoholfreien Cocktail, um ihre sentimentale Stimmung zu vertreiben. Ihr Blick fiel auf den Mann am Klavier, der sie aufmerksam betrachtete während er „Something in your eyes was so inviting, something in your smile was so exciting...." sang, es klang, wie für sie allein gesungen – bildete sie sich das ein? Sie spürte genießend den leisen Schreck einer freudigen Erkenntnis nach. Und nun, auf ihn aufmerksam geworden, gefiel er ihr überhaupt nicht schlecht, wie er da saß in seinem dunklen Anzug, den vollen schwarzen Haaren. Sein Gesicht? Eher nicht sonderlich attraktiv, aber durchaus sympathisch männlich, recht durchschnittlich, ohne signifikante Merkmale, die einen Steckbrief bereichert hätten. Seine dunklen Augen hatten jene ganz bestimmte Weichheit, die sich niemals in den Blicken heikler Männer finden ließen. Wie alt mochte er sein? Ganz sicher über fünfzig, bestimmt noch keine sechzig.

Worauf liefen ihre Gedanken hinaus? Wünschte sie sich eine Ferienromanze? Sie war eine freie Frau und durfte tun oder lassen wonach immer ihr der Sinn stand. Konnte sie sich vorstellen, mit diesem Mann über den Strand zu gehen, einander die Hand haltend, vielleicht sogar noch mehr?

Nie zuvor hatte sie sich darüber Gedanken gemacht, wie sie sich verhalten würde, wenn ein Mann käme, der sie als eine Frau ansprechen würde, die er für alles offen hielt? War sie eine solche Frau? Furcht stieg in ihr auf und gleichzeitig spürte sie eine Lebendigkeit, an die sie sich kaum mehr erinnern konnte.

Pianopause. Er stand auf und ging hinaus. Annerose wollte den Waschraum aufsuchen, ihr Make-up überprüfen. Er stand auf dem Flur, als hätte er dort auf sie gewartet. Als hätte er genau gewusst, dass sie erscheinen würde. Unmittelbar verlangsamte sie ihren Schritt; sie konnte noch umkehren, mit dem nächsten Fahrstuhl in ihre Etage fahren. Dann würde sie nie erfahren, ob er sie angesprochen hätte.

Sie ging weiter und stand vor ihm. „Was hast Du gedacht, als Du mich gesehen hast?"

Fragte er sie auf Englisch. Und wie selbstverständlich antwortete sie: „Du hast eine Weichheit im Blick Deiner Augen, die sich nie bei heiklen Männern erkennen lässt." Sein Lachen klang warm und ansteckend während er ihr in die Augen sah.

„Und willst Du mir sagen, was Du über mich gedacht hast?" Fragte sie ihn. „Ja, sicher. Da sitzt die Frau, auf die ich seit Jahren gewartet habe. Sage mir jetzt nicht, dass Du verheiratet bist, oder vergeben, oder mich nicht willst."

„Nichts davon sage ich." „Das ist gut. In einer Stunde kann ich mit dem Klavierspiel aufhören. Gehen wir dann an den Strand und reden?"

Annerose saß im Flugzeug, das sie wieder nach Hause brachte. Die Abschiedstränen waren getrocknet. David und sie würden sich in drei Monaten wiedersehen. Hinter ihr lag die glückliche Zeit der Hingabe an das Leben, des Liebens, der Unbeschwertheit und des vollständigen Genusses in dem Wissen, dass sie sich aneinander verschwenden durften, ohne mit dem geringsten Tabu behaftet zu sein.

Und sie hatten geredet, sich alles voneinander erzählt, was der andere über sie wissen sollte. David wollte Konzertpianist werden. Es war ihm nicht gelungen. Vielleicht deswegen nicht, weil ihm dazu das Genie fehlte, vielleicht das Aussehen, vielleicht lag es auch an der Politik der Zeit seiner Jugend und den starken Umwälzungen im Lande. Die Menschen damals hatten Sorgen und wenig Sinn für Kunst und Musik. Als sich die Zeiten stabilisierten, war seine Jugend vorüber. Er spielte in Bars und in Kaffeegärten, allein und im Verband mit Kollegen. Er hatte in Schulen Musikunterricht gegeben und zu Hause Privatschüler gehabt. Und heute war er für den Auftrag in der Pianobar des Hotels mehr als dankbar.

Annerose hatte gespürt, dass er beim Erzählen humorvoll klingen wollte, was ihm nicht vollkommen gelang, weil seine relative Glücklosigkeit auch hohe finanzielle Konsequenzen mit sich brachte, was ihn stark bedrückte. Er war arm, würde mit siebzig noch auftreten müssen. Das hatte er ihr erzählt, lange bevor sie die erste leise Intimität austauschten. Und wenn er ihr seine wirtschaftliche Situation verschwiegen oder sie beschönigt hätte, wäre Annerose, der Realistin, der Geschäftsfrau, dennoch von der Wirklichkeit nichts entgangen.

Demgemäß wohnte er zusammen mit Mutter und Tante in einem winzigen Haus, das wie ein deutsches Reihenhaus angeklatscht inmitten ähnlich kleiner Bauten stand. Annerose war sich dessen bewusst, dass sie dort nie übernachten mochte. Als sie ihm von ihrer Operation erzählte und verriet, was sie dafür bezahlen musste, klang es wie ein Kontraprogramm zu seiner wirtschaftlichen Lage. Vielleicht hätte sie es ihm mangels zwingender Notwendigkeit nicht erzählen müssen. Sie wollte aber nicht riskieren, dass er die winzigen Knötchennarben, die hinter ihren Ohren noch vorhanden waren, selbst entdeckt hätte oder jene vor den Ohren, die ohne Make-up sichtbar, noch nicht vollständig verblasst waren.

Sie fragte ihn bewusst nicht nach seiner Frauenvergangenheit. Welche Antwort hätte er ihr darauf geben können? Sie setzte voraus, dass er immer einmal wieder kurze oder längere Beziehungen gehabt hatte. So verbrachten sie die erste Woche des Urlaubs mit Reden, die zweite dann mit Liebe.

Der Abschied voneinander war ihnen schwergefallen, Trost spendete die Verabredung in drei Monaten.

Der Reisekoffer war ausgepackt, die Wäsche frisch gewaschen, als Annerose am dritten Tag ihrer Heimkehr mit aller Deutlichkeit spürte, dass sie keine zwölf langen Wochen auf David verzichten wollte. Und seine E-Mails klangen ebenso sehnsuchtsvoll wie jene, die sie ihm schrieb. Der Besuch im Reisebüro war vergeblich; es gab im ganzen Ort vor Ablauf der nächsten Monate kein freies Hotelzimmer. Vielleicht eine kleine Wohnung mieten, die ihr das ganze Jahr zur Verfügung stand? Annerose handelte. Ein Makler fand, was sie suchte. Das darauf notwendig klärende Gespräch mit ihrer Tochter am Telefon war erstaunlich verständnissinnig ausgefallen. Sie hatte keine skeptischen Fragen gestellt oder Zweifel an der Handlungsweise ihrer Mutter angemeldet.

„Mama, Du hast immer gewusst, was richtig oder falsch war. Ich denke nicht, dass Du jetzt eine Fehlentscheidung für Dich selbst triffst. Genieße einfach, was sich Dir bietet." Annerose reagierte mit großer Erleichterung.

Jetzt saß sie im Flugzeug, das sie zu David tragen würde, schaute aus dem Fenster und fühlte sich jung und unsicher. Würden David und sie ein echtes Paar werden? Gab es Geheimnisse, die sie nicht erfahren hatte? Was wäre, wenn in der nächsten Woche eine noch reizvollere „Annerose" seinem Pianospiel folgte?

Leben heißt, sich ihm ausliefern ohne Bedingungen zu stellen, dachte sie und ein Lächeln schlich sich in ihr Gesicht, das noch niemals dort gestanden hatte. Und ein unerhörtes Gefühl der Freude und des Selbstbewusstseins erfüllte sie. Nichts, überhaupt nichts würde ihr geschehen können, auch wenn alles völlig anders kommen sollte, als sie im Moment für sich erträumte. Sie hatte sich selbst gefunden und würde sich nie verlieren.

David

David war zu früh am Flughafen. Er hatte es zu Hause nicht mehr ausgehalten, sich in sein kleines Auto gesetzt und war losgefahren. Jetzt stand er in Faro vor der Ankunft und musste mit Sicherheit noch eine gute halbe Stunde Wartezeit durchstehen, bevor er Annerose in die Arme schließen konnte.

Annerose, die Frau, die sich seinetwegen im Ort eine Wohnung gemietet hatte. Annerose, die er gesehen und die ihn auf den ersten Blick nicht mehr losgelassen hatte. Annerose, die Frau, die ihn ganz und gar beherrschte. Wie konnte ihm das geschehen? David hatte sich auf ein bindungsfreies Dasein eingerichtet, auf ein Leben, das von abendlichen Pianoeinsätzen im Hotel geprägt war und kleinen Tagesbesorgungen für Mutter und Tante. Und gar nicht selten war eine Frau aufgetaucht, die ihm signalisierte, dass sie sich von ihm eine Form der Aufmerksamkeit wünschte, die einen Urlaub für eine Alleinreisende zu einem insbesondere späteren Zeitpunkt abgerundeten werden ließ, wenn er als Gesprächsstoff in Freundinnenkreisen eine galante Rolle zu spielen hatte. Er fand seine Gedanken zwar geschönt gesponnen, aber er war kein Galan geworden, der für seine Liebesgefälligkeiten Krawatten, Uhren oder gar Bargeld eintauschte. Das hätte er haben können, da war er sich ganz sicher. Irgendetwas, vielleicht sein Stolz oder sein sich-als-Künstler-fühlen, verhinderte seine Prostituiertenkarriere. Jedoch wenn er sich selbst gegenüber ehrlich war, hatte er sein Verhalten mitunter bereut. Was wäre schon dabei gewesen, wenn er ein professioneller Begleiter geworden wäre?

Wie aber hätte er diese Vergangenheit Annerose beichten können? Auch ohne ein zusätzlich zweifelhaftes Image war bereits sein Armutsstatus keine Empfehlung für eine schöne und dazu noch wohlhabende Frau. Annerose war eine Dame durch und durch. Welche Gedanken wären ihr durch den Kopf gegangen, wenn er seine Käuflichkeit hätte eingestehen müssen? Die Unterlassung einer solchen Beichte wäre niemals einer Lüge vergleichbar gewesen, aber sie hätte aus einer reinen Beziehung gefühlt für ihn etwas Angeschmuddeltes gemacht. David war heilfroh, jetzt auf dem Flughafen und hier während des Wartens auf Annerose, für alles, was er unterlassen hatte. Und in Zukunft? Er würde mit dieser Frau, nach der er sich sehnte, in einer Wohnung leben, deren Miete sie von ihrem Konto abgebucht bekäme und das essen, was sie bezahlte. Welche Gegenleistung erforderte das von ihm? Nein, so durfte er nicht denken. Theoretisch konnte er weiter bei Mutter und Tante wohnen und sich dann als Gast in ihrem Zuhause fühlen. Wollte er das? Sollte es so kommen, dass sie in einem Ort lebten und dennoch getrennt blieben? Sie kannten sich eigentlich erst vierzehn Tage, wenn er von den knapp vier Wochen absah, an denen kein Tag ohne mehrfache E-Mails vergangen waren. Wäre es nicht sinnvoll, die Entwicklung ihrer Beziehung einen natürlichen Lauf zu lassen, statt sich den Kopf darüber zu zergrübeln, was er einer Frau bieten konnte? Annerose war für David ein unerhörtes, vom Himmel gefallenes, ganz und gar zufälliges Geschenk; war er für Annerose etwas anderes?

Reichte es nicht, sich gegenseitig als Gabe zu betrachten? Sie waren nicht mehr jung. Es ging doch nicht mehr darum, eine Familie zu gründen und sich existenziell gegenseitig abzusichern. Eigentlich war alles, restlos alles, ganz einfach. Wenn ihn nur seine vielen dummen und dunklen Gedanken verlassen könnten.

Das Flugzeug war gelandet. Gleich würde Annerose durch den Ausgang gehen, ihn sehen. Er spürte seine Augen strahlen. Das Leben lag offen und greifbar vor ihm und David spürte, wie alle Zweifel schwanden.

Die Mitternachtsfrau

Mariella, Freifrau von Wachtenhausen-Freibrings, stand seit circa 150 Jahren als Ganzkörperbild in einem goldenen Bilderrahmen. Mit ihm hing sie bereits seit zwei Jahren an der Wand einer überregional bekannten Galerie in der Hauptstadt Berlin zum Kauf. Mariella war die Situation äußerst peinlich. Peinlich war ihr dabei gar nicht Ausdruck genug. Sie schämte sich regelrecht für ihre Unverkäuflichkeit, hatte doch der Galerist, Herr Theodor Ahorn, eine Menge Geld für sie bezahlt und sie obendrein aus einem abgelegenen Raum einer alten Villa des verarmten Nachfahren ihres Gatten wieder der Öffentlichkeit zugeführt.

Einen triumphalen Einzug bot Herr Ahorn ihr, der Freifrau von, an jenem lichten Tag im Mai als sie ihren bevorzugten Platz in der Galerie erhielt. Die Angestelltenschar des Galeristen scharrte sich um sie, applaudierte und rief wie aus einem Mund: „Atemberaubend schön." Ja, das stimmte, das konnte sehr wohl über sie behauptet werden. Mariella trug eine schlicht weiße Abendgarderobe aus weich fließendem, hauchzartem Stoff mit einer Silberborte unter dem geformten Brustansatz, der beinahe verhüllt und keusch keinem Lästermund Bestand bot. Ihre gut geformten Arme blieben frei und gehalten wurde das Kleid von breiten Trägern auf den Schultern. Die langen braunen Haare hatte sie hochgesteckt und als einzigen Schmuck das Familiendiadem gewählt. Das war ihr Abbild mit fünfundzwanzig gewesen und in diesem Zustand war sie kurz nach ihrem Tod, im hohen Alter von beinahe neunzig Jahren, wieder zum Leben erwacht.

Sie führte zugegeben ein Dasein mit gewissen Einschränkungen, die ihr jedoch wenig ausmachten, weil sie gute Tagesunterhaltungen hatte, seit einhundertfünfzig Jahren dem Weltgeschehen folgte und auch technisch immer auf dem neusten Stand blieb. Schlug die Uhr dann Mitternacht, stieg sie aus dem Rahmen und konnte sich gute zwei Stunden frei bewegen. Wo immer ihr Bildnis in den vergangenen einhundertfünfzig Jahren gehangen hatte, erkundete sie ihre Umgebung oder ließ es bleiben, wenn die Zeiten sehr unruhig waren oder gar Krieg herrschte. Und so stieg sie auch an jenem Tag um 24 Uhr aus dem Rahmen, an dem sie besonders deprimiert war. Am Nachmittag hatte sich eine Dame für sie interessiert, die dann doch nach langer Überlegung vom Kauf mit der Begründung Abstand genommen hatte, dass sie, die Freifrau, in ihrem Wohnzimmer zu dominant wirken würde. Berlin, um Mitternacht noch sehr lebendig, schluckte sie auf, weil es Sommer war und gar nicht wenige Damen in Abendrobe in den Restaurants im Freien saßen. Mariella schaute sich um und alle an und ihr Blick fiel auf einen jungen Mann, der sie gebannt fixierte und in dem Moment, als sich ihre Augen begegneten laut „bah" sagte, sein Kopf für die Winzigkeit eines Augenblickes nach hinten fiel, sich sofort wieder aufrichtete und sie weiter betrachtete.

„Der ist so schön wie ein Botticelli-Engel", dachte sie und ging vorüber. Da sie sich nie umblickte, konnte sie nicht ahnen, dass jener junge Mann ihr folgte und folgte, ohne den Mut zu haben, sie anzusprechen. Pünktlich um 2 Uhr in der Früh gelangte sie wieder an die Galerie und nahm ihren Platz im Bilderrahmen ein. Draußen stand der Botticelli-Engel, unfähig das zu begreifen, was sich gerade vor seinen Augen abgespielt hatte. Seine Traumfrau war ein

Geist. Das war nicht realistisch. Es gab keine Geister und er hatte sich nicht in einen Geist verliebt, sondern in eine wunderschöne junge Frau, die auf zwei Beinen um nach Mitternacht durch Berlin geschlendert war, ihm in die Augen gesehen hatte und damit in ihm ein brennendes Feuer entfachte, welches ihn zum Aufstehen zwang um ihr zu folgen. Und dann war sie nicht in irgendeinem Hauseingang verschwunden, sondern geradewegs durch die Fensterscheibe der Galerie und hinein in einen goldenen Bilderrahmen gestiegen, der sie jetzt unschuldig komplizenhaft umschlang. Mariella sah ihn vor der Fensterscheibe stehen und sie ahnte in diesem Moment, dass sich ihr Leben an einem Wendepunkt befand.

Als die Nacht schwand, stand er immer noch da und regte sich kaum. Erste Passanten belebten die Straße, zogen an ihm vorüber, ohne zu ahnen, welche Gedanken sich in dem schönen Mann regten. Punkt 9 Uhr schloss Herr Ahorn die Galerie auf und ließ die Tür wegen des Hochsommerwetters offen stehen. Unserer Freifrau BotticelliEngel betrat den Laden, grüßte den Inhaber mit ausgesuchter Höflichkeit und auf die Frage, womit ihm gedient werden könnte, fragte er unumwunden nach dem Preis für das Bild, auf das er wies. Der Herr Galerist, ganz der Ästhetik verschrieben, liebte nur das Geld um eine Kleinigkeit mehr und rechnete sich blitzeschnell aus, dass er die Summe um zweihundert Euro reduzieren müsste, um einen Abschluss zu erreichen. Er nannte den Preis und rechnete fest mit einem entsagenden Lächeln des frühen Kunden. Der aber zückte seine Geldbörse, entnahm ihr eine Master-Card und bot sie Herrn Ahorn zur Entgegennahme. Sollte er sich in dem jungen Mann getäuscht haben, der jetzt, bei näherer Betrachtung, auch überhaupt keinen ärmlichen

Eindruck machte? Flüchtig ärgerte er sich. Andererseits war er über alle Maßen erfreut, endlich das Gemälde verkauft zu haben.

Die Freifrau von Wachtenhausen-Freibrings hatte dem Handel mit gemischten Gefühlen zugeschaut und nun, fest im Packpapier verschnürt, fragte sie sich, nicht ohne eine gewisse Ängstlichkeit, wohin sie wohl getragen würde. Der Fußmarsch endete. Offenbar wurde ein Auto aufgeschlossen und die Reise setzte sich fahrend fort. Es dauerte Stunden. Die arme Mariella musste lange, sehr lange in der Dunkelheit ihres Papierüberwurfes verharren. Endlich stoppte der Wagen auf einer Kiesschicht. Sie wurde ausgeladen und hörte eine fremde Stimme einem Herrn Baron einen guten Tag wünschen. Und ihr Botticelli-Engel grüßte einen Thomas freundlichst zurück. Die anschließende Unterhaltung drehte sich um sie, die aus dem Papier gehoben wurde und um dann von dem Butler des Barons ausgiebig betrachtet und belobigt zu werden. Herr und Diener sahen sich in der Halle um, bis ein angemessener Platz an der Wand für sie gefunden wurde. Da hing Mariella nun zwischen Rüstungen, alten Kriegsgeräten und Ahnenbildern. Ein schöner Platz war das, eine Heimstatt, der ihrer Herkunft entsprach. Der Herr verschwand und Butler Thomas lief geschäftig hin und her, schaute hier, schaute dort. Was hatte er vor? Schließlich entzog er sich auch ihrer Beobachtung um kurze Zeit später mit einem anderen Mann einen kleinen Tisch in die Halle tragend, wieder zu erscheinen. Das Möbelstück wurde in der Nähe des Kamins abgestellt und zwei Stühle dazu gebracht. Dann trat Ruhe ein. Draußen dämmerte es. Die Freifrau entspannte sich und sah der tiefen Nacht mit Freude entgegen.

Als die alte Wanduhr zwölf Uhr schlug, fühlte sich Mariella von dem Rahmen losgelassen und sie entstieg ihm. Da ging das Licht an und sie konnte gerade noch ein Versteck in einer Nische finden, als Butler Thomas mit einer Tischdecke, Servietten, zwei Tellern, Weingläsern und Besteck erschien. Was wurde das? Die Freifrau war verblüfft. Ein Mitternachtsessen des Hausherrn mit einem noch nicht erschienenen Gast? Jetzt fuhr Thomas einen Beiwagen in den Raum, auf dem unter Silberbehältern sicherlich ein ganzes Menü ruhte. Der Baron erschien im Smoking, dankte seinem Butler und schickte ihn hinaus. Er sah in den leeren Bilderrahmen und rief in den Raum hinein: „Gnädigste, darf ich zu Tisch bitten?" Mariella trat aus der Nische und schenkte dem Mann ein leises Lächeln. Aber Mariella konnte kein Besteck halten und nicht essen oder den sicher sehr guten Wein verkosten. Stumm saß sie da und schaute auf ihren Botticelli-Engel, der sich angesichts ihrer Geisterhaftigkeit verunsichert fühlte. Welchen Eindruck hatte er in der vergangenen Nacht von ihr gewonnen, als sie durch die Straßen schritt? Sie hatte ihm interessiert in die Augen geblickt mit dem Ausdruck eines Menschen, der eine angenehme Empfindung verspürte. Er hatte sich auf der Stelle in diese Frau verliebt, die sicher und höchst lebendig an ihm vorübergegangen war und der er auf der Stelle folgte. Er fragte sie mit vager Hoffnung, ob sie ihn verstehen könnte. Sie nickte mit dem Kopf und machte eine einladende Handbewegung, die ihn zum Sprechen aufforderte.

Nun geschah es, dass sie jede Nacht dort saßen, der Mann redete und sie hörte ihm zu. Eines Tages machte sie ihm Zeichen, die ihm zu verstehen gaben, sich malen zu lassen. Nein, kein Portrait, sein volles Abbild im Smoking sollte es sein. Ein Maler wurde gefunden, das Bild begonnen und vollendet. Perfekt war es geworden. Die Freifrau von lächelte wissend in sich hinein. Als er sich neben ihr an der Wand hängen sah, geschah etwas Merkwürdiges. Er fand sie immer noch schön und begehrenswert, jedoch sein Verlangen, ihr Nacht für Nacht gegenüber zu sitzen verging. Wieder ganz dem Leben zugewandt, heiratete der Baron, wurde Vater von vier Kindern und vergaß über Eheglück, Elternfreuden und seiner Arbeit die Bilder in der Halle.

Jahrzehnte vergingen. Mariella genoss ihre täglichen zwei Stunden zwischen Mitternacht und 2 Uhr früh, in denen sie das Haus und die Umgebung erkundete, das Vieh in den Ställen besuchte und die weiten Felder in allen Jahreszeiten beobachten konnte. Am Tage freuten sie die Gespräche der Hausbewohner und die Spiele der Kinder bei schlechtem Wetter in der Halle. Sie sah aus Kindern Erwachsene werden, die Bewohner wurden älter und älter.

Eines Tages lag der Baron krank im Bett und starb. Er wurde heftig betrauert, ehrlich beweint und schließlich begraben. In der Nacht aber, die auf seine Beerdigung folgte, stiegen er und Mariella um Mitternacht aus ihren Rahmen und feierten ihr Wiedersehen vor dem Kamin in der Halle.

Des Wichtes Liebesträume

In der Tiefe des Waldes, fern einer großen Stadt, lebte Wicht Falbius in einer angerosteten Emailleschüssel. Er hatte das alte Ding irgendwann irgendwo entdeckt und für wohntauglich befunden. Er schleppte und schob es unter enormer Kraftanstrengung in seine Baumhöhle, wo es jetzt stand und auf jeden Betrachter einen höchst befremdenden Eindruck machte.

Falbius war eine bekannte Persönlichkeit in seiner Umgebung, die oft und gerne für kurze Gespräche oder lange Unterhaltungen aufgesucht wurde. Der Wicht liebte die Rehe und Hasen, Hirsche, die Wildkaninchen und Eichhörnchen und die vielen Vögel des Tages und die der Nacht. Alle waren sie seine Freunde. Erstmals mit der Emailleschüssel sah er sich einem gewissen Spott ausgesetzt, den er jedoch tapfer ertrug, weil die Schüssel ihn an das Menschsein erinnerte. Nur allzu gerne wäre der Wicht ein schöner kluger Mann, der angetreten war, die Welt und seine Bewohner zu verstehen. Es mochten wenige Tage her sein, als Falbius das Gespräch zweier jungen Männer belauschte, die unter einem Baum saßen, Brote verzehrten und aus ihren Wasserflaschen tranken. Schon häufiger hatte er es mit Menschen zu tun gehabt: dem Revierförster und seiner Frau, Lehrerinnen mit vielen Mädchen und Jungen und natürlich den Waldarbeitern mit ihren Ketten und Sägen. Sie hatten alle geredet, aufeinander eingesprochen, dabei gelacht oder nicht, aber so ernst, wie diese jungen Menschen, war ihm noch niemals jemand erschienen.

Ein gewisser Jürgen trug einen gewaltigen Kummer auf seinen Schultern in Form einer großen Liebe zu einer

Gaby, einer Kollegin. Grundsätzlich arbeiteten sie in unterschiedlichen Schichten, so dass sich natürliche Kontakte nicht ergeben wollten. Einmal, es war auf einer Dienstbesprechung, hatte er ihr in einer Pause einen Becher Kaffee gebracht. Sie hatte darauf mit dem Kopf geschüttelt und „Nein, danke." gesagt. Er fühlte sich wie vor den Kopf gestoßen. Er goss den für sie gedachten Becher aus, schmiss das Plastik in den Müll und wagte nie wieder ein Wort an sie zu richten. Manchmal allerdings, wenn sie sich kurz bei Schichtwechsel im Flur oder auf dem Hof bei ihren Fahrzeugen begegneten, hatte Jürgen das Gefühl, Gaby würde ihn keineswegs unfreundlich betrachten. Was immer der Freund ihm vorschlug – Jürgen war ängstlich und voller Furcht, sich einen Korb bei der Kollegin einzufangen. Falbius hätte so gerne geholfen. Sein kleines riesengroßes Wichtherz sehnte sich danach, Eros spielen zu dürfen.

Ein paar Tage vergingen, aber Falbius Wunschtraum war geblieben. So spazierte er auch heute durch altvertraute Pfade, grüßte immer wieder rechts und links neben sich, oder nach oben, wo seine gefiederten Gefährten lebten. Da sah er plötzlich vor sich einen Gegenstand liegen, eingewickelt in Papier. Er hob das Teil auf, wickelte es auf und siehe da, es war ein Bonbon. Diese Süßigkeit war ihm wohlbekannt, verloren doch ab und an junge Schulausflügler unbeabsichtigt diese Gaumenschmeichler. Leider war der Mund des Wichtes viel zu klein für einen ganzen Bonbon. Falbius wickelte ihn nicht ganz aus, damit er keine klebrigen Finger davon bekam und leckte solange an ihm, bis er passend geschrumpft in seinem Mündchen Platz fand. Er lutschte selig, dachte an das Menschsein und spürte auf einmal, dass er wuchs und wuchs und gar nicht aufhörte. Er spürte sich groß und größer werden und mit dem Wachsen des Körpers nahm sein Verstand eine Schärfe an, die er niemals für möglich gehalten hätte. Wie mochte er als Mensch aussehen? Er sah an sich herunter. Eine Jeans bedeckte seine Beine und ein kariertes Hemd seinen Oberkörper. Er spürte einen Rucksack auf dem Rücken, den er abnahm und neugierig durchsuchte. Personalausweis mit Namen und Adresse, Führerschein, eine Polizeimarke, ein Smartphone, eine Dose mit Broten und eine Flasche Wasser. Ein Wunder! Jetzt war er der Polizeimeister Jürgen Schulz und 27 Jahre alt, wohnhaft in Lübeck im Reiherstieg. Und sein Kopf verriet ihm, dass er heute einen freien Tag hatte, den er dazu nutzte, einen Waldspaziergang zu machen. Falbius schaute sich um und glaubte seinen Augen nicht zu trauen, weil ein winzig kleines Männchen gerade im hohen Farn verschwand. War der Jürgen jetzt er und er, Falbius, der Jürgen? Es konnte gar nicht anders sein.

Nun hieß es die Zeit als Mensch nutzen und rasch zurück in die Stadt zu laufen. Halt, es gab ein Auto und instinktiv wusste er, wo es stand. Zielstrebig ging er seines Weges und wunderte sich, dass er keinen seiner vielen Freunde zu Gesicht bekam und auch die Vögel in den Bäumen erwiderten seine freundlichen Grüße nicht mehr. Das Auto war gefunden und mit größter Selbstverständlichkeit gestartet und gefahren. Da klingelte das Smartphone im Rucksack. Falbius, jetzt Jürgen, hielt am Straßenrand, zog es aus der Tasche und meldete sich mit „Schulz." Seine Dienststelle wollte von ihm wissen, ob es ihm viel ausmachen würde jetzt zur Arbeit zu kommen, weil zwei Kollegen wegen Krankheit ausgefallen waren. Nein, es würde ihn überhaupt nicht stören, er würde gleich erscheinen. Der im Augeblick nicht Falbius überlegte, ob der echte Jürgen ähnlich hilfsbereit reagiert hätte. Er parkte im Hof seiner Dienststelle und im Personalraum zog er seine Uniform an. Sein Dienststellenleiter bedankte sich überschwänglich und wies ihm seine heutige Kollegin zu. Der eigentlich Wicht konnte sein Glück kaum fassen – es war Gaby. Gaby sah gut aus, war noch sehr jung und ja, ausgesprochen freundlich zu ihm. Mehr konnte er nicht für diesen Tag erwarten. Der Dienst begann mit einem Unfall und endete Stunden später mit häuslicher Gewalt.

Und welches Wunder geschah dann? Gaby wollte noch ein Bier mit ihm trinken. Also musste sie doch den Jürgen zumindest ein wenig mögen, sonst hätte sie diesen Wunsch bestimmt nicht geäußert.

Wichte waren in Liebesdingen gänzlich unbegabt, weil es keine weiblichen Pendants gab. Sie lebten häufig allein, ohne sich je einsam zu fühlen, weil ihnen Vögel und Tiere Abwechslung genug waren. Einige von ihnen lebten in Wohngemeinschaft mit anderen Wichten, weil ihnen die Natur Aufgaben stellte, die nur in Kooperation ausführbar waren. Falbius, der jetzt Jürgen sein sollte, erlebte sich in größter Verlegenheit, weil er nicht wusste, wie er sich so ganz privat im Gespräch verhalten sollte. In den Dienststunden vorher hatte er dieses Problem nicht gehabt, weil sich Reden und Antworten von allein ergaben. Sie hatten in der schicken Lounge einen ruhigen Platz gefunden und ließen fürs Erste den Tag noch einmal Revue passieren. Gaby redete viel und gerne und auch sehr klug. Und der eigentlich nicht Jürgen fragte sich, was der Echte der Vielrednerin wohl sagen würde. Ganz plötzlich hatte er eine Idee:

„Gaby, Du magst Bier, magst Du vielleicht keinen Kaffee?"
„Wie bist Du darauf so schnell gekommen?" „Wieso schnell?" „Eben! Weil ich damals Deinen Kaffee abgelehnt habe, hast Du geglaubt, ich würde Dich ablehnen. Du hast vom Kaffee auf Dich geschlussfolgert."

Darüber musste der eigentlich Falbius nachdenken. Wenn ein Eichhörnchen im tiefen Winter und knapp an Nahrungsmitteln seine Nüsse zurückweisen würde, müsste er mit Sicherheit annehmen, dass das Eichhörnchen ihn nicht mochte. Eichhörnchen waren sehr spezielle Wesen und sahen sich aufgrund von Wohnungsnähe und Essgewohnheiten oft in Konkurrenz zu Wichten. Der nicht wirkliche Jürgen mutmaßte, dass Kaffee sehr anders als Bier schmecken musste und Menschen überhaupt in der Auswahl ihrer Lebensmittel und Getränke weit weniger eingeschränkt waren als Wichte und Eichhörnchen, woraus sich natürlicherweise die Zurückweisung von Kaffee ergeben könnte, weil die Geschmacksrichtung ausschlaggebend war und nicht der Geber der Gabe. Auch wusste er, dass es Pilze gab, die für Menschen tödlich waren. Eines Tages hatte er einen Sammler entdeckt, der auf dem besten Wege war mit seiner Mahlzeit eine ganze menschliche Ansiedlung auszurotten. Blitzschnell hatte er die Giftpilze in essbare getauscht, die von den anderen kaum zu unterscheiden waren, dann hinter dem nächsten Busch einen knurrenden Wolf gespielt und darauf beobachten können, wie der Mensch den letzten Giftpilz vor Schreck aus der Hand verlor, sich seinen Korb schnappte und eiligst davon stürzte. So einfach war das also.

Eine weitere Schwierigkeit in der nahezu intimen Lounge-Situation war die der gefühlsmäßigen Neutralität des nun nicht annähernd Jürgen der durchaus liebesbereiten Gaby gegenüber. Unmöglich konnte ihr der eigentlich Wicht etwas vorspielen, was er ganz persönlich nicht empfand. Er musste der jungen Frau schonend die Wahrheit beibringen.

„Gaby, ich möchte Dir gerne etwas sagen." „Ich warte darauf seit Wochen, Jürgen."

Das war ein ganz schlechter Anfang. Noch einmal etwas anders.

„Gaby, glaubst Du an Elfen, Trolle und Wichte?" „Bist Du bescheuert? Willst Du mich auf den Arm nehmen?" „Jetzt höre mir genau zu. Du darfst jetzt nicht schreien, nicht erschrecken, besser umgekehrt: zuerst nicht erschrecken. Was ich Dir sage ist die verbindliche Wahrheit. Ich bin eigentlich ein Wicht. Vor Tagen, es mögen höchstens zehn sein, saß der Jürgen mit einem Freund bei mir im Wald und war sehr traurig, weil er nicht wusste, wie er zu Dir eine Annäherung finden könnte. Er tat mir furchtbar leid und ich dachte immerzu an seine Verzweifelung.

Eines Tages und das war heute Vormittag, fand ich auf dem Waldboden einen Bonbon, den ich lutschte und wurde zu Jürgen und Jürgen zu mir. Jetzt weiß ich, dass Du Jürgen auch magst. Nur, ich kann Dich nicht in den Arm nehmen, weil ich ein Wicht bin und wir Wichte alle Lebewesen lieben, sich aber nicht in sie verlieben, wie Menschen untereinander. Hast Du einen Bonbon für mich, ich will zurück in meinen Körper."

Stumm und starr hatte Gaby ihm zugehört. Erst wollte sie aufspringen und davon gehen. Weswegen sie es unterließ? Die Rede des Mannes ihr gegenüber war so absurd, dass sie zumindest wissen wollte, wie er sich da wieder herauswinden würde und wie überhaupt dieser Tag endigen könnte. Trotz der Unmöglichkeit öffnete sie ihre Handtasche und reichte dem angeblichen Wicht einen Bonbon. Als er anfing zu lutschen begann er vor ihren Augen langsam zu schrumpfen und immer kleiner werdend bis Wichtgröße erreicht war. Gleichzeitig tauchte der echte Jürgen auf, von Wichtgröße wieder zur Manneshöhe aufgestiegen.

Bevor Gaby ihren menschlichen Verstand verlieren konnte, hatte Jürgen sie fest umarmt und flüsterte ihr Worte ins Ohr, die Falbius nicht verstehen konnte und auch überhaupt nicht hören wollte. Dann hob der jetzt sehr glücklich verliebte Jürgen Falbius auf den Tisch und sagte zu ihm:

„Ich habe mir erlaubt, die kaputte Emailleschüssel zu entfernen, Deine Baumhöhle sieht jetzt wieder topp aus. Mach es gut."

„Ja, macht es beide gut, werdet glücklich und habt ein schönes Leben Und wenn Ihr einmal Sehnsucht nach mir bekommen solltet, besucht mich im Wald."

Sagte der Wicht und verschwand. Seine Sehnsucht auf das Menschsein war mit dem heutigen Tag bis in alle Ewigkeit gestillt.

Die monströse Modeschöpfung

In unendlich ferner Vorzeit gab es im heutigen Europa ein sehr kleines Land, das im Übermaß begnadete Modeschöpfer sein eigen nennen konnte, die je nach Wettersaison die prächtigsten Gewänder und großartigsten Schuhe für beiderlei Geschlecht schufen.

So dürfte es überhaupt nicht verwunderlich sein, dass die Bewohner die bestangezogensten Menschen der damals bekannten Welt waren. Und wer sich schön kleidet, will auch schön wohnen, weil, der Sinn für Ästhetik, einmal erwacht, auch die Umgebung einbeziehen will. In dem ganzen kleinen Land gab es keine hässlichen Häuser und erst recht keine ärmlichen Bauten, weil jene das Auge betroffen gemacht hätten. Natürlich gab es nicht nur reiche Leute mit großem Geldbeutel dort, sondern auch ausgesprochen Arme, die jedoch aus der allgemeinen Sozialkasse so gut versorgt wurden, dass kein Außenstehender sie von den betuchten Landsleuten unterscheiden konnte. Das geschah nicht unbedingt aus Mitleid; genaugenommen war es eher solidarischer Egoismus, weil Hässlichkeit Abneigung provoziert, die einer schönheitsbewussten Psyche schweren Schaden zufügen kann. Davor wollten sich die Reichen schützen und ließen sich das gerne etwas kosten, weil die Geldabgabe schließlich und endlich keinen Schmerz verursachte. Auf diese Weise war auch der bedürftigste Mensch dieses Miniaturstaates gut gekleidet, anständig ernährt und konnte in hübschen Häusern leben.

Nach der Einführung in die wesentlichen Strukturen dieses Erdenteiles, kommen wir zu einem jährlichen Großereignis unseres Landes: der Ausschreibung des Modepreises und dringen mit ihm zum eigentlichen Kern dieser kleinen Erzählung vor. Verliehen wurden Preise für sehr tragbare, wenn auch sehr exklusive Modelle, für Entwürfe, die besonders apart, jedoch weniger alltagstauglich waren und einen Preis gab es für höchstmögliche Originalität. Und in jenem Jahr, von dem hier die Rede ist, gewann den Originalitätspreis ein krasser Außenseiter mit einem Mantel aus Bast und Weide geflochten, mit dem sein Träger sich nicht hinsetzen konnte und Stiefel, die dermaßen monströs waren, dass die Vorstellung, darin zu gehen, beinahe grotesk erschien. Wen wundert es, dass auch eine ebensolche Kopfbedeckung in Ergänzung zur Verfügung stand. Was bitte sollte das? - wird sich wohl jeder fragen, der davon Kunde erhält.

Der Schöpfer der unförmigen Modelle hatte sich sehr wohl etwas bei seiner Arbeit gedacht. Immer wieder wurden Eltern heiratswilliger Mädchen dadurch vor vollendete Tatsachen gestellt, dass unliebsame, der zarten Jungfrau jedoch genehme Gefährten, Vaterschaft anzeigten und damit geheiratet werden mussten. Ein werdender Vater ohne Trauschein ging nun gänzlich ebenfalls einerseits gegen die psychische Ästhetik der Bewohner und andererseits gegen die Ehre eines schutzlosen Mannes. Mit dem unförmigen Mantel und den groben Schuhen erwarben die gebeutelten Eltern ein wunderbares Machtinstrument. Jedes heiratswillige Mädchen bekam diese Uniform verordnet, wenn es nach Einsetzen der Dunkelheit auf die Straße trachtete. Auch einem glühenden Verehrer war es in der Finsternis unmöglich, seine Angebetete auszumachen.

Umgekehrt wäre es keinem Mädchen in den Sinn gekommen, auf ihren möglicherweise als Lebenspartner infrage kommenden Mann zuzugehen.

Eine Weile lang schien das Glück auf der Seite der Eltern zu liegen. Die ungewollten Vaterschaften nahmen zwar sprunghaft ab, leider blieben aber auch die von den Eltern gestifteten Ehen kinderlos, weil sich die jungen Frauen weigerten, die Hochzeit zu vollziehen. In Folge der nicht zu Stande kommenden freudigen Ereignisse klingelten die Geldkassen der Scheidungsanwälte.

Nach gar nicht einmal so langer Zeit wurden die Jungfrauen des kleinen Staates äußerst munter. Und da sie überhaupt nicht denkfaul waren und dabei noch ziemlich schlau, ließen sie sich etwas einfallen. Sie trugen am Tage besondere Bänder in allen erdenkbaren Farben im Haar, die bei Dunkelheit an ihre Hüte platziert, strahlend leuchteten und problemlos identifiziert werden konnten. Die mitdenkende Leserschaft wird ahnen, was geschah. Die ahnungslosen Eltern wunderten sich nicht wenig über die wieder wachsende Anzahl ungewollter und gerade deswegen gewollter Vaterschaften.

Unter den Jungfrauen gab es ein schönes Schwesternpaar, dass sich seine künftigen Ehegefährten selbstverständlich bereits ausgesucht hatte und sicher war, dass seine Wahl willig erwidert wurde. Auf Grund unglücklicher Umstände geschah es, dass sie ihre Haarbänder untereinander verwechselten und die Nacht mit dem falschen zukünftigen Gatten verbrachten. Niemand unter den vier jungen Menschen hatte den unbeabsichtigten Partnertausch bemerkt. Als sich die Vaterschaften zeigten, wurden die Ehen geschlossen und das Warten auf die Geburt der Kinder begann. Es versteht sich von allein, dass sich die Ankunft der neuen Erdenbürger am gleichen Tag vollzog. Eine der blonden Schwestern hatte einen Ehemann mit feuerroten Haaren aus einer Familie, die aus lauter Menschen mit feuerroten Haaren bestand. Die andere blonde Schwester liebte den schwarzhaarigen Mann mit recht dunklen Gesichtszügen aus einer Familie, die alle dunkle Gesichtszüge und schwarze Haare hatten. Nun geschah es, dass die Rothaarfamilie ein Töchterchen mit pechschwarzem Haar und recht dunkler Haut bekam und die Schwarzhaarfamilie ebenfalls ein Töchterchen mit jedoch feuerrotem Lockenflaum in die Arme schließen konnte.

Das Gespött und die Belustigung über das Partnermissgeschick in dem ganzen kleinen Staat wollten überhaupt kein Ende mehr nehmen. Und wessen eigentliche Schuld war es? Natürlich die der Eltern, die nun tief beschämt Abschied von der monströsen Modeschöpfung nahmen und die unselige Garderobe in den heimischen Kaminen verheizte.

Übrigens, die betroffenen Ehepartner hatten ihre Verwechslung und deren töchterliche Folgen mit erstaunlichem Humor getragen und der ganzen Welt lachende zufriedene Gesichter geschenkt.

ICE Mainz – Hamburg

‚Da, ein Abteil, unbesetzt, ein Glücksfall', dachte Frauke. Sie verstaute ihren Kleinkoffer auf der Ablage, setzte sich in Fahrtrichtung ans Fenster. Es war Sonntag und 18 Uhr. Die Frau war müde. Es war ein langes Wochenende mit Vorträgen, Fachgruppen und Gruppencoaching zum Thema Seetouristik gewesen und einem Hotel, das direkt an einer Hauptstraße lag, auf der die Verkehrsströme auch nachts nicht wesentlich weniger wurden. Entgegen ihrer sonstigen Gewohnheit hatte sie zum Frühstücksabschluss ein süßes Teilchen gegessen, das ihr bis zum Mittagsimbiss geschmacksintensiv auf der Zunge verblieb, was sie überhaupt nicht mochte. Normalerweise korrigierte sie den Geschmack mit einem Stück Käse. Dieses Mal hatte sie es unterlassen und fühlte sich gestraft. In dem Coaching fiel ihr kein Beitrag ein, wie sie einem skeptischen Kunden die Vorzüge einer Schiffsreise verkaufsabschlusssicher plausibel machen konnte, als wäre dies nicht ihr täglich Brot im wahren Leben. Der Coach war ein arroganter Mittdreißiger, fand Frauke und ihr auf den ersten Blick unsympathisch. Sie hätte niemals ihre Antipathie logisch begründen können, weil er sich im Prinzip freundlich und recht humorvoll vorgestellt hatte und ohne selbstdarstellende Einleitung zur Sache gekommen war. Es hatte gereicht, dass er ein ausgesprochen attraktiver Mann war und nach Fraukes Erfahrungen waren alle attraktiven Männer arrogant und sollten im hohen Bogen umgangen werden.

Unter Fraukes Lebensabschnittsfreunden gab es keine schlecht aussehenden Männer. Und sie selbst? Sie war klein und zierlich, hatte einen vollen blonden Bobhaar-schnitt und, wie sie fand, veilchenfarbene Augen. Sie schminkte sich nicht, weil sie es nie gelernt hatte und sich weder in ihrer Jugend noch jetzt mit achtundzwanzig Jah-ren für Mode und Kosmetik interessierte. Sie sah wie die typische Rucksacktouristin aus, wenn sie nicht auf ihrem Platz im Reisebüro saß. Dort trug sie weiße Blusen und Hosenanzüge in blau oder schwarz, meist mit Nadelstrei-fen. Diese Anzüge wirkten an ihr zwar nicht elegant, zu-mindest jedoch verliehen sie ihr ein kompetentes Ausse-hen und genau das war wichtig. Sie war die am häufigsten gefragte Frau im Reisebüro mit einer hohen Stammkun-denzahl und von daher auch diejenige mit den einträg-lichsten Boni neben dem besten Grundgehalt. Fraukes Lebensabschnittsfreundschaften mit gutaussehenden Männern starben regelmäßig den Nörgeltod auf Raten. Das klingt kompliziert, ist es in Wirklichkeit jedoch nicht wirklich. Diese Frau, eigentlich nicht elegant und in ihrer Freizeit einer eben Rucksacktouristin ähnlich, besitzt ein bezauberndes Versace-Kostüm in kalttonigem Schwarz in Maxilänge. Das trägt sie regelmäßig zu Theaterbesuchen, Konzerten, Vernissagen und beruflichen Anlässen in den Abendstunden. In diesem Kostüm ist sie allen ihren bishe-rigen attraktiven Männern begegnet. Diese Herren, faszi-niert von ihrer geschmackvollen Aufmachung, sahen spä-ter in ihren Pullis und Jeans ein gefälliges Kontrastpro-gramm und glitten noch etwas später über einen begin-nenden Skeptizismus hinein in eine Ambivalenzphase. Diese endete in aller Regel in Sätzen wie: „Hast Du denn wirklich gar nichts anderes anzuziehen?" Oder: „Möchtest Du Dir nicht mal was richtig Schickes zur Geburts-tagsparty meines Freundes kaufen?"

Keiner der Herren hielt der eintönigen Garderobe stand. Und Frauke, die jeden Cent für Reisen, gerne auch Fernreisen sparte, dachte nicht im Traum daran, ihr Gehalt in Garderobe umzusetzen, die mit ihr als Persönlichkeit und Frau nichts gemeinsam hatte. Es gab nie eine Beziehungsrettung, nicht einmal einen Anker.

Die Abteiltür wurde aufgerissen und wer kam herein? Der Coach, der arrogante Typ, der sie jetzt peinlich an ihre Loserrolle am Vormittag erinnerte. Er lächelte sie sehr freundlich an. Seinen Anzug hatte er mit Jeans und Pullover vertauscht und auch die Haare saßen nicht ganz so korrekt, wie sie es in Erinnerung hatte.

„Na, das nenne ich einen angenehmen Zufall. Sie fahren also auch in den Norden." Und Frauke dachte ‚Noli turbare circulos menos! ' und rang sich ein „Sieht wohl ganz danach aus", ab.

Torsten Jacobi stutzte und fragte sich, was er verkehrt gemacht haben könnte. Sollte er sich schweigend setzen und einfach in sein neues Buch schauen, oder doch versuchen, den Berg der Übellaunigkeit zu überwinden? „Frau, ich glaube Konrad war Ihr Name?" „Ja." „Ich möchte hier auf keinen Fall den geschwätzigen Clown geben, wenn sie keine Lust auf Konversation haben. Ich möchte dennoch gerne wissen, ob Ihnen mein Vorgehen im Coaching nicht gefallen hat. Habe ich Ihrer Ansicht nach etwas falsch gemacht?"

Sollte sie sich jetzt mit ihm auf eine Diskussion einlassen? Er sah sie offen und eher bescheiden an. Sie konnte ihre Unfreundlichkeit unmöglich aufrechterhalten. Wo bitte blieb ihre Professionalität?

„Nein, Sie haben nichts verkehrt gemacht. Ich stand heute Vormittag schlicht neben mir, weil ich miserabel geschlafen hatte und dann auch noch ein Stück Kuchen aß und vergaß, es mit Käse zu neutralisieren. Ich hatte den gesamten Vormittag eine Süße auf der Zunge kleben, die mich säuerlich werden ließ und keine Kreativität wollte mehr aufkommen. Es hatte mit Ihnen persönlich überhaupt nichts zu tun."

Sie gefiel ihm großartig. Diese Frauke hatte Humor und besaß den Mut zur Ehrlichkeit.

„Danke für Ihre Offenheit. Ich habe mich schon ernsthaft gefragt, was verkehrt gelaufen war. Darf ich Sie fragen, wie sie das Gesamtpaket der Fortbildung „Seetouristik" bewerten?

„Wenn Sie mich fragen, ob ich irgendetwas Neues erfahren habe, darf ich mit einem klaren „Nein" antworten. Das Gesamtpaket war gut strukturiert, die Vorträge interessant und das Rahmenprogramm stimmig. Eigentlich Note ‚sehr gut'. Von Nutzen war es mir leider nicht." „Das bedeutet dann für Sie, dass sie ein verlorenes Wochenende hatten."

„Nein, gar nicht. Ich habe viele Kolleginnen und Kollegen aus ganz Deutschland wiedergetroffen und konnte neue Kontakte knüpfen. Darüber hinaus in Erfahrung bringen, wer mit welchen Reedereien zusammenarbeitet. Ich nutze diese Veranstaltungen in erster Linie für Networking."

„Interessant und klingt plausibel. Sie lieben ganz offensichtlich Ihren Beruf. Ich habe das bei Ihnen gespürt und war von daher überrascht, dass Sie nichts zum Thema beigetragen haben."

„Ja, es ist ein wunderbarer Beruf, Kunden über Reisen zu informieren und Ihnen persönliche Eindrücke schildern zu können. Ich selbst reise für mein Leben gern und gebe dafür jeden Cent aus."

„Das mache ich ebenso. Immer wenn ich mir eigentlich eine neue Hose kaufen sollte, denke ich daran, dass ich dafür einen Tag länger in einem Hotel bleiben kann." „Aber, Herr Jacobi, Sie hatten doch so einen schicken Anzug an."

„Das ist mein einziger, den ich hege und pflege. Sonst habe ich nur ein paar Jeans und Pullover."

Frauke konnte nicht länger an sich halten und lachte laut und herzlich. „Sagen Sie, hatten Sie deswegen schon Probleme?"

„Meinen Sie in den Hotels, Frau Konrad?"

„Nicht unbedingt. Ich denke, Sie machen es wie ich und mieten einfache Häuser und erkunden die teureren aus Interesse als zufällig mal vorbeigekommender Tourist, der einen Blick in ein Zimmer werfen möchte."

„Richtig, so mache ich es immer."

„Und wie geht es Ihnen privat damit, also, ich meine mit Ihrer Garderobe?"

Torsten Jacobi sah Frauke Konrad an und wusste augenblicklich, wovon sie sprach.

„Sie meinen, die ständigen Bemerkungen wie: „Musst Du schon wieder die Jeans anziehen?"

„Ja, diese unweigerlich kommenden Nörgeleien über eine nicht vorhandene Standardgarderobe, die alle Lebensereignisse stylisch abdeckt."

„Ich pfeife auf eine stylische Standardgarderobe."

„Ich auch."

„Wollen wir mit einem Kaffee auf unsere Vornamen und das DU anstoßen?"

„Herr Jacobi, mit großem Vergnügen."

Kurz vor Hamburg stellten Torsten und Frauke fest, dass sie beide in Lübeck wohnten, sich zu Fuß erreichen konnten und sie beide noch nie die Osterinseln gesehen hatten. In letzter Minute erreichten sie den letzten Zug in die heimische Stadt und beschlossen, sich auf keinen Fall zu trennen und in Fraukes Wohnung die besten Flugverbindungen zum Mataveri Airport zu erkunden.

Über die Aufhebung des Schwimmverbotes

In der Parallelwelt DL 1052 K 71

Prinz Justelus Sommer, verheirateter von Winter, Ehemann von Leonida von Winter aus dem Geschlecht der von Winters und Vater der inzwischen nicht mehr ganz kleinen Aphrosia und von Taxilos, dem im vergangenen Dezember geborenen Sohn, lebte das Leben eines Adligen, das er tapfer erlernen musste, bevor seine geliebte Frau ihm das Ja-Wort geben durfte. Inzwischen verbal hoch routiniert unterlief ihm kein spürbarer Fehler und er wurde dafür von der Familie geliebt und von den Bürgern respektiert.

Wie aber sah es in Justelus Seele aus? Er vermisste die Küche, die Haute Cuisine, die Menü-Wettbewerbe, die ihm 3 Sterne und den Ruf eines absoluten Spitzenkochs eingebracht hatten und eines vermisste er noch: Das Schwimmen. Schwimmen galt im Jahre 2111 auf Doklaneus nicht als Körperertüchtigung, sondern diente, allein den Bürgerlichen vorbehalten, zur reinen Lustvermehrung. Hatten nicht medizinische Wissenschaftler bereits vor über 2000 Jahren herausgefunden, dass das Eintauchen eines warmen Körpers in leicht kühleres Wasser einen Hirn-Körper-Erfrischungseffekt nach sich zieht, der sonst allein bei sexuellen Höhepunkten zu beobachten ist. Durch einen schlagartigen Anstieg von Dopamin und Serotonin fühlt der schwimmende Mensch beseligende Freude. Nun mangelte es Justelus nicht an beglückenden Momenten im Verband mit seiner Leonida, nein, es ging ihm einzig um den Genuss von Körperbewegungen im

Wasser. Wie gerne war er früher nach seiner anstrengenden Arbeit in der Küche an den nahe gelegenen kleinen See gefahren, um dort den ganzen Tagesstress in den Fluten zu lassen.

Jahr für Jahr wiederholte Justelus seine einsame Petition an den politischen Ausschuss für Adelsangelegenheiten, die jedoch sang- und klanglos verhallte, weil er der einzige Adlige war, der Schwimmen als Körperertüchtigung betrachtet sehen wollte.

Eines schönen Tages im Juvo ging die dreijährige Aphrosia mit ihrer Erzieherin, der anmutigen Lora, an das gleich hinter dem Schloss liegende Flüsschen Finowa um dort die Pflanzen- und Tierwelt nicht nur zu bestaunen, sondern gleichzeitig um zu lernen sie auch bei richtigem Namen zu benennen. Kaum am Ufer angekommen, schaltete sich Loras Korrespondenzbrosche ein und ihr Verlobter meldete sich. Bei seinen Eltern fand abends eine kleine Feier zum Ruhestandsbeginn seines Vaters statt und es gab noch so viel zu besprechen. Die kleine Aphrosia geriet in Vergessenheit, jedenfalls solange sie ruhig war. Auf einmal jedoch hörte Lora ihre schrillen Schreie und zu ihrem Schrecken musste sie feststellen, dass ihr Schützling irgendwo im tiefen Schilf steckte. Ach herrje, Wasser war so gar nicht Loras Element. Nichts da, Feigheit galt jetzt nicht, es musste sein, das ihr anvertraute Kind konnte nur durch sie gerettet werden. Ängstlich zwar, aber dennoch mit großer heldenmutiger Entschlossenheit eilte die Erzieherin in den Schilf um die kleine Aphrosia aus ihrem Rohrgefängnis zu befreien. Oh weh, inzwischen steckte sie aber nicht mehr im Schilfgewirr, sondern trieb bereits in der sanft dahingleitenden Flut des Flusses, zappelnd, schreiend, hilflos. Lora überkam schlagartig eine grenzenlose tiefe Verzweifelung, weil sie überhaupt nicht nur ein ganz klein wenig schwimmen konnte.

Ihre Hilferufe schallten laut und weit und irgendwann hörte Justelus sie, der mit einem Bürger, einem Pharmazeuten, im Garten sitzend eine Formel abgleichen wollte. Justelus ließ Adel Adel sein und lief im halsbrecherischen Tempo an den Fluss, wo er seine Tochter nebst der verzweifelten Lora sah. Er stürzte sich ins Wasser, barg das fast ertrunkene Kind und zog die inzwischen bitterlich weinende Erzieherin hinter sich her.

In erster Konsequenz aus dieser zufällig noch brenzlig abgelaufenen Lebensprüfung, wurde Lora für die Dauer eines Jahres in die Kommunikationsbasis des Schlosses versetzt. Dort konnte sie nach Herzenslust den ganzen Tag telefonieren, ohne Schaden durch Unterlassung anzurichten. Dann würde ihr womöglich rasch Sehnsucht nach ihrer alten Arbeit mit Kindern erwachsen und sie müsste das Jahr als Buße tragen. In zweiter Konsequenz wandte sich Justelus wieder einmal an seinen alten Freund und Rechtsanwalt Enoch Lenz, um ausführlich mit ihm die Möglichkeit einer Aufhebung des Schwimmverbotes zu diskutieren.

Im Übrigen wurde Justelus dieses Mal nicht wegen seiner Tätigkeit der Standesverletzung angeklagt, weil es auf Doklaneus einen Lebensrettungsparagraphen gab, der auch Adlige verpflichtete, im Notfall aktiv zu werden, wenn ein Bürgerlicher oder Adliger sich nicht allein aus einer den Tod bringenden Situation befreien konnte.

Der gute Enoch kam, es wurde freudenvolles Wiedersehen gefeiert und dann zogen sich die Herren in die große Denkschmiede des Schlosses zurück. Die Wände des riesigen Raumes waren mit Visiones cogitationes, was auf der Erdenwelt mit Computer bezeichnet wird, ausgestattet. Die Aufhebung des Schwimmverbotes, hatte Enoch Lenz festgestellt, konnte nur über den Lebensrettungsparagraphen erfolgen. Was sollte eine Verpflichtung zur Lebensrettung bewirken, wenn ein Adliger einen untergehenden Schwimmer erkennt, aber selbst nicht schwimmen kann? Eifrig recherchierte der kluge Anwalt und siehe da, in kürzester Zeit brachte er in Erfahrung, dass jedes Jahr auf Doklaneus ungefähr 30 Personen, meist junge, ertranken, weil keine Retter zur Verfügung standen. Blitzschnell rechnete er hoch, wie viele Doklaniden an entgangenen Steuereinnahmen dem Staat jedes Jahr deswegen entgingen, weil Tote nicht zahlen konnten. Ausgerüstet mit handfesten Daten und Fakten schmiedete der tüchtige Enoch in den kommenden Wochen funktionierende Allianzen im Bürgerlager, das schnell rechnete und klar sah, was alles von dem auf unnötige Weise verlorenen Steuergeldern gezahlt werden konnte. „Jawohl, eine Petition muss her, dass es auch den Adligen gestattet wird, schwimmen zu lernen und sich nach Belieben darin zu üben. Und für die Bürger gar Pflicht. Das ist keine Frage der Lust, sondern purer Lebensschutz und notwendige Rettung von Steuergeldern." Das riefen die Bürger und unterschrieben, was Rechtsanwalt Lenz ihnen vorlegte. So geschah es, dass in diesem Jahr die Petitionsunterschriftenliste dermaßen in die Länge geriet, dass die Übermittlung nur noch auf elektronischem Wege erfolgen konnte. Erschlagen gab der Ausschuss für Adelsangelegenheiten auf. Ab sofort durften Justelus und seinesgleichen das Schwimmen als Körperertüchtigung ausüben.

Welch ein Sieg und welch eine Freude bei dem unschlagbaren Paar Enoch und Justelus. Und wie wurde dieses Mal gefeiert? Natürlich zuerst mit einem ausgiebigen Bad im Fluss und dann erst mit Wein und vielen langen Sätzen bis tief in die Nacht.

Schreibwerkstattgeplauder über den Roman: Durch die Zeiten

Ich fühlte mich einsam und so allein als würde ich mich von allen guten Geistern verlassen auf einem fremden Planeten befinden.
Ich fand für mein Buchprojekt kein literarisches Vorbild.
Hatte ich das erwartet? Nein!
Gab, bzw. gibt es keins?
Diese Frage erhob sich für mich als ich die ersten Planungen zu meinem Roman „Durch die Zeiten" abgeschlossen hatte.
Auf keinen Fall möchte ich behaupten, dass etwas Ähnliches überhaupt nicht existiert. Dennoch, trotz sorgfältigster Recherche habe ich kein Werk gefunden, das in meinem Stil geschrieben wurde. Auf das darauffolgende Schreibabenteuer, das selbstverständlich nicht wenig experimentellen Charakter hatte, habe ich mich gerne eingelassen.
Ohne einen einzelnen im Präsens geschriebenen Roman direkt ansprechen zu wollen, erscheint mir die Tatsache absonderlich, dass ein Präsens-Ich-Erzähler Selbstverständlichkeiten niederschreibt, die er in der Realität nicht einmal denken würde. (Siehe Beispiele im Fettdruck.)

Beispiel**: *Ich frage Peter:* „Wollen wir ins Kino gehen?"
Dagegen kann ich schreiben: „Peter, wollen wir ins Kino gehen?"
Wenn ich vor die Tür trete, denke ich nicht schreibend: ***ich trete vor die Tür***, sondern ich mache es einfach. Damit der Leser weiß, dass ich nicht mehr im Haus bin, kann ich schreiben: *„Hier vor der Tür zieht es aber gewaltig."*

Vorhandene Stilrichtungen im Präsens geschriebener Romane konnten mich nicht durchgehend überzeugen, weil sie letztendlich auch konventionell umgesetzt wurden und lediglich das Tempus ein anderes war. Die zentrale Frage an mich selbst lautete derzeit: Wie denke ich? Unterschiedlich, stellte ich fest. Wenn ich mit einem konkreten Thema befasst bin, pflege ich in schnellen Halbsätzen zu denken, egal ob es sich um familiäre Angelegenheiten handelt oder um eine politische Streitfrage oder um die Fortsetzung einer Episode.

Gehe ich mit meinem Mann im Wald spazieren und ich sehe einen wunderschön gewachsenen Baum, denke ich mehr nebeneinander wie: Baum, schön ist der, toll gewachsen, so dicht.

Wenn ich dagegen ein bestimmtes Geschehen rekapituliere, habe ich eine imaginäre DU-Person vor Augen, der ich, wie in einer Schilderung, meine Gedanken in gut formulierten ganzen Sätzen mitteile.

Neben der Hauptdenkebene besteht eine sehr viel leisere, die nicht durch Bewusstsein steuerbar ist. Sie ermahnt uns wie Hintergrundmusik nicht die Waschmaschine zu vergessen, den Arzttermin einzuhalten und im Schlafzimmer Staub zu wischen. Gleichzeitig kann sie unsere Tagesgrundstimmung dadurch steuern, weil wir dringend auf eine bestimmte Nachricht warten oder einer Begegnung mit Freude oder Unlust entgegensehen oder gar ängstlich auf ein Ergebnis warten oder hoffnungsheischend das Wetter beobachten, weil wir draußen etwas vorhaben. Je mächtiger das Tagesgrundgefühl ist, weil zum Beispiel ein Trauerfall eingetreten ist, desto stärker wird sich die leisere Denkebene durchsetzen und die geordneten vordergründigen Kreise durchbrechen.

Als ich „Durch die Zeiten" begann, musste ich mich ins „Denken" einschreiben. Die ersten 40-50 DIN-A 4 Seiten habe ich bestimmt 5 x umschreiben müssen, weil immer etwas noch nicht passte, bzw. mir nicht perfekt erschien. Warum wollte ich überhaupt einen solchen Roman schreiben?

Der Reiz Lebenssituationen haargenau so darzustellen, wie wir sie ausnahmslos erleben, war übermächtig und daher für mein Projekt ausschlaggebend.

Wir können denken, lesen, Filme anschauen und uns unterhalten oder Vorträge anhören. Ausschließlich über Kommunikationswege erfahren wir Hiobsbotschaften, gute Nachrichten, belanglose Neuigkeiten oder erhalten atemberaubend spannende Mitteilungen. Gemeinsam mit anderen können wir Überlegungen anstellen, nach Herzenslust tratschen, wir können uns dabei unsere Gefühle mitteilen oder Glaubensbekenntnisse ablegen. Und ob immer alles so stimmt, wie etwas gesagt wird, wissen wir letztendlich nie, weil niemand hinter die Stirn eines anderen Menschen blicken kann.

In den konventionellen Romanen spielen Gefühle, die der *allwissende Erzähler* von seinen Protagonisten selbstverständlich kennt, eine große, wenn nicht übergeordnete Rolle. Letztlich kann viel Spannung durch gut geschilderte Empfindungen entstehen und uns offen und empathisch für die Buchhelden machen oder wir erleben sie als abstoßend.

Im täglichen Leben gibt es keinen *allwissenden Erzähler* und wir müssen uns mit der uns zur Verfügung stehenden Kommunikation, die häufig genug reine Spekulation oder zumindest reines Theoretisieren ist, zufriedengeben. Ist das Leben deswegen langweilig? Ganz sicher nicht.

„Durch die Zeiten" Band I und II sind keine Thriller, aber es bestehen dennoch spannende, manchmal amüsante, oft nachdenkliche und immer unterhaltsame Handlungen. Ich habe sie für Leserinnen und Leser geschrieben, die sich gerne in die Welt der Spekulation begeben, freudig mitdenken und darauf hoffen, dass sich ihre Theorie als richtig erweist.

Ein letztes Wort gilt dem Genre: Magischer Realismus.

Die Handlungen der Romane spielen in der real existenten Welt. Zur Seite stehen den Menschen Schutzgeister, die unsichtbar für alle Lebewesen, durchaus auch ihr Eigenleben untereinander pflegen.

An Band III „Durch die Zeiten" arbeite ich.

Gisela Wielert, 23. September 2018

Ende